Petra Erna Jörns erblickte 1964 in der schönen Pfalz das Licht der Welt. Schon früh schlug ihr Herz zum einen für die Natur und zum anderen für das Fabulieren. So studierte sie Biologie in Kaiserslautern und betreut nun seit über 30 Jahren als selbstständige Biologin die Naturschutzgebiete ihres Heimatlandkreises.
Nebenbei verfolgte sie ihre Leidenschaft zum Schreiben und veröffentlichte 2000 ihre ersten Kurzgeschichten und 2015 ihren ersten Roman. Am liebsten ist sie im Science-Fiction Genre unterwegs, sie macht aber auch Ausflüge in die Fantasy und den Liebesroman. Ihr großes Vorbild ist die US-amerikanische SF-Autorin C. J. Cherryh.

PETRA E. JÖRNS

DAS *Geheimnis* VON GLENCOE

Überarbeitete Neuausgabe Juli 2023

Das Geheimnis von Glencoe

ISBN 978-3-98778-551-1
E-Book-ISBN 978-3-98778-522-1

Dies ist eine überarbeitete Neuausgabe des bereits 2021 bei dp Verlag, ein Imprint der dp DIGITAL PUBLISHERS GmbH erschienenen Titels Schicksal in den Highlands (ISBN: 978-3-96817-443-3).

Covergestaltung: Anne Gebhardt
Umschlaggestaltung: ARTC.ore Design

Unter Verwendung von Abbildungen von
shutterstock.com: © Kevin Eaves, © tratong, © Kanuman,
© Creative Family, © Michelle Lovegrove
elements.envato.com: © PixelSquid360

Lektorat: Astrid Rahlfs
Satz: dp DIGITAL PUBLISHERS GmbH
Druck und Bindung: Books on Demand GmbH, Norderstedt

Vorwort

Liebe Leser und Leserinnen,
ich freue mich über die Neuauflage meines Romans aus zweierlei Gründen: Zum einen, weil die Neuauflage beweist, wie sehr ihr meine Geschichte mögt und zum anderen, weil ich in der Neuauflage endlich einen Lapsus bereinigen kann. Durch einen fatalen Tippfehler hatte sich in die Originalausgabe die Jahreszahl 1845 in der Zeitlinie der Vergangenheit eingeschlichen. Diese Jahreszahl konnte nun durch die korrekte Jahreszahl 1745 ersetzt werden.

Was ist an dieser Jahreszahl so besonders? Um diese Frage zu beantworten, muss ich ein wenig ausholen. Vielleicht ist dem ein oder anderen der Jakobiteraufstand ein Begriff. Um es in kurzen Worten zu erklären: König Jakob II. und VII. von England und Schottland verspielte mit seiner pro-katholischen Politik die starke Machtposition der Stuarts. Als auch noch ein katholischer Thronfolger mit dem 1688 geborenen Sohn James Francis Edward Stuart drohte, wurde Jakob II. in der sogenannten Glorious Revolution vom Thron vertrieben und durch seine protestantische Tochter Maria II. und Wilhelm von Oranien ersetzt.

Es folgten daraufhin mehrere Jakobiteraufstände, um König Jakob bzw. dessen Nachfolger wieder auf dem Thron einzusetzen. Dabei sammelten sich unter dem Banner der Stuarts nicht nur Katholiken. 1745 kam es zum letzten Jakobiteraufstand unter Charles Edward Stuart, bekannt als Bonnie Prince Charlie, dem Sohn von James Francis Edward Stuart. Aus Frankreich kommend, eroberte er einen Monat nach seiner Ankunft am 17. September 1745 Edinburgh. Nach einer zweiten Schlacht in Prestonpans gab es in Schottland keinen nennenswerten Widerstand mehr. Nur die Festungen von Edinburgh und Stirling wurden noch von Regierungstruppen gehalten.

Doch Schottland war Bonnie Prince Charlie nicht genug, er marschierte mit seinen Truppen nach England. Kurz vor London zog er sich jedoch nach Schottland zurück, um seine geschwächte Armee neu zu konsolidieren. Am 16. April 1746 traf die erschöpfte Jakobiter-Armee von knapp 5.000 Mann in der Nähe von Inverness auf dem Culloden Moor auf die 9.000 Mann starken Regierungstruppen unter dem Kommando des Herzogs von Cumberland. In der Schlacht von Culloden wurden die Jakobiter vernichtend geschlagen. 1.250 Jakobiter wurden getötet im Vergleich zu 300 Regierungssoldaten. Weitere 450 verwundete Jakobiter wurden exekutiert und auch die Gefangenen wurden größtenteils hingerichtet.

Es wäre nachvollziehbar, wenn unsere Charaktere aus dem Clan der MacDonalds die Schlacht lebend überstanden. Denn die MacDonalds wurden entgegen der Tradition am linken Flügel positioniert anstatt am rechten. Es heißt, sie hätten sich aus der daraus resultierenden Kränkung geweigert, dem Angriffsbefehl Folge zu leisten. Andere Stimmen sagen, dass der Weg des linken Flügels zu den Regierungstruppen 500 Meter weiter war als der des rechten Flügels. Die Hauptlast

traf damit die Einheiten rechts, wo die Frasers und Camerons standen. Da die Schlacht bereits nach fünfundzwanzig Minuten vorbei war, mag auch das die Überlebenschancen der MacDonalds erhöht haben.
Nach der Schlacht von Culloden war nichts mehr wie vorher. Cumberlands Truppen zogen marodierend durch die Highlands. Der Verdacht, den flüchtigen Bonnie Prince Charlie zu unterstützen, genügte für Exekutionen, Verhaftungen und Plünderungen. Seine Erbarmungslosigkeit brachte Cumberland den Beinamen der Schlächter ein. Mit Waffengewalt und repressiven Gesetzen wurden die Clans in den Folgemonaten entwaffnet, die Burgen gebrandschatzt und das traditionelle Clan-System zerstört. Selbst das Tragen des Kilts wurde verboten. Noch heute wird die Schlacht von Culloden in Schottland als nationale Katastrophe wahrgenommen. Sie beendete nicht nur den Anspruch der Stuarts auf den Thron, sondern besiegelte die Eingliederung des Landes in ein englisch dominiertes Großbritannien.
Kurz vor diesen Zeiten des Umbruchs spielt die Geschichte um Sarah und Alasdair im Frühjahr 1745. Und es ist auch kein Wunder, dass Emma im Jahre 2019 die Auswirkungen der Schlacht von Culloden auf ihren Heimatort untersuchen will. Die Schlacht von Culloden bewegt seit langem die Gemüter der Schotten und Highland-Fans, zu denen auch ich gehöre.

In diesem Sinne wünsche ich viel Spaß beim Lesen!
Petra E. Jörns

1.

London 2019

Staunend sah Emma sich im Vorraum des Londoner Restaurants um, in das David sie eingeladen hatte. Sie hatte gewusst, dass er reich war. Aber dass er sich dieses Restaurant leisten konnte, hatte sie nicht geahnt. Überall brach sich das dezente Licht in glitzernden Kronleuchtern und den goldenen Kanten der Tische und Stühle. Der dicke Teppich im Vorraum verschluckte ihre Schritte.

Ihr Blick fiel auf ihr Spiegelbild. In dem mit Blattgold geschmückten Rahmen kam ihr das dezente schwarze Abendkleid, das zu Hause in ihrer kleinen Wohnung noch so overdressed gewirkt hatte, zu schlicht vor, ihre roten Haare, auf die sie sonst so stolz war, zu grell. Aber ehe sie darüber ins Grübeln geraten konnte, kam ein Kellner in Livree diensteifrig auf sie zugeeilt, um ihr aus dem Mantel zu helfen.

„Danke", sagte Emma geistesabwesend. Ihr Blick war von der fremden Umgebung immer noch gefangen.

„Die Dame hat eine Reservierung?", fragte der Kellner.

„Oh ... ja ... nein, ich meine, mein äh ... Mister Jackson hat für uns einen Tisch reserviert."

„Mister Jackson wartet bereits auf Sie. Wenn ich Sie hinführen darf?" Fragend sah der Kellner sie an.

„Ja. Ja, natürlich. Gerne", beeilte Emma sich zu antworten.

Mit einem knappen Neigen des Kopfes wandte der Kellner sich um und ging voraus. Emma folgte ihm, während ihr Blick durch den riesigen Raum mit den kostbaren Tischen und Stühlen irrte. Das waren wundervolle Kopien von Louis Seize Möbeln. Ganz sicher waren sie nicht echt, denn dann wären sie ein Vermögen wert gewesen.

Vor einer Fensternische, von der aus man einen Blick auf den selbst im Dunkeln noch im Frühlingsgrün leuchtenden Garten mit Rabatten, Pergolen und Statuen hatte, blieb er vor einem Tisch für zwei stehen.

„Mister Jackson, Ihr Gast", sagte der Kellner.

David war aufgestanden und griff nach Emmas Hand. Zu ihrem Erstaunen hob er sie an seine Lippen und drückte einen Kuss darauf.

„Setz dich doch, meine Liebe", sagte er und rückte ihr einen Stuhl zurecht.

Überwältigt von der Fülle der fremden Eindrücke ließ Emma sich auf dem zierlichen Stuhl nieder. Gewohnheitsmäßig erkundeten ihre Finger das Samtpolster und die Schnitzereien der Stuhlkante. War er etwa doch echt?

„Darf ich den Herrschaften etwas zu trinken bringen?", fragte der Kellner.

„Eine Flasche Champagner bitte und zwei Gläser."

„Darf ich den Dom Pérignon empfehlen?"

„Selbstverständlich", erwiderte David, während er sich gegenüber von Emma niederließ.

Immer noch ließ sie ihren Blick über die Einrichtung und die kunstvollen Stuckarbeiten an Decke und Wänden wandern. Sie konnte sich gar nicht sattsehen an all diesen Kostbarkeiten. Selbstvergessen strich sie über die Tischkante, erkundete die Schnitzereien und kratzte leicht mit dem Fingernagel am Gold. War das etwa Blattgold? Die Schnitzerei jedenfalls war dem Louis Seize Stil perfekt nachempfunden. So perfekt, dass sie fast glaubte ...

„Gefällt es dir?“, fragte David. Ein breites Lächeln lag auf seinem Gesicht.

Verwirrt richtete Emma den Blick auf ihn. „Es ist atemberaubend“, erwiderte sie.

„Du bist atemberaubend.“ Seine dunklen Augen strahlten in einem warmen Glanz.

Emma schluckte. „Ist das echt?“

„Die Einrichtung?“

Sie konnte nur nicken, so überwältigt war sie.

„Zumindest ein Teil. Ich weiß, dass der große Kronleuchter dort vorn eine echte Antiquität ist, ebenso ein Teil der Tische und Stühle. Der Rest sind sehr gute Kopien. Ich habe natürlich darauf bestanden, an einem der echten Stücke zu sitzen.“

Schuldbewusst zog Emma die Hand zurück. Und sie hatte am Blattgold gekratzt!

„Ich wusste, dass es dir gefallen würde. Aber ich habe noch eine Überraschung für dich. *Christy's* sucht eine Historikerin.“

Christy's war das renommierteste und älteste Antiquitätengeschäft Londons. Dort arbeiten zu dürfen, käme einem Sechser im Lotto gleich. Zumal sie frisch vom Studium kam. Emmas Kehle wurde trocken.

„Ich habe ihnen von dir erzählt und sie würden sich freuen, dich kennenzulernen. Allerdings würde die Stelle viele Reisen in fremde Länder beinhalten, da sie hauptsächlich die Expertise und Akquise neuer Stücke zum Inhalt hat."

Kein Sechser im Lotto. Sie hatte sogar noch die richtige Zusatzzahl gezogen. Das war ein Traum. Das musste ein Traum sein.

„Und? Was sagst du?", fragte David.

Edinburgh 1745

Kalter Regen schlug Sarah ins Gesicht. Fröstelnd zog sie ihr Schoßjäckchen enger um ihren Leib, während sie mit müden Beinen durch die dunklen, engen Gassen Edinburghs hastete. Das Jäckchen war zu dünn, um sie in der frühen Jahreszeit zu wärmen. Ihr Rocksaum hatte sich in den Pfützen, die sich auf Edinburghs Pflaster gebildet hatten, vollgesogen und klatschte bei jedem ihrer schnellen Schritte gegen ihre Knöchel. Auch ihre ledernen Schuhe waren völlig durchnässt, ihre Füße derweil so kalt, dass sie sie kaum noch spürte.

Ihr Blick richtete sich auf die große und breite Silhouette des älteren Bruders, der vorausstürmte wie ein wütender Stier.

„Wo willst du denn hin?", fragte Sarah keuchend. Sie hatte Mühe, mit den langen Schritten ihres Bruders mitzuhalten. Zudem war sie erschöpft, nachdem sie den ganzen Tag neben dem Wagen des Händlers hergelaufen war, den sie um Lohn nach Edinburgh begleitet hatten.

„Zum Gericht. Mich beschweren."

„Aber ..."

„Dieser Hundsfott schuldet uns noch Geld. Glaub nicht, dass ich das so einfach hinnehme."

Mit dem Hundsfott meinte er wohl den Händler, mit dem sie nach Edinburgh gekommen waren.

„Aber ..."

„Aber was?", fragte Samuel und fuhr zu ihr herum. In seinen dunklen Augen glitzerte dieser unbeherrschte Zorn, der ihn so unberechenbar machte. „Glaubst du etwa, ich lasse das einfach auf sich beruhen? Bin ich etwa schuld, dass dem Mistkerl die Fässer abgesoffen sind? Ich habe ihm gleich gesagt, er soll die Brücke nehmen und nicht die Furt. Aber nein, der Hundsfott wollte ja nicht auf mich hören und lieber den kürzeren Weg nehmen, damit er sich einen Tag Lohn sparen kann."

„Aber ... aber das meine ich doch nicht! Natürlich hast du recht! Es ist nur ..."

„Was?", knirschte Samuel und kam drohend und mit geballten Fäusten einen Schritt auf sie zu, so dass sie unwillkürlich zurückwich, bis die kalte, nasse Mauer eines Gebäudes sich in ihren Rücken drückte. Samuels Atem wehte als weiße Wolke in ihr Gesicht.

Sarahs Knie zitterten vor Müdigkeit und Angst. Sie kannte Samuel gut genug, um zu wissen, dass er sich in einem Zustand befand, in dem er logischen Argumenten nicht mehr zugänglich war. Der Händler hatte mit ihm abgesprochen, dass er ihm den Lohn anteilmäßig kürzen würde, wenn seine Ware Edinburgh nicht in Gänze erreichte. Und Samuel war so undiplomatisch vorgegangen, als der Händler die Furt anstelle der Brücke nehmen wollte, dass der Händler gar nicht anders konnte, als ihrem Bruder zu widersprechen.

„Ach, Sammy! Es ist schon so spät und ich bin so müde“, wisperte Sarah. „Bestimmt sind die Gerichtsdiener schon alle nach Hause gegangen. Können wir uns nicht eine Unterkunft suchen und morgen zum Gericht gehen?“

Die Anspannung aus Samuels Körper wich ein wenig. „Und womit? Glaubst du etwa, mit den paar Pennys, die dieser Hundsfott uns gegönnt hat, können wir eine Unterkunft bezahlen?“

„Wir könnten doch unsere Dienste anbieten, im Tausch für ein trockenes, warmes Plätzchen. Mir ist so kalt, Sammy!“ Das Zittern musste Sarah nicht vortäuschen, denn sie fror wirklich erbärmlich.

Der gefährliche Glanz in Samuels Augen erlosch. Er streckte die eben noch zur Faust geballte große, schwere Hand aus und strich sacht über ihre Wange.

„Warum sagst du denn nichts?“

Sarah rang sich ein Lächeln ab. „Ich wollte dich nicht aufhalten, Sammy.“

Zärtlich fasste Samuel nach Sarahs Haube, richtete sie gerade und strich mit rauen Fingern ein paar nasse, rote Strähnen darunter, die hervorgequollen waren.

„Sag doch was, du dumme Gans!“ Mit einem Schnauben legte er ihr den Arm um die Schulter und drückte sie an sich. „Wenn dir kalt ist, suchen wir natürlich ein warmes Plätzchen für dich.“

London 2019

Die cremige, bittere Süße der Schokoladenmousse füllte noch Emmas Mund. Der Kellner räumte ihren Teller ab, ehe sie die letzten Reste abkratzen konnte. Aber vielleicht war das gut so, denn sicherlich schickte es sich nicht, in diesem Nobelschuppen den Löffel abzulecken, um sich auch ja kein Fitzelchen der Creme entgehen zu lassen. So verführerisch der Gedanke auch war.

David räusperte sich. „Du hast Schokolade am Mund."

„Oh!" Schuldbewusst griff Emma nach der Serviette, um sich die Lippen abzuwischen. Ein Kichern entschlüpfte ihr, als sie die Spuren auf dem glänzenden Stoff entdeckte. Ihre Großmutter hatte sie gerne damit geneckt, dass sie es nicht schaffte, Schokolade zu essen, ohne Spuren zu hinterlassen.

Herrjeh! Sie war beschwipst. Hoffentlich nicht so sehr, dass man es ihr anmerkte.

Neben ihr gluckerte es, als der Kellner eine Champagnerschale füllte.

„Nein danke", versuchte sie abzuwehren.

Aber der Kellner füllte unbeirrt ein frisches Glas aus einer neuen Flasche und stellte es vor ihr auf den Tisch. David hatte er bereits versorgt. Dezent zog er sich zurück. Erst jetzt entdeckte Emma, dass er auch die Kerzen ausgetauscht hatte. Als wollte er den Tisch für einen weiteren Gang vorbereiten. Seltsam. Dabei hatte er doch gerade das Dessert abgetragen.

David hob das Glas. In den feinen Perlen des Champagners brach sich das Kerzenlicht. Der Blick von Davids braunen Augen wurde intensiv. Er räusperte sich.

„Emma", begann er. „Es gibt noch etwas Wichtiges, was ich dich fragen möchte. Aber zuvor lass uns auf diesen Abend anstoßen."

Obwohl der Raum bereits bedenklich schwankte, griff Emma nach ihrem Glas. Es wäre unhöflich gewesen, darauf nicht einzugehen. Zudem genoss sie den leichten Nebel, der sie umhüllte und das Funkeln der Lichter zu verstärken schien.

„Auf diesen Abend“, sagte Emma. „Und auf *Christy's*.“

Davids Blick schien sich in ihren hineinbrennen zu wollen, als sie das Glas an ihre Lippen hob. Das sanfte Prickeln des Champagners füllte ihren Mund, verscheuchte die bittere Süße der Schokoladenmousse. Im Glas klimperte es leise.

Verdutzt setzte Emma es ab und sah hinein. Es konnte doch nicht sein, dass in diesem piekfeinen Laden etwas ins Glas gefallen war.

„Willst du meine Frau werden, Emma?“

Im Champagnerglas glitzerte ein schmaler Goldring mit einem Brillanten. Feine Perlen sammelten sich an seiner Oberfläche.

Emma starrte David über das Glas hinweg an.

„Willst du meine Frau werden, Emma?“

Ganz langsam stellte Emma das Glas ab. Ihr Herz schlug so heftig, dass sie weder sprechen konnte noch einen Schluck hinunterbekam. Wie in Trance tunkte sie die Finger in den perlenden Sekt und fischte den Ring heraus. Glatt und kühl lag er auf ihrer Handfläche.

„David ...“

David griff über den Tisch hinweg nach ihrer Hand. Ehe sie sich wehren konnte, klaubte er den Ring aus ihrer Handfläche und schob ihn über ihren Ringfinger. Er passte perfekt.

„Ich ... ich weiß nicht, was ich sagen soll ...“

Erst jetzt bemerkte Emma den Kellner, der das Geschehen wenige Schritte hinter ihr beobachtete. Er musste auf Davids Anweisung den Ring in ihrem Glas deponiert haben. Noch immer hielt David ihre Hand fest. Der Diamant am Ring funkelte im Kerzenlicht. Emma wurde heiß.

„Die Stelle ... der ... der Champagner ... dieser ganze Abend ... ich ... oh bitte, versteh mich nicht falsch, David! Es ... es ist alles zu viel. Ich muss das erst verarbeiten. Bitte gib mir etwas Zeit."

„Natürlich", sagte David und entließ ihre Hand. „Es war vermessen von mir zu glauben, dass ich gleich eine Antwort erhalte. Verzeih mir meine Unhöflichkeit."

„So meinte ich es nicht. Es war nicht unhöflich. Es war perfekt. Alles war perfekt." Der Widerschein der Kerzen verlor an Glanz. Emma fühlte sich auf einmal schrecklich deplatziert. „Vielleicht bin *ich* nicht perfekt. Gib mir einfach etwas Zeit, damit ich es begreifen kann." Ihre Finger streichelten dabei den Ring, ehe sie ihn vor David auf den Tisch legte.

David bemühte sich um ein Lächeln. „Jede Zeit der Welt, Emma. Denn du bist es wert."

Edinburgh 1745

Es war heiß und stickig in der Taverne. Der Lärm, der Sarah entgegenschlug, als sie Samuel hineinfolgte, betäubte ihre Ohren. Ein Mann rempelte sie an.

„Was machst du hier, Püppchen?" Alkoholdunst schlug ihr ins Gesicht.

„Nichts", beeilte sie sich zu antworten und drängte sich an dem sichtlich Angetrunkenen vorbei.

Sie wagte erst aufzuatmen, als sie Samuel eingeholt hatte. Dieser stierte von seinem Platz vor der Theke ans andere Ende, wo der Wirt gerade mehrere Humpen mit Ale füllte. Das Bier schäumte über, als er sie mit Schwung auf die Theke hievte.

„Keine Frauen“, rief er ihnen zu, während er seine Finger an seiner dreckigen Schürze abwischte.

Sarah zupfte an Samuels Ärmel. „Komm“, flüsterte sie. „Das ist keine gute Idee.“

Sie hätte selbst daran denken sollen, dass Frauen in den Tavernen nicht geduldet wurden. Aber davor hatte sie wegen der Gäste, die aufgrund ihrer Trunkenheit etwas in ihr vermuten konnten, was sie nicht war, auch nicht alleine warten wollen.

„Und wie soll ich ihn dann fragen?“

„Wir können ihn am Hintereingang abpassen. Bestimmt muss er bald ein neues Fass holen.“

Der Wirt füllte schon wieder ein paar Humpen. Aber Sarah konnte die missmutigen Blicke fühlen, die er ihr immer wieder zuwarf.

„Willst du etwa draußen in der Kälte warten?“

„Das ist nicht schlimm. Es hat ja aufgehört zu regnen.“ Hoffentlich bemerkte Samuel nicht, dass sie trotz der stickigen Wärme immer noch zitterte.

Zornig presste Samuel die Lippen aufeinander.

„Nun komm schon. Hier kann er doch gar nicht richtig mit uns reden. Draußen ist es besser.“

Am anderen Ende des Tresens wischte der Wirt die Theke mit einem Lappen ab. Nach einem finsteren Blick in ihre Richtung kam er auf sie zu.

„Samuel!“ Sarah zupfte noch einmal an seinem Ärmel.

In wenigen Schritten würde der Wirt sie erreichen.

„Bitte“, flehte Sarah leise.

Aber Samuel trat einen Schritt vor.

„Ich sagte keine Frauen“, schnauzte der Wirt, während er sich schwer auf die Theke stützte. „Schaff dich fort mit deinem Flittchen! Hier gibt es kein Ale für euch.“

„Wag es nicht, meine Schwester ein Flittchen zu nennen!“

Der Wirt musterte Samuel mit einem Schnauben. „Was zerrst du deine Schwester in eine Kneipe, wenn du nicht willst, dass man sie mit einer Nutte verwechselt?“

Ein Mann, der mit einem Humpen Ale neben ihnen an der Theke stand, lachte. „Wer würde sich denn an diesem dürren Gerippe vergreifen? Da weiß man ja nicht, wo vorne und wo hinten ist.“

Sarah wurde schlagartig heiß und kalt zugleich. „Komm, Samuel! Bitte komm doch!“ Flehentlich zog sie an seinem Ärmel.

Aber Samuel wischte ihre Hand fort wie eine lästige Fliege. „Wir sind ehrbare Leute. Nur weil Dreckskerle wie ihr uns das Haus und das Geld genommen haben, heißt das noch lange nicht, dass ihr etwas Besseres seid.“

„Hört, hört“, sagte der Mann an der Theke und hob seinen Humpen. Schaum klebte an seiner Oberlippe, nachdem er einen tiefen Schluck genommen hatte.

Der Wirt richtete sich auf. „Ich sag es ein letztes Mal im Guten. Verschwindet aus meiner Schänke! Ob das armselige Ding neben dir nun deine Schwester ist oder deine Hure – Frauen haben hier nichts verloren. Entweder ihr geht nun beide oder du schickst sie nach draußen und bestellst dir ein Bier."

„Samuel ..."

Aber der schien sie nicht zu hören. Mit geballten Fäusten baute er sich vor der Theke auf. „Sie ist keine Hure, du Hundsfott. Und sie ist auch nicht armselig. Du hingegen ..."

„Schafft euch fort, Hurenpack! Sofort! Oder ich rufe die Soldaten."

„Sammy, bitte ..."

Aber Samuels Faust schoss vor und packte den Wirt am Kragen. Die andere schwebte vor dessen Gesicht.

„Bei Gott", keuchte Samuel. „Entschuldige dich bei ihr oder ..."

Einer der Männer, Sarah wusste nicht, war es der Gleiche, der sie dürres Gerippe genannt hatte oder ein anderer, griff nach Samuels Arm. Mit einem Ruck riss dieser sich los.

„Sammy!"

Aber Samuels Faust war schon unterwegs und krachte in das Gesicht des Mannes, der versucht hatte, ihn aufzuhalten.

„Raus! Gesindel! Packt euch", schrie der Wirt.

Ein zweiter Mann griff ein und packte Samuel von hinten. Der erste drosch ihm mit blutiger Grimasse die Faust in den Magen.

Sarah schluchzte auf. Ihr war, als würde der Schlag ihren Leib treffen. Zitternd taumelte sie rückwärts, prallte gegen einen Körper, während zwei weitere Männer sich dazu gesellten und auf Samuel eindroschen, der mit einem Keuchen auf die Knie sackte.

Eine Hand griff nach ihr. Mit einem Ruck riss sie sich los und floh. Sie hörte Samuel brüllen wie einen verwundeten Stier. Doch Sarah blickte nicht zurück. Blindlings schlüpfte sie zwischen den schweren Leibern hindurch, die ihr den Weg nach draußen versperrten. Erst als sie die kühle Nachtluft auf ihrem Gesicht spürte, wagte sie aufzuatmen.

Ihr war, als würde eine Faust ihr Herz zusammenquetschen, als sie sich zur Schänke umsah. Dann floh sie um die nächste Häuserecke. Wieder einmal.

2.

London 2019

Die Bedienung stellte den Milchkaffee und den rosa Milchshake auf den wackligen Tisch. Ehe Emma sich bedanken konnte, war das Mädchen bereits auf ihren Turnschuhen davongeeilt. In den Jeans und dem gestreiften T-Shirt war sie kaum von den Gästen zu unterscheiden, die das kleine Café am Samstagvormittag füllten.

Ranari zog den Milchshake zu sich heran und stahl die Amarena-Kirsche aus der Sahnehaube. Mit einem Seufzen lehnte sie sich in dem kleinen Bistrostuhl zurück. Ein zu kurzes Bustier in schrillem, leuchtendem Pink mit Glitzerrand und ein Sammelsurium aus bunten Glasperlenketten betonten ihre exotische Herkunft. Ranaris rabenschwarze, lange Haare waren mit bunten Spangen in Blumenform hochgesteckt.

Neben ihr kam sich Emma in Jeans und weißer Bluse hausbacken und altmodisch vor. Daran konnte auch ihre mühsam zurechtgezupfte rote Lockenpracht nichts ändern.

„Also ...“, fragte Ranari, „... was ist so wichtig? Und red jetzt nicht um den heißen Brei herum. Mich kannst du nicht täuschen. Dafür kennen wir uns schon zu lange.“

Da hatte ihre Freundin wahrscheinlich recht. Immerhin kannten sie sich bereits seit der höheren Schule und hatten gemeinsam an der gleichen Universität Geschichte studiert – wenn auch mit unterschiedlichen Schwerpunkten.

„Ich habe es dir doch bereits am Telefon erzählt. *Christy's* hat mir eine Stelle angeboten. Eigentlich ist es genau die Stelle, die ich mir immer gewünscht habe."

Ferne Länder bereisen, auf Kosten einer reichen Firma wie *Christy's*, und dabei Kunstschätze suchen. Was konnte es Schöneres geben?

„Und weshalb zögerst du dann?" Ranari löffelte die Sahne von ihrem rosa Milchshake.

Nach einem langen Schluck von ihrem Milchkaffee antwortete Emma: „Wer sagt denn, dass ich zögere?"

Schelmisch drohte Ranari ihr mit dem Löffel. „Erinnerst du dich? Du kannst mich nicht hinters Licht führen. Du wärst nicht hier, wenn es kein Haar in der Suppe gäbe."

Emma seufzte und sah hinaus auf den Platz, wo erste Blumen in den Rabatten blühten. Das Bild des kleinen Ortes in den Highlands, in dem sie bei der Großmutter aufgewachsen war, legte sich darüber. Dort würden sicherlich noch keine Blumen blühen. Weshalb musste sie immer an dieses Kaff denken, seit ...

„Hallo! Ich bin hier. Und wo bist du gerade?"

„In den Highlands."

Ranari lächelte. „Wolltest du nicht deine Großmutter besuchen?"

„Wollte ich. Aber es kam so viel dazwischen. Das Examen, David." Sie hätte die Großmutter schon vor Monaten besuchen sollen, erkannte Emma schuldbewusst.

„Womit wir beim anderen Thema wären. Was ist denn nun mit David? Wirst du seinen Antrag annehmen?" Ranari zog an ihrem Strohhalm, während sie Emma neugierig musterte. Ehe diese antworten konnte, fuhr sie fort: „Also wenn er mich gefragt hätte, wären wir schon verlobt. David Jackson ist ein Sechser im Lotto. Er ist reich, gut aussehend, wohlerzogen, hat eine fantastische Karriere in Aussicht, eine wunderschöne Stadtwohnung und kann dich in die High Society von London einführen. Nebenbei hat er dir noch diese tolle Stelle verschafft. Ich verstehe nicht, weshalb irgendjemand da Nein sagen könnte. Aber nun ja, meine Ambitionen sind auch andere als deine. Ich wollte mir immer nur einen reichen Mann angeln. Aber ich frage mich: Was willst du?“ Ranari zog eine Schnute.

Das war eine gute Frage. Was wollte sie eigentlich?

Wieder dachte Emma an die kahlen, abweisenden Gipfel der Highlands. An die Wolken, die sich dort am hohen, klaren Himmel jagten. An die kleinen Häuser, die sich vor dem Wind duckten. Sie war schon lange nicht mehr dort gewesen. Zu lange. Fast fühlte es sich an, als wäre sie davongelaufen. Sie musste die Großmutter anrufen – gleich, wenn sie zu Hause war.

Während Emma sich etwas Zeit stahl, indem sie an ihrem Milchkaffee nippte, wanderte ihr Blick nach draußen zu dem belebten Platz, wo die Londoner durch die Blumenrabatten eilten, ohne diese wahrzunehmen. War es das, was sie wollte? Oder vielleicht doch etwas anderes? Wie gut es Ranari hatte, die so genau wusste, wo ihr Weg hinführen sollte.

„Ich weiß es nicht“, antwortete Emma schließlich.

Ranari lächelte. „Dann finde es heraus. Schnell. Das Leben ist zu kurz, um es mit Warten zu vergeuden.“

Edinburgh 1745

Wie von tausend Furien gehetzt, rannte Sarah hinaus aus der Schänke. Fort, nur fort. Ehe irgendjemand sie festhalten und einsperren konnte oder Schlimmeres mit ihr machte. Sie bemerkte die Rufe und die roten Röcke von englischen Soldaten und rannte nur umso schneller durch die engen Gassen Edinburghs. Fort, weit fort.

Sie hielt nicht inne, auch als ihre Beine lahm wurden und ihr Atem keuchend ging. Wohin, wusste sie selbst nicht. Denn es gab keinen Ort, wo sie hätte Zuflucht finden können. Nirgendwo. Nicht seit die Eltern gestorben waren und sie damit ihr Zuhause verloren hatten. Seitdem war Samuel ihr Zuhause.

Samuel. Wo war Samuel?

Sie stolperte, fing sich wieder und drehte sich nach Atem ringend um. Sie hatte ihn direkt hinter sich gewähnt. Hatte gar nicht in Erwägung gezogen, dass er ihr nicht gefolgt war. Aber da war niemand. Sie war allein.

„Samuel?" Ihre Stimme zitterte.

„Samuel. Sammy!"

Sarah presste die Hand gegen ihren Mund und unterdrückte ein Schluchzen. Sie durfte ihn nicht verlieren. Nicht hier, in dieser fremden Stadt. Sie musste ihre Angst zügeln und ihn finden. Er war alles, was ihr geblieben war. Er war derjenige, der sie beschützte, sie versorgte.

Immer noch zitternd sah sie sich um. Keine Soldaten. Nur eine Ratte huschte über das nasse Kopfsteinpflaster. Von wo war sie gekommen? Dort! Diese Gasse sah vertraut aus. Langsam kehrte sie um.

Nach einer Weile fand sie die breite Straße wieder, an der die vielen Schänken lagen. Von dort war sie gekommen. Sie musste ihr nur folgen, um die Schänke zu finden, wo sie Samuel verloren hatte.

Was, wenn die Soldaten ihn bereits festgenommen hatten? Daran durfte sie nicht denken. Nicht, ehe es eintraf.

Mit hämmerndem Herzen eilte Sarah weiter, bis sie die Schänke entdeckte, aus der sie geflohen war. Erleichtert atmete sie aus, bis sie begriff, dass sie nicht einfach hineinspazieren konnte. Nach kurzem Zögern steuerte sie die Häuserecke neben der Schänke an, von der aus sie den Eingang gut im Blick behalten konnte, ohne dass man sie von dort sah.

Angestrengt lauschte sie. Aber sie konnte nur das übliche Stimmengewirr vernehmen, das aus den Fenstern der Schänke drang. Von fern drang das dumpfe Klappern von Pferdehufen an ihre Ohren. Frierend drückte sie sich an die kalte Wand. Ihr Herz hämmerte schmerzhaft gegen ihre Brust.

Samuel musste die Schänke doch längst verlassen haben. Oder hatten sie ihn so zusammengeschlagen, dass er nicht mehr fliehen konnte? Aber Samuel war stark wie ein Ochse. Bisher war er immer auf beiden Beinen aus jeder Schlägerei herausgekommen.

Und was wäre, wenn er von den Soldaten gefangen genommen – oder noch schlimmer – getötet worden war? Dann wäre sie allein auf der Welt. Mutterseelenallein.

Bill fiel ihr ein, der gute, liebe Bill, der seine Frau aus ihr machen wollte. Wie sie sich danach gesehnt hatte, endlich eine feste Bleibe zu haben und noch dazu mit einem Mann, der immer freundlich und höflich war. Bis Samuel es kaputtgemacht hatte. Der Gedanke glich einem schwärenden Stachel im Fleisch. Es war besser, nicht daran zu rühren.

Das Hufgetrappel näherte sich und verstummte.

„Wen haben wir denn da?“, fragte eine Stimme hinter ihr.

Erschrocken fuhr Sarah herum. Ihr Blick erfasste den roten Rock eines englischen Soldaten, der von seinem Pferd heruntterglitt. Aufgrund der vielen Tressen, die seinen Rock schmückten, musste sein Träger ein Offizier sein. Ehe sie reagieren konnte, umfasste er sie und drückte sie an sich. Seine Alkoholfahne schlug ihr ins Gesicht, als er versuchte, einen Kuss auf ihre Wange zu drücken. Stattdessen erwischte er ihren Hals und hinterließ dort einen feucht-heißen Abdruck.

„Lasst mich los!“

„Nun zier dich nicht so! Wenn es dir hier zu kalt ist, können wir auch in meine Stube gehen. Es ist nicht weit.“

Seine rechte Hand glitt ungefragt in ihren Ausschnitt und fand ihre linke Brust. Keuchend drückte er sie gegen die Wand, während er mit der anderen Hand ihren Rock hochraffte.

„Mein Herr! Bitte! Ich bin keine Hure ...“

„Hör auf mit dem Gerede! Nenn mir einfach deinen Preis. Herrgott, du machst mich so geil. Deine Zitze ist schon ganz spitz, also erzähl mir nicht, dass du es nicht willst.“

Bei diesen Worten quetschte er mit der einen Hand ihre Brustwarze, sodass Sarah nur mit Mühe einen Schmerzensschrei unterdrücken konnte. Seine andere

Hand fand derweil endlich ihren Schoß und bohrte sich zwischen ihre Beine.

„Ein Goldstück. Deine Fotze ist so saftig und eng wie die einer Jungfrau."

Sarahs Kehle war zu eng, um zu schreien. Tränen rannen über ihre Wangen. Halbherzig versuchte sie, sich loszureißen. Aber wenn sie sich zur sehr wehrte, würde er sie sicher schlagen. Vielleicht war es besser, ihn gewähren zu lassen. So schlimm würde es nicht werden, wenn sie sein Spiel mitspielte.

„Hör auf zu heulen und halt endlich still!"

Keuchend drückte er sie gegen die kalte Wand. Mit bebenden Knien hörte sie Kleider rascheln. Die kalte, regengeschwängerte Nachtluft fuhr zwischen ihre Beine, als er ihren Rock hob und sein Becken von hinten gegen das ihre presste. Tränen strömten heiß über ihre Wangen. Das Pferd schnaubte irgendwo hinter ihr.

Hoffentlich war es schnell vorbei.

Und hoffentlich fand Samuel sie nicht vorher.

London 2019

Verstohlen sah Emma sich um. David hatte darauf bestanden, dass er einen Tisch für sie im *Café Royal* reservierte. Aber die kühle Ästhetik der renovierten alten Villa sprach sie nicht an. Das Gebäude stand zwar unter Denkmalschutz und die Eigentümer des Cafés hatten sich Mühe gegeben, die alten Strukturen zu erhalten und zur Schau zu stellen. Wahrscheinlich hatte David das Café eigens deshalb ausgesucht, damit sie die Architektur des alten Gebäudes bewundern konnte. Dennoch fand sie die schlichte Inneneinrichtung aus Chrom und Leder zu kühl.

Im Vergleich dazu war das kleine Bistro, das sie vorgeschlagen hatte – ihr Lieblingscafé, das sie gemeinsam mit Ranari entdeckt hatte – Stückwerk. Der Raum dort war winzig, die Tische und Stühle wacklig. Die Toilette nur über fünf Stufen erreichbar, die Decke darin zu niedrig. Doch die selbst gebackenen Kuchen und der Kaffee dort waren unschlagbar und das Ambiente unglaublich gemütlich.

Ob ihre Verabredungen wohl künftig immer so verlaufen würden? Dass David die nobelsten und teuersten Lokalitäten der Stadt suchte, weil er glaubte, ihr damit einen Gefallen zu tun, während sie sich nicht traute, ihm ihre geheimen Plätze zu zeigen, weil sie fürchtete, sie könnten ihm zu schäbig sein?

„Was möchtest du bestellen?“, riss Davids sanfte Stimme sie aus ihren Gedanken.

Emma bemerkte den Kellner, der in schwarzer Hose, weißem Hemd und schwarzer Fliege geduldig wartete.

„Entschuldige.“ Pflichtschuldig wandte Emma sich der Speisekarte zu. Dabei fiel ihr ein, dass sie die Großmutter immer noch nicht angerufen hatte. Aber die würde wissen wollen, wie sie sich entschieden hatte. Also musste der Anruf warten, bis sie eine Antwort gefunden hatte.

Emma fand opulente Frühstücksmenus mit Bohnen, Tomaten und Speck sowie Toastvariationen mit Steak vom Weideochsen oder Lende vom Duroc-Schwein unter der Rubrik „Kleinigkeiten“. Was daran klein war, verstand sie nicht. Gab es hier überhaupt Croissants oder Kuchen?

Sie blätterte weiter und fand auf den vorletzten Seiten endlich den Hinweis:

Unser täglich wechselndes Angebot an Kuchen und Tartes erfragen Sie bitte bei unserer Bedienung.

„Möchtest du auch einen Salat?", fragte David.

„Nein, danke." Zum Kellner gewandt fügte Emma hinzu: „Bringen Sie mir bitte einen Milchkaffee. Haben Sie eine Tarte oder etwas Ähnliches?"

„Wir haben Kürbistarte mit Pinienkernen und Damaszenerpflaumen, Ziegenkäsetarte mit Honig-Barbarie-Ente, Lachstarte mit ..."

„Eine Tarte mit Früchten? Oder Kuchen?"

„Sicherlich, die Dame. Heidelbeertarte mit Mohn-Marzipan-Creme, Mirabellentarte mit Pistazien-Marzipan-Boden, Brombeer-Himbeer..."

„Ein Stück Mirabellentarte, bitte", unterbrach Emma ihn, ehe er noch weitere seltsame Variationen aufzählen konnte.

„Milchkaffee und Mirabellentarte mit Pistazien-Marzipan-Boden für die Dame und Caesar Salad mit gegrillter Putenbrust und Earl Grey Tee für den Herrn. Sehr wohl, die Herrschaften."

Mit diesen Worten schritt er davon.

Emma sah sich ein weiteres Mal um. In Anbetracht dessen, dass es Tea Time war, war das Café bemerkenswert leer.

„Gefällt es dir?", fragte David lächelnd und griff über den Tisch hinweg nach ihrer Hand.

Einem ersten Impuls folgend wollte sie die Hand wegziehen. Doch sie erinnerte sich rechtzeitig daran, weshalb sie hier war und ließ ihn gewähren. Davids Hand fühlte sich glatt und kühl an.

Emma zwinkerte. Wenn sie ehrlich war, würde es schwer werden, zu ihrem eigentlichen Anliegen zu kommen.

„Ich ... ich wollte dir meine Antwort geben“, sagte sie stattdessen.

Davids Lächeln versteinerte. Er räusperte sich und wechselte die Sitzposition.

Genau zur rechten Zeit kam der Kellner zurück und brachte David seinen Tee und für Emma den Milchkaffee. „Das Essen kommt sofort“, setzte er hinzu, ehe er wieder ging.

Mit einem Seufzen sah Emma ihm nach, ehe sie sich wieder an David wandte. Sie hatte sich das Ganze romantischer vorgestellt – mit Kerzen, im Halbdunkel, auf den wackligen Stühlen des kleinen Bistros, bei einem Latte Macchiato und einem Croissant mit Butter, das es hier nicht gab. Stattdessen musste sie sich entweder beeilen, ehe der Kellner mit der Mirabellentarte zurückkehrte, oder David so lange schmoren lassen, bis sie beide versorgt waren.

„Wir können warten, bis ...“

„Die Mirabellentarte, die Dame“, unterbrach der Kellner David. Es klirrte leise, als er den Teller vor sie auf den Tisch stellte.

„Ja“, sagte Emma.

Verdutzt starrte David sie an.

„Ja“, sagte Emma noch mal. Dann lachte sie: „Ich meinte dich, David. Nicht die Tarte.“

Edinburgh 1745

Sarahs tränennasse Wange wurde gegen die kalte Häuserwand gedrückt. Der nach Alkohol stinkende Atem des Soldaten schlug in ihr Gesicht. Stoff riss, als er an ihrer Unterhose zerrte und ihren Unterleib der Kälte aussetzte.

„Bück dich!“ Ein Schlag auf ihren Rücken verlieh den Worten Nachdruck.

Starr vor Angst gehorchte Sarah. Sie suchte nach Halt, um nicht vornüber zu fallen. Da fanden ihre klammen Finger das schmale Messer, das Samuel ihr aufgedrängt und das sie seitdem mit einem Band an ihrem Unterschenkel befestigt hatte.

Der Mann keuchte und griff nach ihren Hüften. Mit einem Ruck riss er sie zu sich heran, so dass sie die Hitze seines Körpers spüren konnte. Eine seiner Hände legte sich auf ihren unteren Rücken, die andere umklammerte ihre Hüfte.

„Tiefer!“

Sarah wusste, was gleich folgen würde. Sie wartete auf den Schmerz und die Gewalt, die er ihr antun würde. Etwas Heißes, Hartes drängte sich gegen die nackte Haut ihrer Oberschenkel. Plötzlich hielt sie das Messer in der Hand.

„Halt still!“

Mit Tränen in den Augen stach sie zu. Das schmale Messer drang überraschend leicht in den Unterschenkel des Mannes ein. Blut pulste hervor und tränkte binnen kurzer Zeit den weißen Strumpf. Der Mann schrie auf wie ein Stück Vieh.

Ehe Sarah reagieren konnte, traf sie ein Schlag im Rücken, der sie zu Boden warf. Sie fiel auf Hände und Knie in eine Pfütze aus kaltem, schlammigem Wasser. Zitternd versuchte sie, sich aufzurichten, während sie nach dem Messer suchte, das ihr aus der Hand gefallen war.

Da packte der Mann sie im Genick an den Haaren und zerrte sie daran hoch. Ein Schlag mit der flachen Hand warf ihren Kopf herum. Er schlug noch einmal zu, stieß sie zurück in die Pfütze. Im nächsten Moment war er über ihr, drückte ihr schmerzendes Gesicht in die Pfütze und spreizte mit den Knien ihre Oberschenkel.

„Wenn du dich wehrst, dann wird es eben hart für dich, Schlampe!"

„Bitte", schluchzte sie, „bitte ..."

Ihre Hände wühlten auf der Suche nach dem Messer im Schlamm. Wasser drang in ihre Nase und ihren Mund. Verzweifelt rang sie nach Atem, da stießen ihre Finger endlich auf das Messer. Sie griff zu und stach blind zu. Ohne zu wissen, ob sie nun den Arm oder den Leib des Mannes getroffen hatte, stach sie erneut zu. Sie hörte den Mann brüllen. Ein Schlag traf ihren Kopf.

Im nächsten Augenblick wurde er plötzlich von ihr heruntergerissen. Als sie sich, am ganzen Leib zitternd, auf alle Viere erhob, entdeckte sie Samuel. Er hielt den Soldaten am Kragen gepackt und drosch ihm mit vor Wut zur Grimasse verzerrtem Gesicht die Faust ins Gesicht. Die einst so weißen Hosen des Offiziers hingen ihm in den Kniekehlen und entblößten seine Oberschenkel und sein Gemächt.

Wieder und wieder drosch Samuel auf den Mann ein. Der Offizier zeigte kaum Gegenwehr. Vielleicht hatte Samuel ihn gleich so hart getroffen, dass sein Bewusstsein getrübt war. Vielleicht war er auch nur zu überrascht von dem plötzlichen, rohen Angriff. Blut rann aus seiner Nase und seinem Mund. Aus seinem Keuchen wurde ein Stöhnen.

Das Pferd tänzelte ein paar Schritte weiter nervös auf der Stelle.

„Hör auf, Sammy“, schluchzte Sarah. „Bitte, hör auf! Du bringst ihn noch um.“

Taumelnd stand sie auf, das blutbesudelte Messer immer noch in der Hand. Ihre nassen und mit Schlamm bedeckten Kleider sogen den letzten Rest Wärme aus ihrem Körper.

„Hör auf“, wisperte sie noch einmal. Obwohl sie wusste, dass Samuel sie in seiner Raserei nicht hörte.

Der Mann lag derweil am Boden im Dreck. Sein Gesicht war nur noch eine blutige Masse. Er regte sich nicht mehr.

Da ließ Samuel endlich von ihm ab.

3.

London 2019

„Willst du, David Arthur Jackson, diese Frau zu deiner angetrauten Ehefrau nehmen, um mit ihr nach Gottes Gesetz im heiligen Stand der Ehe zusammenzuleben? Willst du sie lieben, trösten, ehren und behüten, in Krankheit und Gesundheit, und allen anderen entsagend ihr die Treue halten, solange ihr beide lebt?"

Die Worte des Pfarrers ließen Emmas Herz erbeben. Sie sah auf, in Davids Gesicht, der sie mit ernsten braunen Augen anblickte.

„Ja, ich will", sagte er mit fester Stimme.

Emma wurde heiß und kalt zugleich. Sie schwitzte auf einmal. Es kam ihr vor, als liefe sie sehenden Auges in einen Abgrund. Was würde die Großmutter zu dieser Hochzeit sagen?

„Willst du, Emma Sarah Stewart, diesen Mann zu deinem angetrauten Ehemann nehmen, um mit ihm nach Gottes Gesetz im heiligen Stand der Ehe zusammenzuleben? Willst du ihm gehorchen und dienen, ihn lieben, ehren und behüten, in Krankheit und Gesundheit, und allen anderen entsagend ihm die Treue halten, solange ihr beide lebt?"

Emmas Kehle wurde eng. „Ich will", quetschte sie mit Mühe hervor. Wenn sie doch nur die Großmutter um Rat bitten könnte.

Ein sanftes Lächeln von David belohnte sie.

„Wer übergibt diese Frau diesem Mann zur Ehefrau?", fragte der Pfarrer.

Ein verwittert wirkender Mann im Gehrock mit grauen Haaren und grauem Bart, der einen Gehstock benutzte, trat vor. Nach einem verwirrten Augenblick erkannte Emma in ihm William MacDonald, den Bruder ihrer Großmutter. Wortlos nahm dieser Emmas rechte Hand und legte sie in die des Pfarrers.

Der nahm sie, übergab sie an David und legte seine Rechte auf die Hände von David und Emma. An David gewandt deklamierte er: „Ich, David Arthur Jackson, nehme dich, Emma Sarah Stewart, zu meiner angetrauten Frau, um dich zu besitzen und zu behüten von diesem Tage an, in guten und in schlechten Zeiten, in Reichtum und in Armut, in Krankheit und Gesundheit, um dich zu lieben und zu ehren, bis dass der Tod uns scheidet, nach Gottes heiligem Gesetz. Das verspreche ich dir."

Getreu wiederholte David die Worte des Pfarrers, sobald dieser eine Pause anlegte.

Danach wandte der Pfarrer sich an Emma und sprach auch ihr das Eheversprechen vor. Ein Schauer rann über Emmas Rücken, als sie die Worte wiederholte. Sie wartete darauf, dass irgendjemand Einspruch erhob. Hatte sie die Stelle in der Zeremonie verpasst, in der dies möglich war?

Wenn Großmutters Bruder hier war, wo war sie dann nur? Sie würde doch niemals ohne ihre Großmutter heiraten – die Frau, die ihr Mutter und Vater ersetzt hatte, nachdem diese vor fünfzehn Jahren bei dem Autounfall in den Highlands gestorben waren.

Ein scharfes Räuspern des Pfarrers ließ sie aufmerken. Er bot David einen goldenen Ring auf einem silbernen Tablett an. Dieser griff mit spitzen Fingern danach und steckte ihn auf Emmas Ringfinger.

Wieder begann der Pfarrer ihm vorzusprechen: „Mit diesem Ring nehme ich dich zur Frau, mit meinem Körper ehre ich dich und all meine weltlichen Güter teile ich mit dir. Im Namen des Vaters und des Sohnes und des Heiligen Geistes."

Ein törichtes Lächeln lag auf Davids Zügen, während er die Worte nachsprach.

„Kraft meines von Gott gegebenen Amtes erkläre ich euch hiermit zu Mann und Frau", sagte der Pfarrer. „Sie dürfen die Braut jetzt küssen."

David beugte sich vor. Seine Lippen berührten Emmas, kalt und leblos. Als küsste sie einen Fisch.

Sie erwachte schweißfeucht und frierend. Ein Traum. Sie hatte die Hochzeit nur geträumt. Weshalb nur fühlte es sich wie ein Albtraum an? Sollte sie nicht von Freude erfüllt sein? Wieso hatte sie das Bedürfnis, sich die Lippen abzuwischen, um den Abdruck des Kusses loszuwerden?

Ihr Smartphone klingelte. Müde setzte sie sich im Bett auf, um im Halbdunkel ihres Schlafzimmers nach dem Gerät zu greifen, das auf ihrem Nachttisch lag. Die Nummer, die auf dem Display leuchtete, war ihr fremd.

„Hallo", sagte sie. „Emma Stewart am Apparat."

„Hier spricht William MacDonald", meldete sich eine krächzende Stimme. „Es tut mir leid. Aber ich rufe dich an, um dir mitzuteilen, dass deine Großmutter gestorben ist."

Edinburgh 1745

„Was hast du getan?“, wisperte Sarah.

Zitternd schlang sie die Arme um ihren Oberkörper. Der Rock klebte nass und schwer an ihren Beinen. Ihre Augen brannten, aber die Tränen wollten nicht kommen.

Sie hatte einen Offizier mit dem Messer angegriffen. Weshalb hatte sie nicht einfach stillgehalten? Dann wäre es nie so weit gekommen. Wenn die Soldaten sie jetzt erwischten, würden sie hängen. Alle beide.

„Steh nicht so nutzlos herum!“, herrschte Samuel sie an. „Los! Pack mit an und hilf mir!“

Bei den Worten griff er den Toten unter den Achseln und zerrte ihn von der Häuserecke weg weiter in die Gasse hinein. Das Pferd wich schnaubend vor ihm zurück.

Von weitem drangen Stimmen an Sarahs Ohren. Sie schrak zusammen, wirbelte herum und lugte vorsichtig um die Häuserecke. Zwei Soldaten liefen mehrere hundert Schritt von ihnen entfernt die breite Straße hinab Richtung Burg.

„Kommst du jetzt endlich?“

Samuels scharfe Worte ließen Sarah erneut zusammenzucken. „Ich komme“, sagte sie schnell und eilte dem Bruder hinterher.

Als sie ihn erreichte, bückte sie sich, um nach den Knöcheln des Soldaten zu greifen. Der Tote war schwerer als sie gedacht hatte. Keuchend umrundeten sie das Pferd und kämpften sich Schritt für Schritt mit dem Gewicht der Leiche die Gasse hinab. Bis Samuel so plötzlich stehen blieb, dass sie stolperte und stürzte.

„Hierher“, kommandierte er

Willenlos packte sie wieder mit an und half Samuel dabei, die Leiche vor einem Kohlenloch zu deponieren.

„Los! Geh vor zur Häuserecke und pass auf, dass niemand kommt."

„Was ... was hast du vor?"

„Nun geh schon, dumme Gans!"

Müde und verwirrt gehorchte Sarah. Ihr war so kalt, dass sie ihre Zehen kaum noch spürte. Der nasse, schmutzige Rock schien Tonnen zu wiegen.

An der Häuserecke blieb sie stehen und schielte um die Ecke. Die beiden Soldaten waren verschwunden. Es drängte sie danach, sich umzudrehen, um zu erfahren, was Samuel vorhatte. Aber sie kannte sein ungezügeltes Temperament schon zu lange. Er schlug auch sie, wenn sie ihm im falschen Moment widersprach. Das hatte sie schon zur Genüge erfahren müssen.

Zudem hatte er recht. Egal was er tat, die Soldaten durften sie nicht erwischen. Die Leiche musste verschwinden.

Das Pferd schnaubte und pustete ihr seinen warmen Atem in den Nacken. Wenn es ohne Reiter die breite Straße hinablief, würde das am Ende noch die Soldaten aufmerksam machen. Weshalb hatte sie nicht früher daran gedacht? Dem Himmel sei Dank, dass es noch nicht weggelaufen war.

Mit einem Kloß im Hals wandte Sarah sich dem Tier zu. „Shh", machte sie leise, während sie versuchte, nach den Zügeln zu greifen. Das Pferd wich mit nervös rollenden Augen einen Schritt von ihr zurück.

„Shh! Alles ist gut", flüsterte Sarah so freundlich wie möglich. „Ich bin eine Freundin. Ich besorg dir etwas zu fressen. Halt schön still, ja?"

Die dunklen Augen des Tiers waren unverwandt auf sie gerichtet, als verstehe es, was sie sagte. Wahrscheinlicher war, dass es einfach nur auf ihre Stimme lauschte.

Es war so gebannt, dass Sarah nach den Zügeln greifen konnte.

„Ja, so ist es gut."

Vorsichtig strich sie dem Tier mit der freien Hand über die Nüstern. Die Soldaten fielen ihr wieder ein. Wenn sie jetzt erwischt wurden, war sie zudem eine Pferdediebin.

London 2019

Großmutter war tot.

Wie betäubt saß Emma auf der Kante ihres Bettes. Ihre Füße wurden kalt. Sie hatte keine Ahnung, wie lange sie dort gesessen hatte. Von weit entfernt drang der Lärm der pulsierenden Stadt an ihre Ohren. Das Smartphone in ihren Händen fühlte sich glatt und kühl an. Leblos. Sie entdeckte einen Fleck an der Wand, den sie nie zuvor bemerkt hatte. Wie lange der wohl schon existierte?

Langsam stand sie auf, das Smartphone immer noch in der Hand. Im Halbdunkel tappte sie in die winzige Küche, machte das Licht an und aktivierte die Kaffeemaschine. Sie röhrte, als sie sich selbst reinigte. Wie ein Automat holte Emma eine Tasse aus dem Schrank und ließ sie sich befüllen. Die Milch stand griffbereit daneben. Sie nahm einen Schluck vom Milchkaffee. Aber mit dessen Duft kamen die Erinnerungen. Sie sah die Großmutter in ihrer geräumigen, gemütlichen Küche, wie sie Kaffee in einer Espressokanne brühte. Das

Aroma befeuerte all ihre Sinne. Kein anderer Kaffee konnte es damit aufnehmen.

Auf einmal rannen Tränen über ihre Wangen. Mühsam unterdrückte sie ein Schluchzen und ließ sich auf den Stuhl sinken. Weitere Tränen kamen. Mannhaft versuchte sie, sie hinterzuschlucken.

Nie wieder würde sie die warme Umarmung der Großmutter fühlen. Nie wieder ihren Duft nach Rosmarin, Tee und Thymian riechen. Nie wieder mit ihr über Gott und die Welt plaudern. Nie wieder.

Weshalb nur hatte sie die Großmutter nicht besucht? Die alte Frau hatte so oft angerufen und sie gefragt, wann sie denn mal wieder vorbeikäme. Jedes Mal hatte sie eine andere Ausrede gefunden. Als ob sie Angst davor gehabt hatte, sich ihren kritischen Augen zu stellen. Aber aus welchem Grund?

Sie sah das kleine weiße Haus der Großmutter mit den schroffen, hohen Bergen im Hintergrund in ihrer Erinnerung. Der winzige Vorgarten wurde von einem mit Blumen umrankten Staketenzaun eingerahmt.

Der Schmerz in ihrer Brust war so heiß und heftig, dass sie hemmungslos zu schluchzen begann. Die Tränen rannen in einem steten Strom über ihre Wangen. Sie konnte gar nicht mehr aufhören, als wäre ein Damm gebrochen, der nun all ihren Kummer entließ.

Erst nach einer Weile versiegte der Strom. Mit unsicherer Hand griff sie nach der Tasse und nahm einen Schluck vom erkalteten Milchkaffee. Dank des Kaffeegeschmacks schaffte sie es, ihre Gedanken zu ordnen.

Der Großonkel hatte irgendeinen Termin genannt. Die Beerdigung. Natürlich! Sie musste an der Beerdigung teilnehmen. Er hatte auch von einem Notartermin gesprochen, den sie am Freitagvormittag, dem Tag vor der Beerdigung, unbedingt wahrnehmen musste.

Herrje! Es würde um das Erbe gehen, das die Großmutter ihr hinterlassen hatte. Vielleicht hatte sie ihr das Haus vermacht. Das kleine weiße Haus in den Highlands mit dem pittoresken Vorgarten. Dabei brauchte sie doch gar kein Haus in den Highlands. Ihr Leben fand hier in London statt. Andererseits konnte sie es auch verkaufen oder vermieten.

Wieder sah sie das Haus. Dieses Mal stand die Großmutter in der Haustür und winkte, als wollte sie sich verabschieden. Niemals würde sie dieses Haus jemand anderem überlassen.

Die Beerdigung! Sie musste David informieren, das Treffen absagen, bei dem sie die Verlobungsfeier besprechen wollten. Sie waren zwar schon verlobt, aber David wollte unbedingt eine große Feier veranstalten, um sie seinen Freunden zu zeigen. In die Gesellschaft einführen, nannte er es. Er hatte sogar schon einen Termin angesetzt.

Emmas Finger zitterten, als sie Davids Namen in ihrem Smartphone suchte und die Kurzwahltaste drückte.

„Hallo Liebes, wie geht es dir?“

Davids freundliche Stimme aktivierte den Schmerz. Mühsam beherrscht wischte Emma ein paar neue Tränen weg.

„Es ... es tut mir leid, aber ... aber ich kann morgen nicht kommen. Ich ...“ Sie musste innehalten, um nicht erneut loszuheulen.

„Emma, mein Schatz, was ist denn los? Kann ich dir irgendwie helfen? Soll ich vorbeikommen?"

„Nein, nein. Es ist nur ... meine Großmutter ist gestorben. Ich muss am Samstag auf die Beerdigung und ..."

„Mein armer Engel! Mach dir keine Gedanken. Ich werde die Feier auch ohne dich planen. Alles wird gut."

Seltsamerweise trösteten die Worte sie kein bisschen.

Edinburgh 1745

„Was tust du da?"

Das Pferd warf bei den scharfen Worten den Kopf und hätte Sarah fast die Zügel aus der Hand gerissen. Schuldbewusst drehte sie sich zu ihrem Bruder um.

Aber hinter ihr stand nicht Samuel, sondern ein englischer Offizier in der Uniform der Rotröcke.

„Was glotzt du mich so an?"

„Sammy ... du hast ... du kannst doch nicht ..."

„... die Uniform des Toten anziehen? Das ist die beste Art und Weise, hier heil herauszukommen. Niemand wird einen englischen Offizier aufhalten. Oder hast du eine bessere Idee?"

„Aber ... das ist ..."

„Diebstahl?" Samuel lachte rau. „Schwesterherz, ich habe den Kerl umgebracht. Glaubst du, darauf kommt es noch an?"

Um dem Bruder nicht in die Augen blicken zu müssen, wandte Sarah sich dem Pferd zu und streichelte ihm die Nüstern. Samuel hatte ja recht. Aber falls irgendwelche mildernden Umstände gegolten hatten, dann waren diese mit der Aneignung der Uniform hinfällig. Dessen war sie sicher.

„Hier!“ Samuel hielt ihr ein zerknittertes Schriftstück vor die Nase. „Was ist das? Lies es mir vor!“

Mit den Zügeln in den Händen faltete Sarah das Papier auseinander. Ein dickes Siegel mit der englischen Krone prangte darauf. Ein paar wenige Zeilen waren mit krakeliger Handschrift darauf zu sehen. Marschbefehl entzifferte sie endlich. Das Datum war verwaschen, die Unterschrift nicht lesbar. Nur den Namen des Offiziers, dem der Befehl galt, und den Ort, wohin er befohlen wurde, konnte sie erkennen.

„Das ist ein Marschbefehl für Lieutenant Gordon Llewitt-Brown – nach Fort William. Aber wer ihn unterschrieben hat, kann ich nicht lesen.“

„Nutzloses Weib!“ Samuel riss ihr das Papier wieder aus der Hand und steckte es in den roten Rock von Gordon Llewitt-Brown, den er trug. Dann griff er nach den Zügeln des Pferdes, die Sarah hielt. „Wenigstens hast du das Pferd festgehalten.“

„Wo ... wo ist die ... der ...“ Die Worte *Leiche* oder *Toter* wollten Sarah nicht über die Lippen kommen.

„Der Mistkerl liegt im Kohlenkeller, wo er hingehört.“

„Aber ...“

„Hast du vielleicht eine bessere Idee? Wären wir in London, dann würde er jetzt in der Themse schwimmen. Aber in diesem verfluchten Kaff gibt es ja nicht einmal einen Fluss, um eine Leiche verschwinden zu lassen.“ Samuel fasste die Zügel kürzer. Das Pferd tänzelte nervös.

„Aber wenn ihn jemand findet, dann ...“

Mit einem Ruck an den Zügeln brachte Samuel das Pferd zum Wiehern. „Hör auf zu jammern! Du bist schuld, dass wir in dieser Lage sind.“

Tränen sammelten sich in Sarahs Augen. Schnell wischte sie sie weg, damit Samuel sie nicht sehen konnte. Das würde ihn nur noch mehr verärgern.

„Und ... und was machen wir jetzt?"

„Was wohl?" Mit Schwung saß Samuel auf. „Deine Fehler ausbügeln und so schnell wie möglich von hier verschwinden, ehe den Kotzbrocken jemand findet."

Sarahs Kehle wurde eng.

Mit grimmiger Miene bot Samuel ihr seine Hand. „Worauf wartest du?"

Zitternd griff sie danach und ließ sich hochziehen. Ungemütlich kam sie hinter ihm zum Sitzen. „Wo ... wo willst du denn hin?"

„Als Erstes raus aus dieser verfluchten Stadt, in der wir deinetwegen ja nicht bleiben können."

Auf ein Schnalzen von Samuel setzte sich das Pferd mit einem unwilligen Schnauben in Bewegung. Sarah musste sich an Samuel festhalten, um nicht vom Pferderücken zu fallen. Die Hufe klackerten viel zu laut auf dem nassen Kopfsteinpflaster, als Samuel die breite Straße hinabritt – fort von der Burg. Sie passierten eine Handvoll Soldaten, aber diese sahen nur kurz auf und salutierten. Nichts geschah.

Weiter ging es durch die dunklen, verwinkelten Gassen, die umso verlassener wirkten, je weiter sie sich von der Burg entfernten. Sarahs Herz hämmerte gegen ihre Brust. Sie wagte kaum zu atmen, aus Furcht, den Bruder noch mehr zu erzürnen. Als sie sich in den fahlen Strahlen der Morgensonne dem Stadttor näherten, nahm Sarah all ihren Mut zusammen.

„Wohin reiten wir?", flüsterte sie.

Die Soldaten öffneten derweil die Tore, als sei dies völlig selbstverständlich. Sarahs Hände wurden feucht. Aber niemand fragte nach ihrem Begehr.

Im Morgenrot breitete sich die hügelige Landschaft vor ihren Augen aus. Vögel zwitscherten, als sei nichts geschehen.

„Nach Fort William“, antwortete Samuel endlich. „Meinen Dienst antreten, du Schaf!“

4.

Highlands 2019

Müde kletterte Emma aus dem Bus. Die knapp zweieinhalb Stunden von Anniesland Richtung Fort William waren eine Tortur gewesen. Und das, nachdem sie bereits sechs Stunden im Zug gesessen hatte.

Es dunkelte schon. Die Sonne versank hinter den schroffen Berggipfeln und tauchte das Land in ein goldenes Rot. Sie war froh, sich nach der langen Reise ein wenig die Beine vertreten zu können und ging die Straße entlang. Ihr Trolley ratterte über das unebene Pflaster des Bürgersteigs hinter ihr her. Erst nach einer Weile wurde ihr klar, dass sie keine Ahnung hatte, wo sie übernachten sollte.

Einen Herzschlag lang zögerte sie, ehe sie sich ein Herz fasste und weiterging. Weiße und braune Holzzäune flankierten die Straße. Sie passierte die Fahrradstation und das kleine Café, das die alten Camerons betrieben. So spät am Abend war die Hauptstraße des kleinen Ortes nahezu menschenleer. Nur ein Ehepaar kam ihr entgegen, das sie anhand der Wanderkleidung eindeutig als Touristen einordnen konnte.

Als sie die Straße erreichte, die zum Outdoor-Zentrum führte, blieb sie stehen. Ihr Herz hämmerte wie verrückt. Etwa fünfzig Meter die schmale Seitenstraße hinauf lag das leerstehende Haus der Großmutter. Sie wollte es sehen, stellte sich vor, wie sie die Klingel betätigte und die Großmutter ihr die Tür öffnete. Aber sie würde ihr nicht die Tür öffnen. Nie mehr.

Emmas Augen brannten. Sie musste die Zähne zusammenbeißen, um nicht loszuheulen.

Nein, sie konnte nicht zum Haus der Großmutter gehen. Nicht jetzt. Noch nicht. Zudem hatte sie ohnehin keinen Schlüssel. Ein wenig von der Last fiel von ihr ab, als sie an diesem Gedanken anlangte.

Sie konnte versuchen, ob sie im *Grianan* oder im *Heatherlea* noch ein Zimmer bekam. Die beiden Pensionen lagen fünfzig und hundert Meter weiter die Hauptstraße hinab. Wenn sie sich im *Heatherlea* auch keine großen Chancen ausrechnete, da das meistens ausgebucht war. Notfalls würde sie eben den ganzen Weg bis zum Hotel, wo sie ausgestiegen war, zurücklaufen müssen.

Mit forschen Schritten ging sie weiter. Sie konnte sich nicht an dem vielen Grün und den hohen Bergen sattsehen, die das Tal, dessen tiefste Stelle sie querte, einfassten. Wenn sie eine erhöhte Stelle suchte und nach links hinabschaute, konnte sie das Meer erspähen. Sie hatte völlig vergessen, wie schön es hier war.

Hinter einem Maschendrahtzaun, der eine kleine Rasenfläche zur Straße abgrenzte, kam ein weißes Haus in Sicht. Das war *Grianans* Pension. Die kleine Gartentür quietschte, als Emma sie öffnete. Mit zittrigen Knien erreichte sie die Eingangstür und klingelte.

Es dauerte nicht lange, bis eine Frau Mitte Fünfzig die Tür öffnete. Sie trug eine geblümte Schürze über ihrem dunkelblauen Kleid und hatte die mit grauen Strähnen durchzogenen dunklen Haare in einen Knoten auf dem Kopf zusammengebunden.

„Emma! Emma Stewart. Das ist ja eine Überraschung. Wobei – eigentlich hätte ich es mir denken können, dass du zur Beerdigung herkommst. Aber dass du ausgerechnet bei uns vorbeikommst ... Richard, Richard, sieh nur, wer geklingelt hat!“

Kelly Cummings, so hieß die Inhaberin des *Grianan*, ließ Emma einfach stehen und ging in den Flur hinein. Sie war wahrscheinlich die größte Klatschbase im ganzen Ort, erinnerte Emma sich. Vielleicht hätte sie doch zuerst im *Heatherlea* vorbeischauen sollen.

Ein Grunzen antwortete aus einem der Nachbarräume. Da kam Kelly schon mit einem strahlenden Lächeln zurück. „Ich nehme an, dass du ein Zimmer suchst. Du hast Glück. Gerade heute Morgen hat ein Paar aus Manchester ausgecheckt. Ich werde dir ihr Zimmer gleich zurecht machen. Aber es ist leider nur eine Woche frei. Dann kommen die nächsten Touristen. Oder bleibst du länger als eine Woche? Aber was rede ich! Mein herzliches Beileid, liebe Emma. Komm, ich führe dich zu deinem Zimmer. Du bist bestimmt müde nach der langen Fahrt. Wenn du Hunger hast, kann ich dir noch ein wenig Eintopf warmmachen, dann musst du nicht noch mal raus. Ach, ist es nicht schön, wieder zu Hause zu sein?“

Zu Hause. War es das? Das *Grianan* sicher nicht.

Wieder dachte Emma an das Haus der Großmutter. War das ihr Zuhause? Oder war es die kleine Wohnung in London?

Highlands 1745

Im flachen Land südlich des Firth of Forth kamen sie gut voran. Das Pferd schien nicht müde zu werden. Nach dem Regen der letzten Tage war endlich die

Sonne herausgekommen und trocknete Sarahs nasse Kleider.

Sie passierten etliche kleine Dörfer, ritten vorbei an sattgrünen Wiesen mit Kühen und Schafen, hinter denen fern das blaue Wasser des Sunds in der Sonne blitzte.

Dann verschwand er und Hügel ersetzten den Blick aufs Meer zu ihrer Rechten. Sarahs Hintern begann zu schmerzen. Ihr Magen verlangte nach etwas zu essen. Aber alles, was sie dabei hatten, war ein Schlauch mit Wein, der am Sattel des fremden Pferdes hing. Und je mehr sie davon trank, umso größer wurden ihr Hunger und ihr Durst.

„Ich habe Durst – und Hunger“, sagte sie endlich.

Samuel gab keine Antwort.

„Können wir nicht bei einer Schänke anhalten und etwas essen?“

Sehnsüchtig sah Sarah auf die Ansammlung von Häusern, die von fern zu sehen waren. Sicher würde Samuel wieder in einem großen Bogen an ihnen vorbeireiten.

„Damit irgendjemand uns sieht und unsere Spur verfolgt werden kann? Ganz sicher nicht.“

Sarahs Magen knurrte leise.

„Bitte!“, flüsterte sie.

„Sieh mich an! Klage ich über Hunger und Durst? Den ganzen Wein habe ich dir überlassen. Also hör auf zu heulen, wenn du nicht am Galgen landen willst.“

„Aber ich habe mich nur verteidigt. Ich habe ihn nicht getötet.“

Abrupt zügelte Samuel das Pferd und drehte sich im Sattel zu ihr um. Sein Gesicht war zu einer zornigen Grimasse verzogen.

„Weshalb hast du ihm dann Avancen gemacht?"

Erschrocken wich Sarah zurück. „Ich habe ihm keine Avancen gemacht. Er ..."

Samuel packte ihren Unterarm so fest, dass Sarah nur mit Mühe einen Schrei unterdrücken konnte.

„Du verstehst es nicht. Du verstehst es immer noch nicht! Du gehörst zu mir! Denn du und ich, wir gehören zusammen. Für immer. Kein anderer Mann wird sich jemals zwischen uns drängen. Kein Bill und auch kein dahergelaufener Soldat. Das lasse ich nicht zu. Kapierst du es jetzt?"

Sarahs Kehle war zu eng zum Atmen. Alles was sie tun konnte, war, den Bruder anzustarren. Das waren keine Worte, die ein Bruder zu seiner Schwester sagen sollte. Das waren Worte, die nicht einmal ein Mann zu seiner Frau sagen sollte. So besitzergreifend waren sie.

„Kapierst du das?", schrie Samuel. „Du gehörst mir! Ich lass nicht zu, dass wir getrennt werden. Eher sterbe ich."

Seine nussbraunen Augen funkelten sie an.

Sarah nickte. „Ja", quetschte sie hervor.

Schnaubend ließ Samuel ihren Arm los und wandte sich wieder um. Mit einem Zungenschnalzen trieb er das Pferd wieder an.

Tränen sammelten sich in Sarahs Augen und rollten über ihre Wangen. Sie wagte nicht, sich zu rühren, um sie wegzuwischen. Samuel hatte auch sie schon geschlagen, wenn er wütend war. Wie ein ungezogenes

Kind hatte er sie über seine Knie gelegt und ihren Hintern geschlagen, so arg, dass sie am folgenden Tag nicht ohne Schmerzen sitzen konnte. Von den vielen Ohrfeigen, die er ihr schon gegeben hatte, ganz zu schweigen.

Bills Bild tauchte in Sarahs Erinnerung auf. Er hätte niemals eine Frau geschlagen, schon gar nicht die ihm angetraute. Aber nachdem Samuel erfahren hatte, dass Bill sie gefragt hatte, ob sie seine Frau werden wollte, war Sammy wutschnaubend davongestürmt. Als er zurückkam, hatte er sie noch in der gleichen Nacht aus London fortgezerrt.

Schon so oft hatte sie sich den Augenblick in Erinnerung gerufen, als Samuel mitten in der Nacht die Tür zu der kleinen Hütte aufgerissen hatte, die die Eltern ihnen hinterlassen hatten. Die Laterne, die er in den Händen gehalten hatte, hatte ein flackerndes Licht auf sein von Wut und Hass zerfurchtes Gesicht geworfen. Je öfter Sarah daran zurückdachte, umso mehr glaubte sie sich daran zu erinnern, dass Samuels Hände blutbesudelt gewesen waren.

Die Frage, die daraus resultierte, wagte sie sich nicht zu stellen. Samuel hatte sie ihr beantwortet, indem er sagte, dass Bill die Verlobung gelöst und die Soldaten auf ihn gehetzt habe, weil er den Brautpreis zurückverlangt hatte. Dabei konnte sie sich nicht entsinnen, dass Bill jemals einen erhalten hatte.

Guter Bill. Er hatte ihr alles geboten, was sie sich wünschte. Sicherheit, ein warmes Zuhause und freundliche Worte. Dass er nahezu zwanzig Jahre älter war als sie, spielte da keine Rolle. Sie hätte auch einen Greis geheiratet, wenn er sie freundlich behandelte und ihr ein warmes Zuhause bot.

Wenn er sie von Samuel befreite.

Zitternd starrte Sarah auf Samuels Rücken. War sie ungerecht ihm gegenüber? War es nicht ihre Pflicht, ihm zu gehorchen, da er sie doch stets beschützte? Samuel, der ihr Vater und Mutter ersetzt hatte. Der sie aufgezogen hatte, sich schindete und die niedersten Arbeiten verrichtete, um sie kleiden und ernähren zu können.

Sie wusste die Antwort. Sie konnte sie sich nur nicht eingestehen. Denn das hätte bedeutet, dass sie ihn verlassen musste. Und das hätte Samuel nie zugelassen.

Highlands 2019

Ein wenig befangen sah Emma sich in dem Raum mit den alten Möbeln um. Der ältere Herr mit den grauen Haaren, den die Großmutter mit der Vollstreckung ihres Testaments betraut hatte, lächelte sie an.

„Es wird nicht lange dauern", sagte er. „Das versichere ich Ihnen. Eine reine Formalität."

Emma nickte wortlos. Kellys reichhaltiges Frühstück lag ihr auf einmal schwer im Magen. Sie hatte Formalitäten schon immer gehasst. Denn meistens versteckten sich hinter reinen Formalitäten wichtige Details.

„Da haben wir es", fuhr der Notar fort, während er eine Akte aufschlug. Er studierte kurz zwei eng bedruckte Blatt Papier, ehe er sie zurück in die Mappe legte und aufsah. „Ich gehe davon aus, dass Sie sich legitimieren können."

„Oh ja, natürlich." Hektisch kramte Emma ihr Portemonnaie aus ihrer Jackentasche hervor. Nach kurzem Suchen fand sie zwischen all den Scheckkarten ihren

Personalausweis und legte ihn auf den wuchtigen alten Schreibtisch, hinter dem der Notar saß.

Er warf nur einen kurzen Blick darauf, ehe er ihn ihr wieder zuschob. „Gut, das sollte genügen. Miss Emma Stewart, sind Sie so weit, dass ich Ihnen das Testament Ihrer Großmutter vorlesen kann?"

Während Emma ihren Personalausweis wieder verstaute, sah sie sich um. „Wo sind denn Großmutters Bruder und dessen Familie? Sollten die nicht hier sein?"

Der Notar schüttelte den Kopf. „Sie sind die Einzige, die im Testament Ihrer Großmutter benannt wird, Miss Stewart. Sind Sie nun so weit?"

Nachdem sie tief durchgeatmet hatte, nickte Emma.

Mit hochgezogenen Brauen hob der Notar das erste Blatt hoch. „Hiermit erkläre ich, Abigail Sarah Stewart, geboren am 15. Mai 1937 in Glencoe Ballachulish, im Vollbesitz meiner geistigen Kräfte, meine Enkelin Emma Stewart, geboren am 8. März 1996 in Fort William, zu meiner alleinigen Erbin. Sollte die zuvor genannte Erbin vor mir versterben, so bestimme ich das Heimatmuseum als alleinigen Erben. Dies gilt auch für den Fall, dass meine Enkelin Emma Stewart das Erbe ablehnen sollte. Für diesen Fall bestimme ich, dass mein Haus und meine gesamten Habseligkeiten vom Museum genutzt werden. Mein Vermögen und meine veräußerbaren Werte sollen dazu dienen, eine Stiftung zur Unterstützung des Glencoe Heritage Museums zu gründen."

Der Notar sah auf. „Haben Sie das so weit verstanden, Miss Stewart?"

Sarah nickte. Ihre Kehle war zu trocken, um zu antworten. Sie sollte also alles erben, sofern sie das Erbe nicht ablehnte oder vor der Großmutter starb.

„Gut, dann fahre ich fort", sagte der Notar. „Hiermit verfüge ich, dass meine Enkelin Emma Stewart vor dem Antritt ihres Erbes die Ausstellung, die ich im Glencoe Heritage Museum initiiert habe, beendet. Sollte sie dies ablehnen oder der Bestimmung nicht fristgerecht nachkommen, gilt das Erbe als abgelehnt und das Glencoe Heritage Museum tritt meine Rechtsnachfolge an. Gezeichnet Abigail Sarah Stewart. Selbstverständlich wurde das Testament bezeugt. Als Testamentsvollstrecker hat Ihre Großmutter meine Kanzlei eingesetzt. Haben Sie noch Fragen?"

„Verstehe ich das richtig, dass ich nur erbe, wenn ich diese Ausstellung im Glencoe Heritage Museum vorbereite?"

„Korrekt." Der Notar lächelte verbindlich. „Wichtig ist auch der Hinweis *fristgerecht*. Soweit ich informiert bin, soll die neue Ausstellung in vier Wochen eröffnet werden. Ich gehe davon aus, dass das die Frist ist, die Ihnen gesetzt wurde. Aber zu weiteren Details setzen Sie sich am besten mit der Kuratorin auseinander. Die kann Ihnen sicher genau sagen, was von Ihnen zum Antritt Ihres Erbes erwartet wird."

Vier Wochen.

„Wann hat Großmutter denn dieses Testament abgeschlossen?"

„Oh, Ihre Großmutter hat Sie bereits vor fünfzehn Jahren als Alleinerbin eingesetzt. Aber die Klausel mit der Ausstellung kam erst vor drei Monaten hinzu."

Vor drei Monaten hatte die Großmutter sie das erste Mal angerufen und zu einem Besuch eingeladen.

„Sie war krank“, setzte der Notar hinzu. „Wussten Sie das nicht?“

Highlands 1745

Der Abend sank herab und mit der Dunkelheit kam die Kälte. Der Regen hatte wieder eingesetzt und Sarahs kaum trocken gewordenen Kleider erneut durchnässt. Der Wind schien das letzte Restchen an Wärme aus ihr heraussaugen zu wollen.

Frierend starrte Sarah auf die Lichter von Glasgow, die hinter ihnen immer kleiner wurden und sich im Regen verloren. Als der Weg eine Biegung um die nächsten Hügel machte, die nördlich der Stadt begannen, geriet sie ganz außer Sicht. Sarahs letzte Hoffnung auf eine trockene, warme Unterkunft für die Nacht schwand. Aber sie wagte nicht, sich zu beklagen. Sie wagte nicht einmal, die Arme um den Bruder zu legen, um sich mit der Wärme seines Körpers zu trösten.

Ihr Magen schmerzte vor Hunger und sie fror so sehr, dass sie kaum noch die Finger bewegen konnte. Die dunklen, bewaldeten Hügel zogen an ihr vorbei wie Schatten. Als der gleichmäßige Tritt des Pferdes durch ein Stolpern abrupt endete, geriet sie aus dem Gleichgewicht.

Sie bemerkte noch, wie sie ins Rutschen geriet und im nächsten Augenblick landete sie in den nassen Hecken, die den Weg säumten. Der Schreck lähmte ihre Zunge. Erst nach einer Schrecksekunde begriff sie, dass es ihr gutging und all ihre Gliedmaßen noch funktionierten.

„Sammy“, rief sie. „Sammy!“

Das Pferd blieb stehen. Samuel ließ sich aus dem Sattel gleiten und eilte mit dem Pferd an den Zügeln auf sie zu. Keuchend kniete er neben ihr nieder.

„Sarah! Um Himmels willen! Bist du verletzt?"

Stumm schüttelte sie den Kopf. Nicht geweinte Tränen würgten ihr den Atem ab.

Samuel packte sie unter den Achseln und zog sie auf die Füße. „Was ist denn los? Du zitterst ja."

„M-mir ist so kalt. Und ich habe Hunger und Durst ..."

„Warum hast du denn nichts gesagt, du dumme Gans?"

Das hatte sie. Vor etlichen Stunden. Aber Samuel hatte ihr nicht zuhören wollen. Sarah biss sich auf die Lippen. Nun kamen die Tränen doch und mischten sich mit dem Regen, der ihr Gesicht traf.

„Ich ... ich wollte dich nicht aufhalten", würgte sie hervor.

Lügen war besser, als Samuel auf sein Versäumnis hinweisen.

„Steig auf", befahl Samuel und bot ihr den Steigbügel an.

Sarah ließ zu, dass er ihr in den Sattel half. Dann saß er hinter ihr auf. Seine Arme boten ihr Halt. Sein Körper wärmte ihren Rücken. Trotzdem rannen immer mehr Tränen über ihre Wangen.

Mit einem Schnalzen trieb Samuel das Pferd an. Sarah wagte nicht zu hoffen. Aber als die nächsten Lichter im nächtlichen Regen in Sicht kamen, steuerte Samuel darauf zu, anstatt sie in weitem Bogen zu umgehen. Eine Ansammlung von Häusern schälte sich aus der Dunkelheit. Aus einem drang Stimmengewirr. Darauf hielt Samuel zu. Fürsorglich half er ihr beim Absteigen und nahm das Pferd an den Zügeln.

„Geh schon hinein und bestell dir etwas zu essen und zu trinken. Ich suche nur den Stall, damit ich mich um das Pferd kümmern kann."

Sie nickte und wischte sich über das Gesicht, um die letzten Spuren der Tränen zu beseitigen. Nach einem tiefen Atemzug nahm sie ihren Mut zusammen und öffnete die Tür zur Schänke.

Lärm und warme Luft, die mit Rauch und dem Gestank vieler Leiber geschwängert war, schlug ihr entgegen. Die Erinnerung an die Geschehnisse in Edinburgh ließen sie zögern. Aber war es wirklich klüger, auf Samuel zu warten? Egal was sie tat, alles konnte falsch sein. Weshalb dann länger in der Kälte ausharren?

Als sie hineintrat und die Tür hinter ihr zuschlug, bereute sie es sofort. Die Blicke etlicher Anwesenden richteten sich auf sie. Sarah hatte das Gefühl, unter ihnen zu schrumpfen. Ihr Rock schlug schwer und nass an ihre Beine, die Haarsträhnen, die unter der Haube hervorquollen, klebten in ihrem Gesicht. Ihr Blick wurde unweigerlich von dem Feuer, das im Kamin brannte, angezogen, während sie fröstelnd die Arme um ihren Oberkörper schlang. In der plötzlichen Wärme begannen ihre Zähne zu klappern, als begriffe ihr Körper erst jetzt, wie durchgefroren sie war.

„Komm", sagte eine freundliche Stimme.

Ein junger Mann mit hellblonden, schulterlangen Haaren fasste nach ihrem Arm und dirigierte sie im Schutz seiner breiten Schultern sanft durch die Menge zum Kamin. Ehe sie reagieren konnte, bot er ihr einen Stuhl vor dem Feuer an.

„Setzt Euch doch“, sagte er lächelnd.

Es war schwer, dem Blick seiner freundlichen eisblauen Augen zu entgehen. Wider besseren Wissens lächelte sie zurück. Hätte Samuel es gesehen, wäre der Teufel los.

Ach wenn er doch einfach verschwinden würde, niemals durch die Tür treten würde. Wenn ... wenn sie sich doch einfach nur mit dem Blondschopf unbedarft unterhalten könnte – ohne die Angst, dass Samuel auftauchte und den Moment zunichtemachte.

5.

Highlands 2019

Geschlossen stand auf dem Schild, das am Eingang des kleinen Heimatmuseums hing. Die kleine Tafel mit den Öffnungszeiten sagte etwas anderes. Nach kurzem Zögern betätigte Emma die Klingel. Nichts geschah. Das war nicht weiter verwunderlich. Wenn das Museum geschlossen war, war sicher auch niemand anwesend.

Obwohl sie keine Antwort erwartete, klingelte Emma erneut. Sie wollte schon gehen, als sie glaubte, Schritte zu hören.

„Hallo!“, rief sie und klopfte gegen die Tür.

Zu ihrer Überraschung öffnete sich diese. Eine kleine, zierliche Frau in Rock und Strickjacke öffnete ihr. Die grauen Haare waren auf dem Kopf zu einem Knoten zusammengebunden, aus dem sich einzelne Strähnen lösten. Die wachen grünen Augen fixierten Emma durch eine Brille, an der ein Kettchen befestigt war, das um den Hals der Frau lag.

„Entschuldigen Sie bitte. Die Klingel ist abgestellt. Wir haben geschlossen.“

Die Frau wollte die Tür schon wieder schließen, als Emma nach der Klinke fasste.

„Warten Sie bitte einen Augenblick! Ich bin kein Besucher. I-ich bin Emma Stewart. Meine Großmutter ...“

Die Miene der Frau wandelte sich von zerstreut zu verblüfft. „Emma Stewart? Herrgott, Sie schickt der Himmel! Kommen Sie doch herein.“

Die Frau machte ihr Platz, damit sie eintreten konnte und schloss die Tür hinter ihr wieder. Ohne sich nach Emma umzudrehen, eilte sie den schmalen Korridor entlang auf eine offenstehende Tür zu.

„Wir haben wegen der neuen Ausstellung geschlossen. Gott im Himmel, ich weiß nicht, wo mir der Kopf steht. Ohne Abbys Hilfe stehe ich hier auf verlorenem Posten. Aber die Ausstellung war schon lange angekündigt und wir haben bereits so viel Geld und Arbeit investiert – ich kann sie jetzt nicht mehr kippen. Aber Megan ist schwanger und muss liegen, weil sie Blutungen hat, das arme Ding. Und Neil muss sich um seine Mutter kümmern, bis er endlich einen Platz in einem Pflegeheim für sie gefunden hat. Die alte Dame ist vor ein paar Tagen einfach losgelaufen und auf dem Weg ins Tal von Touristen gefunden worden, als sie nach ihren Schafen gefragt hat. Und zu Hause brannte noch der Herd. Ein Wunder, dass das Haus nicht in Flammen aufgegangen ist. Gott sei Dank ist nur die Milch übergekocht und auf dem Kochfeld eingebrannt."

Mit einem freundlichen Lächeln blieb die Frau in dem kleinen Büro, das hinter der offenstehenden Tür lag, stehen. „Sie können Megans Arbeitsplatz nehmen. Abby hat ja nie einen haben wollen. Sie hat immer zu Hause gearbeitet. Dass das daran lag, dass sie so krank war, hat sie nie erzählt. Ach Gott, ich mache mir solche Vorwürfe, weil ich nichts bemerkt habe. Aber Abby lag mir so in den Ohren wegen dieser Ausstellung! Mir ist gar nicht in den Sinn gekommen, dass sie das deswegen tut, weil sie nicht mehr lange zu leben hat." Die Frau nahm kurz die Brille ab, um sich die Tränen aus den Augen zu wischen.

Emma räusperte sich. „Entschuldigen Sie bitte, wenn ich Sie unterbreche. Aber könnten Sie mir erklären, was Sie sich von mir erhoffen? Der Notar hat mir nur gesagt, dass ich mich an die Kuratorin Linda MacGill wenden soll. Sie könnte mir sagen, um was es bei der Testamentsklausel geht. Sind Sie Linda MacGill?"

„Oh! Habe ich das noch nicht erwähnt? Verzeihen Sie, Linda MacGill ist mein Name. Selbst ernannte Kuratorin des Heimatmuseums und Vorsitzende des Heimatvereins. Neil Monahan ist mein Stellvertreter – seit ... nun ... seit Abby gestorben ist. Megan Reed hat eine Halbtagsstelle als Bürokraft."

Mit Abby meinte Linda anscheinend die Großmutter, begriff Emma endlich. Dass diese stellvertretende Vorsitzende des Heimatvereins gewesen war, hatte sie gar nicht gewusst. „Verstehe", antwortete Emma.

„Hier!" Linda deutete auf einen Stapel Akten, der auf dem Schreibtisch lag. „Das sind die Recherchen, die Abby und Megan bereits angestellt haben. In unserem Lager liegen etliche Exponate zum Thema, die wir bereits gesammelt und zum Teil auch gekauft haben. Abby wollte ein Konzept erarbeiten, dass das Thema wirkungsvoll mit den MacDonalds verknüpft. Aber leider ..."

Ein peinliches Schweigen breitete sich in dem kleinen Raum aus. Emma räusperte sich. „Und wie lautet das Thema der neuen Ausstellung?"

„Herrje! Natürlich. Woher sollen Sie das wissen?" Linda öffnete eine Mappe und holte einen Stapel Papier heraus. Auf dem obersten prangte der Titel:

Die Schlacht von Culloden und ihre Auswirkungen auf die Highlands.

„Abby hat damit begonnen, Regimentslisten durchzusehen, um die Teilnehmer an der Schlacht aus der hiesigen Region zu identifizieren. Sie hat etliche unserer Vorfahren finden können. Ach Gott, sie hat so viel Material gesammelt und ich komme einfach nicht dazu, alles zu sichten. Ich muss mich doch noch um die Organisation der Eröffnungsfeier kümmern, die Räume renovieren und ausstatten, Flyer konzipieren und drucken lassen. Megan hat ... nein, ich will nicht klagen. Hauptsache, das arme Ding verliert nicht ihr Kind." Linda blickte Emma an. „Sie ahnen ja nicht, wie froh ich bin, dass Sie mir helfen!"

Highlands 1745

„Seid Ihr allein hier?", fragte der blonde junge Mann.

„Ich ... oh ..." Sarah blickte zur Tür. „Nein, mein ... mein ... Bruder kümmert sich noch um das Pferd. Er ..."

„Verstehe." Der Blonde lächelte und rückte ein wenig von ihr ab. „Ich war nur besorgt, weil ... äh ... erlauben Sie, dass ich mich vorstelle. Alasdair MacDonald."

Niedliche Grübchen erschienen auf seinen Wangen, als er wieder lächelte. Die hellblauen Augen blitzten. Auf einmal tanzten Schmetterlinge in Sarahs Eingeweiden.

„Sarah Turner." Im selben Augenblick wünschte sie sich, geschwiegen zu haben. Es war sicher nicht klug, ihren Namen auszuplaudern, falls sie gesucht wurden.

„Freut mich sehr, Eure Bekanntschaft zu machen, Sarah Turner. Darf ich Euch etwas zu trinken bringen?

Ein heißes Ale vielleicht? Ihr seht aus, als könntet Ihr es brauchen."

„Ja ... nein ... ich ..." Sarahs Zähne klapperten, trotzdem wurde ihr blitzartig heiß. Samuel würde den armen Alasdair umbringen, wenn er erfuhr, dass dieser ihr ein Ale ausgegeben hatte. „Ihr müsst mir nichts ausgeben."

Trotz der Abfuhr lächelte er immer noch. „Gut. Wenn Ihr das nicht möchtet, dann bringe ich Euch, was immer Ihr wollt und Ihr zahlt selbst – oder Euer Bruder", fügte er schnell hinzu.

Sarah war so heiß, dass sie glaubte, ihr Gesicht müsse brennen. „Ihr müsst mich nicht bedienen."

„Schade. Darf ich trotzdem neben Euch stehen bleiben, damit Euch niemand belästigt, bis Euer Bruder kommt?"

Ihr belästigt mich!

Sarah verkniff sich die Antwort, denn die hatte er nicht verdient. Dennoch atmete sie auf, als sie Samuels roten Rock in der sich öffnenden Tür entdeckte. „Mein Bruder ist schon da, nein danke."

Alasdairs Blick irrte zur Tür. Angesichts der englischen Uniform gefror sein Lächeln. Sofort rückte er von Sarah ab. „Verzeiht. Mir scheint, ich habe die Situation falsch eingeschätzt."

Sarah bemerkte, dass die Gespräche bei Samuels Auftauchen leiser wurden. Etliche Gäste musterten ihn finster. Als Samuel auf sie zukam, wurde ihm bereitwillig Platz gemacht. Sarah konnte den wilden Triumph und die Verachtung in seinen dunklen Augen erkennen. Oh ja, sie konnte sich gut vorstellen, wie sehr der Bruder die Situation genoss. Weil die eingebildeten schottischen Krieger ihn, den dahergelaufenen englischen Niemand, mit Respekt behandeln mussten, weil er einen englischen Offiziersrock trug.

„Wirt – zwei Ales und zweimal das Beste, was Ihr zu essen habt“, rief er dem Wirt zu.

„Kommt sofort!“

Als Samuel sie erreichte, standen zwei der Gäste vom Tisch neben dem Kamin auf und verzogen sich mit missmutiger Miene Richtung Theke. Mit einem abfälligen Schnauben nahm Samuel auf der frei gewordenen Bank Platz. Nur Alasdair blieb mit seinem Krug am Kamin stehen.

„Worauf wartest du?“, fragte Samuel. „Setz dich zu mir!“

Mit zittrigen Knien stand Sarah auf und setzte sich auf den Stuhl neben ihrem Bruder.

Sie mussten nicht lange warten, bis der Wirt mit zwei vollen Krügen auftauchte. Während Samuel den ersten Schluck nahm, kehrte der Wirt bereits mit zwei Schüsseln voller Eintopf zurück. „Wohl bekomms.“

„Was ist mit Brot?“, fragte Samuel.

„Kommt sofort.“

Gierig trank Samuel den Krug leer, ehe er sich dem Eintopf zuwandte. „Noch ein Ale!“, befahl er dem Wirt, als dieser das Brot brachte.

Sarah nahm sich ein Stückchen Brot, tunkte es in den Eintopf und knabberte daran. Der Eintopf war heiß und schmeckte streng nach Hammel und Speck, aber in ihrem Teller schwammen mehr Fleisch- und Gemüsestücke, als sie gewohnt war. Sie aß langsam, denn sie merkte schon nach wenigen Bissen, wie ihr Magen bei der ungewohnt reichhaltigen Kost rebellierte. Mit jedem Bissen ließ aber auch das Zittern nach, das ihren Körper schüttelte. Es war, als würde mit dem Essen das Leben in ihren Körper zurückkehren. Lang vermisste Wärme erfüllte sie.

Als sie ihren Teller gerade mal zur Hälfte geleert hatte, war sie bereits so satt und müde, dass sie sich am liebsten sofort zum Schlafen hingelegt hätte.

„Isst du das nicht mehr?“, fragte Samuel.

Er wartete nicht, bis sie den Kopf schüttelte, sondern zog ihr den Teller weg und aß gierig den Rest. „Noch ein Ale!“, rief er dem Wirt zu.

Sarah hatte vergessen zu zählen, das wievielte Bier Samuel bestellte. Aber an seinem unsteten Blick konnte sie erkennen, dass der Alkohol ihm bereits zu Kopf stieg.

„Hör auf“, flüsterte sie.

„Was bildest du dir ein?“

Sarah duckte sich tiefer über den Tisch. „Wie willst du das denn bezahlen?“

Eine prall gefüllte Geldbörse landete mit einem dumpfen Schlag auf dem Tisch, direkt vor ihrer Nase. „Damit!“ Dem Wirt rief er zu: „Wirt, wo bleibt das Ale? Damit wir auf König Georges Wohl anstoßen können.“

Im Schankraum war aus augenblicklich totenstill.

„Sammy!“, flehte Sarah leise. Sie hätte am liebsten geweint.

Da sprang Samuel auf und hob seinen Krug. „Auf König George! Lang lebe der König!“

Highlands 2019

Die Schlacht von Culloden! Ausgerechnet!

Das war Emmas Lieblingsthema gewesen. Sie konnte sich nicht mehr erinnern, wie oft sie darüber mit ihrem Professor in Streit geraten war. Angefangen hatte es damit, dass er ihr nicht erlaubt hatte, ihre Abschlussarbeit darüber zu schreiben. Das Thema sei zu abgegriffen, war sein Argument gewesen. Immer wieder hatte sie versucht, ihn davon zu überzeugen, dass es etliche Seiten der Schlacht gab, die noch nicht beleuchtet worden waren. Darunter fielen auch die wirtschaftlichen Folgen für die Schotten, die Lücken, die die Schlacht in die Bevölkerung gerissen hatte. Die auf Jahre hinaus ihre Spuren hinterließen und die Frauen dazu zwangen, ihre Rolle in der Gesellschaft zu ändern und neu zu definieren.

Eigentlich hatte sie nur das Museum aufsuchen wollen, um herauszufinden, was die Großmutter von ihr verlangte. Auf diese Weise wollte Emma einen Weg finden, die Testamentsklausel zu umgehen. Nun aber setzte sie sich an den Schreibtisch. Neugierig begann sie zu lesen. Schon nach der ersten Seite rückte sie sich den Stuhl zurecht und zog die Jacke aus.

Es war, als ob die Großmutter ihre Gedanken niedergeschrieben hätte. Sie ging sogar weiter, listete die Männer auf, die den Heimatort verlassen hatten und nicht zurückgekehrt waren. Zählte die Familien, die ohne Vater zurückblieben, das Land und das Vieh, das in die Hand der alleinstehenden Frauen fiel, die Familien ohne einen Sohn als Erben, die Erträge der folgenden Jahre und die Schuldscheine der betroffenen Familien. Die Listen und Namen wollten kein Ende nehmen.

„Möchten Sie einen Tee?“, riss Lindas Stimme sie irgendwann aus ihren Gedanken.

„Gerne“, erwiderte Emma und wandte sich wieder den Papieren zu. Sie hörte, wie Linda den Raum verließ.

Nach einer Weile näherten sich Schritte. Die Tür knarzte. Jemand stellte eine Tasse mit einer dampfenden Flüssigkeit zwischen die Papiere auf Emmas Schreibtisch.

„Vorsicht“, sagte Emma scharf.

„Ich wusste nicht, ob Sie Milch, Zitrone oder Zucker wollen.“ Die Stimme war männlich.

Verdutzt hob Emma den Kopf und sah in die sommerhimmelblauen Augen eines Mannes, der auf dem Rand des Schreibtisches saß. Mit einem spöttischen Grinsen blickte er auf sie herab. Sein dunkelblondes, vom Wind zerzaustes Haar hing ihm ins Gesicht. Der Geruch nach frischer Luft und Weite umgab ihn.

„Hi“, sagte er. „Ich bin Jason. Der Ranger vom Outdoor-Zentrum im Tal. Jason Campbell. Ich hoffe, Sie wittern jetzt nicht gleich den Verräter in mir. Ich habe nichts mit meinen Vorfahren gemein.“

Die Worte entlockten Emma ein Schmunzeln. „Alle Campbells sind Verräter. Ich bin eine Stewart. Emma Stewart. Ich muss es wissen.“

„Als ob die Stewarts nicht auch mehrmals die Seiten gewechselt hätten!“

„Da haben Sie recht. Aber da ich auch eine MacDonald bin, sehe ich das ein bisschen differenzierter.“

„Darf ich Ihnen dann ein Friedensangebot machen?“ Bei diesen Worten schob er ihr einen Teller zu, auf dem ein Tütchen Zitronensaft, ein Milchdöschen und ein Zuckertütchen lagen.

„Ich nehme dankend an.“ Emma wählte Milch und Zucker und sah zu, wie die Milch in einer Wolke den heißen Tee trübte, ehe sie den Zucker hineinrieseln ließ.

„Ich hatte gehofft, dass Sie die Milch nehmen. Zitrone im Tee finde ich widerlich."

Seltsam, dass sie, kaum dass sie wieder in den Highlands war, anstatt Kaffee wieder Tee mit Milch trank.

„Eigentlich trinke ich lieber Milchkaffee."

„Sicher? Sie sinken gerade in meiner Achtung." Das Funkeln in seinen himmelblauen Augen sagte jedoch etwas anderes.

Emmas Herzschlag beschleunigte sich. Herrje! Hatte dieser Lümmel es etwa in zwei Minuten geschafft, ihr den Kopf zu verdrehen?

„Ich denke darüber nach", antwortete Emma.

Jason lachte und stand auf. „Gut aus der Affäre gezogen. Eigentlich bin ich nur reingekommen, um Ihnen meine Hilfe anzubieten. Gesetzt des Falles, Sie brauchen welche. Auf dem Zettel da steht meine Mobilnummer. Und jetzt muss ich leider los. Die nächste Touristengruppe wartet. Bye-bye!"

„Bye." Emma wollte noch etwas hinzufügen – irgendetwas Geistreiches. Aber ehe ihr etwas einfiel, war er fort.

Highlands 1745

Ein Stuhl fiel polternd um. „Auf Prinz Charles!", rief ein vierschrötiger Mann mit rotblondem Bart und wallender Mähne.

Weitere Männer sprangen auf. „Auf Bonnie Prinz Charlie!"

„Lang lebe Bonnie Prinz Charlie!"

Immer mehr Stimmen gesellten sich hinzu. Sarah kam es vor, als hätte Samuel in ein Wespennest gestochen. Das konnte nicht gut enden!

„Wirt! Ale für alle, die mit mir auf König George trinken!“, brüllte Samuel.

„Sammy, nein“, flehte Sarah erschrocken. „Bitte!“

„Halt den Mund!“, zischte Samuel. Laut setzte er hinzu: „Hast du nicht gehört, was ich gesagt habe, Wirt?“

„Hier gibt es kein Ale für Anhänger von König George!“, rief einer der Männer.

„Auf Prinz Charles!“

Wenn Samuel nicht auf sie hörte, musste sie eben auf andere Weise eingreifen. Sarah duckte sich, um nach der Geldbörse zu greifen. Aber Samuels große Hand war schneller und legte sich schwer auf die ihre.

„Sammy! Sei doch vernünftig!“, bettelte sie.

Anstatt einer Antwort stieß er sie von sich und raffte die Geldbörse an sich. Der Stoß war so heftig, dass Sarah vom Stuhl herunterfiel. Die Feuerstelle kam auf sie zu. Doch noch während sie aufschrie, fing jemand sie auf, zog sie aus der Gefahrenzone und hielt sie fest.

Zitternd drückte Sarah das Gesicht in das verschwitzte Hemd ihres Retters. Er roch gut, nach Heide, Wind und Himmel.

„Nimm die Finger von ihr, verdammter Schafhirte!“

„Immer mit der Ruhe“, antwortete Sarahs Retter. „Ich habe nur verhindert, dass sie ins Feuer fällt.“

„Was willst du damit sagen?“

„Ich will gar nichts sagen. Ich ...“

Samuels Hand schnellte vor und umschloss mit eisenhartem Griff Sarahs Oberarm. Vor Schmerz und Schreck schrie sie auf.

„Lasst sie los! Ihr tut ihr weh!"

Jetzt erkannte Sarah ihren Retter. Es war Alasdair, der Samuels Hand beiseiteschlug.

„Du hast mir gar nichts zu sagen! Das ist meine Schwester. Also nimm deine dreckigen Finger von ihr, Highlander! Ehe ich mich vergesse!"

„Sammy!", jammerte Sarah.

Schützend legte Alasdair die Arme um sie. „Mir scheint, dass Eure Schwester Angst vor Euch hat. Es kommt mir eher so vor, als müsste ich sie vor Euch beschützen."

„Du wagst es, mich anzugreifen? Elender Jakobit!"

Samuels Faust schoss ohne Vorwarnung auf Alasdair zu. Sarah wurde auf einmal herumgewirbelt. Sie hörte Alasdair keuchen. Dann stand er vor ihr und blockte Samuels nächsten Schlag ab.

„Aufhören", bettelte sie. „Sammy, bitte hör doch auf!"

Aber wie ein wütender Stier warf sich Samuel auf den um etliches leichteren und schlankeren Alasdair. Brüllend vor Zorn drosch er auf den Schotten ein. Blut rann aus Alasdairs Nase. Keuchend rang er nach Atem und spuckte Blut vor Samuels Füße. Da schickte ihn ein Hieb in den Magen zu Boden. Ein Tritt traf den Liegenden in den Unterleib. Alasdair stöhnte.

Ohne nachzudenken, warf Sarah sich auf ihn, um ihn zu schützen. Sie schloss die Augen in Erwartung des Trittes oder Schlages, der sie treffen würde. Doch er kam nicht. Stattdessen hörte sie den Bruder keuchen und brüllen wie ein dem Tode geweihtes, tollwütiges Tier.

Als sie mit Tränen in den Augen aufsah, war er von mehreren der Gäste umringt und wurde von ihnen mit den Fäusten attackiert. Einer versuchte, ihn von hinten festzuhalten. Aber Samuel drosch ihm den Kopf gegen die Nase, dass das Blut hervorschoss. Der Mann heulte auf. Ein zweiter ging nach einem Tritt in die Weichteile in die Knie. Samuels Widersacher hingen an ihm wie ein Rudel kläffender kleiner Hunde, die versuchten, einen Bären niederzukämpfen.

„Sammy", schluchzte sie. „Sammy ..."

Ein paar Arme legten sich um sie. Sie wollte sich losreißen, doch der Mann hielt sie fest, drückte ihren Kopf an seine verschwitzte Brust, die vertraut nach Heide und Himmel roch. Alasdair.

Aufschluchzend schlang sie die Arme um ihn und barg das Gesicht in seinem Hemd, um nicht mitansehen zu müssen, wie der Bruder zusammengeschlagen wurde. Seltsamerweise fühlte sie sich zum ersten Mal in ihrem Leben sicher und geborgen.

6.

Highlands 2019

Die Highlands zeigten sich am Samstagmorgen in bestem Licht. Die Sonne schien und ließ die Wiesen an den Berghängen noch grüner erscheinen, über den hohen, blauen Himmel zogen ein paar weiße Wolken. Alles wirkte wie blank geputzt, als hätten die Berge sich Mühe gegeben, im schönsten Gewand zu erscheinen.

Die Vögel zwitscherten so laut, dass der Pastor, der die Grabrede hielt, es schwer hatte, sie zu übertönen. Die vielen Menschen, die um das Grab standen, mussten leise sein, um ihn zu verstehen. Die schwarze Trauerkleidung, die sie trugen, wirkte angesichts des umgebenden frischen Grüns fehl am Platz. Leben und Tod waren ganz nah beieinander.

Emma hatte Beerdigungen immer gehasst. Aber die Beerdigung der Großmutter war noch schlimmer als alle anderen, die sie bisher erlebt hatte. Sie hörte den Pastor reden, aber sie verstand kein Wort. Es war, als spräche er in einer fremden Sprache. Sie starrte auf das Loch in der Erde, das mit grünen Matten ausgekleidet war und über dem der Sarg auf zwei quergelegten Hölzern wartete, hinabgelassen zu werden.

Der Pastor sang ein paar Worte. Die Anwesenden antworteten. Dann traten vier Männer vor und packten die Taue, die unter dem Sarg hindurchliefen. Sie nahmen die Balken beiseite und ließen den Sarg langsam in das Loch hinabsinken. Tränen rannen auf einmal über Emmas Gesicht. Die Männer holten die Taue ein und traten dezent beiseite. Dann schritt der Pastor zum Grab und segnete es mit Weihwasser.

Mit zittrigen Knien ging Emma an den Rand des Grabes. Sekundenlang starrte sie hinab auf den Sarg, ehe sie endlich die rote Rose, die sie in der Hand gehalten hatte, hinabwarf. Obwohl sie nicht weinen wollte, rollten neue Tränen über ihre Wangen. Sie schritt neben den Pastor und blieb dort stehen, während ein Trauergast nach dem anderen zum Grab ging, um Blumen oder Erde hineinzuwerfen.

Der erste war William Mac Donald, Großmutters Bruder. Nach einem knappen Nicken stellte er sich wortlos neben Emma. Ihm folgten ein Mann und eine Frau in mittleren Jahren und ein junger Mann. Mit Tränen in den Augen schüttelten sie Emma nacheinander die Hand. Emma wusste, dass das der Sohn des alten Mannes und seiner Familie war. An die Namen der Verwandten erinnerte sie sich nicht mehr, nur daran, dass der junge Mann sie immer an den Haaren gezogen hatte, als sie Kinder waren.

Weitere Trauergäste folgten. Sie hielten vor Emma inne und schüttelten ihr die Hand.

„Mein Beileid“, murmelte Kelly Cummings. Ihr Mann grunzte etwas, was Emma nicht verstand, und nickte ihr zu.

„Es tut mir so leid!“ Linda MacGill hatte Tränen in den Augen, als sie Emmas Hände in ihre nahm.

„Herzliches Beileid.“

„Wir sind bei dir.“

„Mein Beileid.“

So ging es weiter. Die Schlange schien kein Ende nehmen zu wollen.

„Es ist bald vorbei.“

Die Worte weckten Emma auf. Jason Campbell stand vor ihr. Er hielt ihre Hand fest, während er sie anlächelte. Erst als sie seinen Blick erwiderte, ließ er sie los und ging weiter.

Er war der Letzte gewesen.

Der Mann mittleren Alters, der zur Familie gehörte, trat aus der Reihe neben dem Grab und mischte sich unter die Trauergäste. Leise Worte wurden gewechselt. Wahrscheinlich lud er die Anwesenden zum Leichenschmaus im Hotel ein. Die vier Männer, die den Sarg ins Grab hinabgelassen hatten, kamen mit Schaufeln und begannen, Erde ins Grab zu schippen.

Der Gedanke, nun noch mehrere Stunden in der schwarzen Trauerkleidung mit den vielen Leuten beisammensitzen zu müssen, verursachte Emma Übelkeit. Eigentlich wollte sie nur noch fort von hier. Weg. In die Berge. Den Wind im Gesicht fühlen. Die Sonne auf der Haut spüren. Allein sein mit sich und ihren Gedanken.

Jason Campbell stand auf einmal neben ihr und bot ihr seinen Arm. Sie nahm ihn an, ohne nachzudenken.

„Wenn es nicht gegen jede Konvention verstoßen würde, würde ich Sie jetzt entführen, um Sie von dieser elenden Zeremonie zu erlösen“, raunte er ihr zu.

Konnte er Gedanken lesen oder war das Unwohlsein so deutlich an ihrer Miene zu erkennen?

„Ich dachte, Konventionen wären Ihnen egal.“

Jason lächelte. „Mir schon. Aber Ihnen wohl nicht. Sonst wären Sie ja nicht hier.“

Touché!

Als Emma aufsah, lächelte er sie an. „Aber ich begleite Sie. Falls Sie das möchten.“

„Ja, ich möchte es“, erwiderte Emma. Seltsamerweise tat es gut, sich an ihm festzuhalten.

Highlands 1745

„Ich wollte das nicht“, flüsterte Sarah. „Ich wollte nicht, dass Sammy Euch wehtut.“

„Meine Schuld, wenn ich mich einmische. Ich sollte meine Nase nicht in die Angelegenheiten anderer Leute stecken. Das hat schon mein alter Herr gesagt.“ Alasdairs Lächeln geriet schief, was vielleicht an der anschwellenden, blutigen Lippe lag. Aber er zeigte zwei niedliche Grübchen in den Wangen.

In Sarahs Bauch stoben Schmetterlinge auf. So unsicher und zittrig und gleichzeitig so aufgeregt und trunken hatte sie sich noch nie gefühlt. Sie wünschte sich, in die Arme des blonden Fremden fallen zu können und im selben Augenblick wünschte sie sich meilenweit weg.

„Ich ...“, stotterte sie, ohne zu wissen, was sie sagen sollte.

„Ihr müsst Euch nicht entschuldigen. Ihr könnt nichts für das Verhalten Eures Bruders.“ Nach einem Räuspern fügte er ein wenig leiser hinzu: „Ist er öfter so ... ähm ... grob zu Euch?“

Hitze stieg in Sarahs Wangen. Sie senkte den Kopf und löste sich dadurch aus Alasdairs wohliger Umarmung. „Sammy hat es nicht böse gemeint.“

„Das wollte ich auch nicht unterstellen. Entschuldigt, wenn ich zu weit gegangen bin. Ich wollte Euch nicht brüskieren.“

„Nimm deine Finger von ihr, du Dreckskerl!“

Alasdair wurde von einem Brüllen unterbrochen, das von Samuel kam, der von zwei Männern festgehalten wurde. Erschrocken schob Sarah Alasdairs Arm von ihrer Schulter. Aber es war schon zu spät. Samuel riss sich von seinen beiden Gegnern los und stürmte mit gesenktem Kopf auf Alasdair zu. Dieser brachte schnell den Tisch zwischen sich und Samuel. Der rammte den Tisch, warf diesen fast um, ehe er ihn beiseiteschob und Alasdair schnaubend folgte. Der blonde Schotte warf ihm zwei Stühle entgegen. Der zweite brachte Samuel aus dem Gleichgewicht, so dass er keuchend zu Boden stürzte.

„Ich mach dich kalt!", schrie er, während er sich wieder auf die Füße stemmte.

Alasdair nutzte die Gelegenheit und warf einen der massiven Tische um. Er begrub Samuel mitsamt den Bierkrügen, die darauf gestanden hatten, darunter. Als er sich wieder aufrappeln wollte, drosch einer der anderen Gäste ihm einen Stuhl in den Rücken.

Samuel fuhr herum und packte den Mann am Kragen. Blut rann aus einer Platzwunde in seine Augen. Blind drosch er dem anderen Mann seine Faust ins Gesicht. Aus dessen Nase schoss Blut. Der Mann schrie auf.

Ein zweiter Mann packte Samuel am Arm. Alasdair kam von der anderen Seite, um Samuels anderen Arm zu greifen. Doch der stieß dem zweiten Gegner seinen Kopf ins Gesicht. Dieser sackte mit einem Ächzen in sich zusammen. Ehe Alasdair reagieren konnte, packte Samuel ihn am Kragen und zog ihn zu sich heran.

„Sammy!", schrie Sarah.

In diesem Moment wurde die Tür zum Schankraum aufgerissen. Männer in roten Uniformjacken stürmten herein.

„Kampf einstellen!“, rief einer der Männer.

Aufgrund der vielen Abzeichen vermutete Sarah, dass er ein Offizier war.

Samuel ballte die Faust.

„Aufhören!“, rief der Offizier erneut. „Sofort!“ An seine Männer gewandt rief er: „Legt an!“

Die Rotröcke hatten einen Halbkreis um ihren Offizier gebildet. Wie ein Mann hoben sie auf seinen Befehl die Gewehre und legten auf Samuel und Alasdair an.

Alasdair hob keuchend die Hände in die Höhe, obwohl er dadurch seine Deckung gegenüber Samuel aufgab.

„Lasst ihn los“, sagte der Offizier mit lauter Stimme zu Samuel.

„Sammy, bitte“, flehte Sarah. Ihr Herz raste. Unwillkürlich hielt sie die Luft an.

Samuels Gesicht verzog sich zu einer von Hass und Zorn verzerrten Grimasse. Die Zeit schien sich zu dehnen, bis er endlich angewidert ausspuckte und die Arme sinken ließ.

Sarah atmete aus.

Langsam machte Alasdair einen Schritt zur Seite. Auf einmal waren die Mündungen der Gewehre nur noch auf Samuel gerichtet.

„Euer Name und Rang“, sagte der Offizier. „Und Eure Waffen!“

Mit finsterem Blick fasste Samuel nach der Pistole, die an seinem Gürtel hing.

Highlands 2019

„Ich soll dir etwas geben." Die raue Stimme von William MacDonald ließ Emma zusammenschrecken.

Sie fühlte sich in dem dunklen Saal des Hotels mit den vielen fremden Menschen ohnehin nicht wohl. Allein schon der Gedanke, dass man nach einer Beerdigung Tee und Kuchen zu sich nahm, war ihr zuwider. Die Bezeichnung *Leichenschmaus* tat ein Übriges. Insgeheim suchte sie nur nach einer Möglichkeit, schnell gehen zu können.

Der grauhaarige Mann fixierte sie unter gerunzelten Brauen. Er schien keine Antwort von ihr zu erwarten, sondern holte einen kleinen Gegenstand aus seinem dunklen Jackett und bot ihn ihr auf seiner schwieligen Hand an. „Der Schlüssel fürs Haus. Da du alles erbst, solltest du ihn haben und nach dem Rechten sehen."

Sekundenlang starrte Emma auf den alten, fleckigen Schlüssel, ehe sie endlich danach griff.

„Wirst du es verkaufen?"

Das Haus der Großmutter verkaufen, in dem sie als Kind so glücklich gewesen war?

„Nein."

Die buschigen grauen Augenbrauen des alten Mannes zogen sich noch etwas mehr zusammen. „Willst du bleiben?"

„Ich ... ich weiß es nicht. Vielleicht vermieten. Als Ferienhaus." Ganz sicher würde sie es nicht verkaufen.

Der Alte nickte wissend, ehe er sich abrupt umdrehte und sie stehenließ.

Der Schlüssel wog schwer in Emmas Hand. Großmutters Bruder hatte sich zu einer kleinen Gruppe gesellt, zu der auch Linda MacGill gehörte. Der Alte sagte etwas zu ihr, was Emma nicht verstehen konnte, worauf Linda einen Blick in Emmas Richtung warf. Ihr wurde auf einmal heiß. Der Raum wirkte zu eng. Ohne sich zu verabschieden, stürmte sie hinaus.

Die frühe Nachmittagssonne schien ihr ins Gesicht, während sie die Straße hinabeilte. Sie wusste nicht, was ihr Ziel war, bis sie vor dem Haus der Großmutter stand. Schwer atmend blieb sie stehen.

Hinter dem Staketenzaun drängten sich blühende Stauden und Rosenbüsche. Ein schmaler, gewundener Kiesweg führte zur Haustür. Nach einer Ewigkeit, so schien es Emma, fand sie endlich den Mut, die Gartentür zu öffnen.

Das kleine Türchen quietschte laut und vernehmbar. Der Kies knirschte unter Emmas Füßen. Insekten summten an ihr vorbei. Das Schloss schnappte auf, als sie den Schlüssel darin drehte und mit einem leisen Knarren öffnete sich die Haustür.

Dahinter lag der kleine, schmale Flur mit den gemusterten Steinfliesen. In der Luft lag der Geruch von Staub. Langsam ging Emma hinein und öffnete die Tür zur Linken. Durch das Fenster fiel das Licht der Nachmittagssonne in die große, gemütliche Wohnküche.

Der Raum war sauber und aufgeräumt. Früher stand immer etwas herum: schmutziges Geschirr, ein Kuchen, selbst gebackene Kekse oder Essensreste in einem Topf. In der Luft hatte stets der Duft von etwas Essbarem gelegen, sei es vom letzten Braten oder frisch gebackenen Keksen. Stattdessen roch es nach abgestandener Luft und die Kräuterkästen auf den Fensterbänken waren vertrocknet. Niemand hatte sie anscheinend gegossen. Es war, als hätte das Haus seine Seele verloren.

Der Schmerz überwältigte Emma so plötzlich, dass sie mit einem lauten Schluchzen auf den nächsten Stuhl sank. Großmutter war tot. Sie würde nie wieder in dieser Küche einen Braten machen oder Kekse backen. Sie war fort. Unwiederbringlich. Für immer.

Tränen strömten über Emmas Wangen. Schluchzend stützte sie den Kopf in ihre Hände. Hier, in diesem geschützten Raum, konnte sie sich endlich gehenlassen und all den Schmerz herauslassen, der sich in ihr angestaut hatte.

William MacDonalds Frage ging ihr nicht aus dem Sinn. Ob sie bleiben würde. Hier, in diesem winzigen Ort, weitab von der glitzernden Metropole London. Dabei hatte sie sich als Teenager nur danach gesehnt, von hier fortzukommen, um die große weite Welt kennenzulernen.

Sie hatte eine Stelle bei *Christy's* in Aussicht, den Gipfel ihrer Sehnsüchte. Und David würde sicherlich nicht einmal in Erwägung ziehen, das Haus ihrer Großmutter zu beziehen. Eine Zukunft in diesem Haus war in unerreichbarer Ferne. Nichts konnte sie hier halten, auch die von Keksduft erfüllten Erinnerungen ihrer Kindheit nicht.

Aber das Haus aufzugeben, es Fremden zu überlassen, war ebenso undenkbar. Dies würde jedoch bedeuten, dass sie Großmutters letzten Willen erfüllte und die Ausstellung vorbereitete. Wenn sie ihrem künftigen Arbeitgeber die Ausstellung als Feuerprobe verkaufte, würde er vielleicht besser verstehen, dass sie ihre Stelle nicht sofort antreten konnte.

Emma wischte die Tränen weg. Ja, das war der beste Weg, um *Christy's* davon zu überzeugen, dass sie noch ein paar Wochen hierbleiben würde. In Großmutters Haus. Damit sie ihre Ruhe hatte vor Kelly Cummings ewigem Geplapper.

Highlands 1745

Ein Schuss hallte in der Schänke wider.

Sarah riss die Augen auf. Sie erwartete, dass Samuel in sich zusammensacken würde. Aber es war der Offizier der Rotröcke, der zusammenbrach.

Während sie noch starrte, tauchte Samuel plötzlich neben ihr auf. Wortlos packte er ihren Arm und zerrte sie hinter sich ans andere Ende der Theke. Ein Schuss knallte. Glas zersplitterte. Der Wirt, der Samuel im Weg stand, wurde von diesem wie ein kleines Kind beiseitegestoßen. Küchendunst schlug Sarah entgegen. Eine beleibte Frau kreischte auf, während sie versuchte, hinter einem Tisch in Deckung zu gehen. Ohne sie zu beachten, eilte Samuel mit langen Schritten durch den kleinen Raum auf eine Tür zu.

„Haltet ihn“, rief jemand in der Schänke.

Da stieß Samuel bereits die Tür auf. Feuchte, kalte Nachtluft schlug Sarah entgegen. Woher hatte er gewusst, dass die Tür in der Küche nach draußen führte?

Sie stolperte über einen Stein und wäre gestürzt, hätte Samuel sie nicht unsanft mit sich gerissen. Keuchend hastete Sarah hinter ihm her in die Nacht. Nach dem hell erleuchteten Innern der Schänke konnte sie im Dunkeln kaum etwas erkennen. Äste und Blätter schlugen ihr ins Gesicht. Sie stürzte erneut und schlug sich schmerzhaft die Knie auf. Samuel ließ ihr keine Zeit, zu wehklagen und zog sie ohne Erbarmen wieder auf die Füße.

Sarah merkte, dass es bergauf ging – mitten durch ein dichtes Gehölz aus Bäumen und Sträuchern. Nach einer Weile hatten sie den Gipfel des Hügels erreicht. Leichter Regen setzte ein und nässte Sarahs frisch getrocknete Kleider. Endlich blieb Samuel stehen. Sarah war so außer Atem, dass sie sich am liebsten auf den nassen Boden gesetzt hätte.

„Was hast du getan?", würgte sie hervor.

„Einen weiteren von diesen verdammten Rotröcken erschossen, hoffe ich doch." Samuels Stimme klang kalt und scharf.

„Oh Gott, Sammy! Jetzt wissen sie, wie du aussiehst. Sie werden ..."

„Sei still!", herrschte Samuel sie an.

Sarah wagte nicht, den Satz zu beenden. Tränen brannten in ihren Augen. Sie würden ihn jagen. Und wenn sie ihn fanden, würden sie ihn hängen. Und sie würden sie direkt daneben aufhängen. Nur weil sie seine Schwester war.

„Komm!", befahl Samuel und packte rüde ihren Arm. „Wir müssen fort von hier, ehe sie auf die Idee kommen, uns den Weg abzuschneiden."

Alasdairs freundliches Gesicht mit den Grübchen in den Wangen tauchte in Sarahs Erinnerung auf. Das Wissen, ihn nie wiederzusehen, würgte ihr den Atem ab.

In diesem Augenblick wünschte sie sich, die Kugel hätte Samuel getroffen anstelle des fremden Offiziers.

7.

Highlands 2019

„Hallo?“, rief Emma.

Niemand antwortete. Aber die Tür zum Museum öffnete sich, als sie die Klinke drückte. Das letzte Mal war sie verschlossen gewesen. Ob Linda MacGill die Tür unverschlossen gelassen hatte, damit sie nicht klingeln musste?

„Misses MacGill?“

„Hier!“, antwortete eine Stimme.

Emma fand die Kuratorin im Büro. Die Haare hatten sich aus dem Knoten an ihrem Hinterkopf gelöst. Sie stand neben ihrem Schreibtisch, der aussah, als wäre ein Aktenschrank darauf explodiert und hielt mehrere Papiere in ihren Händen, die sie hektisch durchblätterte. Bei Emmas Eintreten sah sie auf und rückte ihre Brille gerade.

„Emma, dich schickt der Himmel! Ich darf dich doch Emma nennen?“

„Äh, ja. Aber natürlich.“ Mit Verzögerung ergriff Emma Misses MacGills Hand und schüttelte sie.

„Freut mich sehr. Nenn mich Linda!“

„Aber gerne, Linda.“

Dabei erinnerte Emma sich an die Worte ihres Professors, die dieser in jedem Semester zum Vorlesungsbeginn geäußert hatte:

Werden Sie niemals vertraulich mit Ihrem Vorgesetzten oder einem Kooperationspartner oder nennen Sie ihn beim Vornamen! Das ist das Ende jeder geschäftlichen Beziehung. Denken Sie an meine Worte!

Emma konnte sich nicht vorstellen, dass ihr das bei *Christy's* passiert wäre. Aber das Heimatmuseum und Linda MacGill passten beide nicht im Mindesten in die Beschreibungen ihres Professors über eine professionelle Arbeitsweise.

Kaum dass sie sich die Hände geschüttelt hatten, erlosch Lindas Lächeln. Stattdessen seufzte sie abgrundtief.

„Stimmt etwas nicht?", fragte Emma, während sie ihren Mantel ablegte.

„Ich weiß nicht, wo mir der Kopf steht. Die Handwerker kommen gleich, damit ich sie einweise. Und gerade eben, ehe du gekommen bist, hat Misses Lewis angerufen und wollte wissen, ob die Exponate gut angekommen sind. Ich habe bei der Spedition angerufen, da die eigentlich schon längst hier eingetroffen sein müssten. Und ich erhielt die Auskunft, dass sie bereits fristgerecht ausgeliefert wurden. Heute Morgen! Gott im Himmel, ich ..."

Mitten in Lindas Ausführungen hinein klingelte das Telefon. Mit einem neuerlichen Seufzen nahm sie den Hörer ab.

„Heimatmuseum, Sie sprechen mit Misses MacGill. Wie bitte? Nein, natürlich verstehe ich das. Aber ..." Während sie zuhörte, änderte sich Lindas Miene von bestürzt zu niedergeschlagen. Als sie wieder zu Wort kam, massierte sie sich mit der freien Hand die Stirn. „Selbstverständlich werde ich den Vertrag auflösen.

Ungern, aber wenn es die Umstände nicht zulassen, haben wir ja keine Wahl. Ja, ich werde Sie bei einem neuen Event gerne wieder berücksichtigen. Guten Tag."

Wie versteinert blieb Linda sitzen, nachdem sie aufgelegt hatte. Während Emma noch überlegte, was sie sagen sollte, klingelte es an der Eingangstür. Sie wollte schon zur Tür gehen, da hielt Linda sie auf.

„Ich gehe. Das wird der Maler sein, um mit mir die Renovierung der neuen Ausstellungsräume zu besprechen."

„Wer war das am Telefon?"

„Der Caterer. Sie haben einen Krankheitsfall in der Familie und deshalb abgesagt. Das heißt, dass ich einen neuen finden muss. Und das vier Wochen vor der Eröffnung! Wie soll ich das denn schaffen?"

Wieder klingelte es.

„Ich komme ja schon!", rief Linda.

Emma trat neben sie. „Ich bin doch auch noch da."

„Ach herrje! Ich müsste dir eigentlich erst mal das Konzept zeigen, die neuen Exponate und die Räumlichkeiten. Und den Zeitplan. Vor allen Dingen den Zeitplan. Ich ..."

„Hallo?", rief jemand von der offenen Eingangstür.

„Ich komme gleich", antwortete Linda.

„Das macht doch nichts", erwiderte Emma. „Das holen wir später nach. Gib mir einfach die Unterlagen von der Spedition und den Exponaten, die sie abholen sollte. Ich kümmere mich darum. Und einen anderen Caterer werde ich auch finden. Kümmere du dich jetzt erst mal um die Renovierung und überlass mir den Rest."

„Danke.“ Linda strahlte. Ein Stein schien ihr vom Herzen zu fallen. „Ich weiß nicht, was ich ohne dich tun würde.“

Highlands 1745

„Ich kann nicht mehr“, japste Sarah.

Die Flucht durch die Nacht schien kein Ende zu nehmen. Ihre Füße schmerzten. Ihre Kleider waren so durchnässt vom kalten Regen, dass sie völlig durchgefroren war. Der Rock klebte an ihren Beinen und machte jeden Schritt zur Qual.

„Wir müssen weiter.“ Samuel packte ihren Arm und zog sie mit sich.

„Bitte“, würgte Sarah an der Enge in ihrer Kehle vorbei.

„Willst du am Galgen landen?“

Aber Samuel wartete ihre Antwort nicht ab, sondern zerrte sie mit sich.

Der Regen mischte sich mit den Tränen, die über Sarahs Wangen liefen. Jeder Tag schien neue Qualen für sie bereitzuhalten. Und am Ende der Schinderei wartete der Galgen auf sie. Sie machte sich nichts vor: Sie würden den Soldaten nicht ewig davonlaufen können. Es war nur eine Frage der Zeit, bis diese sie fanden. Und dann ... sah Samuel das denn nicht? Oder war er einfach zu stur, um aufzugeben?

Sie stolperte durchs Unterholz hinter ihm her, einen weiteren Hügel hinauf. Dann ging es wieder bergab. Danach an einem See entlang und den nächsten Hügel wieder hinauf. Die Gegend musste im Sonnenschein wunderschön sein.

Sarah stolperte über eine Wurzel. Sie traf schmerzhaft mit Händen und Knien am Boden auf. Samuel wollte sie wieder auf die Füße ziehen, aber ihre Beine wollten ihr nicht mehr gehorchen. Zitternd blieb sie einfach sitzen.

„Steh auf", herrschte Samuel sie an.

„Ich kann nicht mehr."

Mit einem Schnauben ging Samuel neben ihr in die Hocke. „Hast du dir wehgetan?"

„Geh ohne mich weiter, Sammy!"

„Niemals", sagte er und griff nach ihren Händen. „Niemals! Hörst du? Eher krepier ich, als dass ich dich im Stich lasse."

Sarah unterdrückte ein Schluchzen. Wenn Sammy nur nicht so treu und pflichtbewusst wäre!

„Ich halte dich nur auf."

Samuel umfasste ihr Gesicht mit beiden Händen. Sacht wischte er mit seinen rauen, groben Fingern über ihre Wangen. „Du hältst mich nicht auf. Wenn du nicht mehr laufen kannst, dann trage ich dich eben."

„Nein, ich ..."

Aber Samuel zog schon ihre Arme um seinen Hals und fasste sie unter den Oberschenkeln. Ächzend stand er auf und ging weiter.

Sarah schlang die Arme fester um ihn, um sich festzuhalten. Nach einer Weile schmiegte sie die Wange gegen Samuels Kopf. Die Wärme, die sein Körper ausstrahlte, vertrieb ein wenig die Kälte. Sie merkte, wie ihr Kopf schwer wurde und gegen seine Schulter sank.

Stundenlang schien Samuel weiterzugehen. Im Osten zeigte sich hinter den Bergen bereits ein silberner Schimmer, als er endlich innehielt. Keuchend ließ er sie zu Boden sinken. Als Sarah sich umsah, bemerkte sie, dass sie sich einigermaßen regengeschützt unter einem umgestürzten Baum befanden.

Wortlos setzte Samuel sich hinter sie und zog sie in seinen Schoß. Ihr Kopf kam in seiner Halsbeuge zu liegen, seine Arme umschlossen sie fest. Einen Herzschlag lang tauchte Alasdairs freundliches Gesicht in ihrer Erinnerung auf. Der Gedanke an ihn schmerzte wie eine offene Wunde, denn sie wusste, dass sie ihn nie wiedersehen würde.

Als ahnte er ihre Gedanken, drückte Samuel sie fester an sich. Eine seiner Hände kam dabei auf ihrer Brust zu liegen. Aber anstatt sie anders zu platzieren, umschloss er sie besitzergreifend. Sarah wurde heiß. Ein Bruder sollte seine Schwester nicht dermaßen unschicklich berühren. Doch sie wagte nicht, sich zu beschweren, aus Angst, Samuel zu erzürnen. Wieder dachte sie an Alasdair. Wenn er sie so gehalten hätte, hätte sie sich nicht beschwert.

Highlands 2019

„Nein", sagte Emma. „Sie missverstehen mich. Es mag ja sein, dass Ihr Fahrer die Exponate heute Morgen ausgeliefert hat, aber er hat es offensichtlich nicht unter der Adresse getan, die angegeben wurde. Wären Sie daher so freundlich, Ihren Fahrer nach der Auslieferungsadresse zu fragen?"

„Wie ich bereits sagte", erwiderte die Speditionsdame am anderen Ende der Leitung schnippisch. „Ich bin nicht befugt, Ihnen die Auslieferungsadresse zu nennen. Zudem wurde der Auftrag abgeschlossen. Ich ..."

„Nun hören Sie mir bitte gut zu! Wir haben einen Speditionsvertrag mit Ihnen, also sind Sie sehr wohl befugt, mir die Adresse zu nennen, wo Ihr Fahrer die Exponate fälschlicherweise abgeliefert hat. Des Weiteren mache ich Sie darauf aufmerksam, dass wir Sie gemäß Klausel 13b des Speditionsvertrags über die volle Höhe der Kaufsumme der Exponate regresspflichtig machen können, wenn diese verlustig gehen. Und um einen Verlust handelt es sich, wenn Sie mir nicht sagen können, wo sich die Exponate befinden. Möchten Sie mir immer noch nicht die Auslieferungsadresse nennen?"

Am anderen Ende der Leitung herrschte einen Augenblick Schweigen, ehe die Dame von der Spedition antwortete: „Ich werde mich beim Fahrer erkundigen und Ihnen die Auslieferungsadresse per E-Mail weitergeben."

„Bitte denken Sie auch daran, dass Sie die Exponate gemäß Speditionsvertrag in einer angemessenen Frist nachliefern müssen. Sollte Ihnen dies nicht möglich sein, sehen wir uns dazu gezwungen, vom Vertrag aufgrund nicht erfolgter Durchführung zurückzutreten." Das würde der Zimtzicke Beine machen, hoffte Emma.

„Wie Sie wünschen. Dann treten wir vom Vertrag zurück. Wir melden uns bei Ihnen schriftlich. Guten Tag." Es klickte in der Leitung.

Die Zimtzicke hatte tatsächlich aufgelegt! Emma war nah dran, das schnurlose Telefon an die Wand zu werfen. Das hatte sie toll hingekriegt! Linda würde begeistert sein. Wenn sie jetzt auch noch den einzigen weiteren Caterer im weiten Umkreis verprellte, hörte sie am besten gleich auf.

„Hey, bitte töten Sie mich nicht! Ich bin unschuldig, egal um was es geht."

Bei den Worten drehte Emma sich erschrocken um und entdeckte Jason Campbell, der während ihres Telefonats mit der Dame von der Spedition ins Büro gekommen sein musste. Hoffentlich hatte er nicht zu viel von dem gehört, was sie gesagt hatte.

„Ach, Sie sind's! Tut mir leid, aber ich habe keine Zeit für nette Plaudereien. Ein andermal vielleicht." Dabei hätte sie eigentlich gerne ein wenig mit Jason geplaudert.

Doch der schien die Abfuhr zu ignorieren und setzte sich stattdessen auf ihren Schreibtisch. „Sie haben demjenigen am anderen Ende der Leitung ja mächtig eingeheizt. Respekt!"

„Na ja, der Erfolg war mäßig. Ich erfahre zwar jetzt hoffentlich, wohin die Exponate fälschlicherweise geliefert wurden, aber ich muss mir eine neue Spedition suchen. Diese wird wohl nicht mehr für uns arbeiten." Emma seufzte. „Wenn ich so weitermache, wird Linda froh sein, wenn ich zu Hause bleibe, anstatt ihr zu helfen."

Jason lachte. „Also wenn es nichts weiter ist, kann ich vielleicht helfen. Ich kenne eine Spedition."

„Kennen die sich denn auch mit der Beförderung fragiler Güter aus?"

Emma hatte schon die wildesten Geschichten über ungesicherte Transportkisten gehört. Bei einigen der Exponate handelte es sich immerhin um Porzellan. Einen Scherbenhaufen konnte sie wirklich nicht gebrauchen.

„Der Cousin einer meiner Ranger arbeitet als Fahrer bei einer Spedition, die seit Jahren für eine Geschirrmanufaktur arbeiten. Der sollte sich wohl mit fragilen Gütern auskennen, nehme ich an. Soll ich ihn mal fragen?“

„Und Sie meinen wirklich, dass die noch ein paar Lieferungen annehmen würden? Es geht ja nicht nur um diese eine.“

„Das glaube ich schon. Albin, der Ranger, hat mir erzählt, dass der Spedition, für die sein Cousin arbeitet, gerade ein wichtiger Kunde weggebrochen ist. Soll ich dort mal für Sie anrufen?“

„Das wäre wunderbar. Ich kann jede Hilfe brauchen.“

Jason lächelte sie an. „Mach ich gerne.“

„Sie kennen nicht zufällig auch noch einen Caterer, der in vier Wochen einen größeren Auftrag annehmen würde?“

„Keinen Caterer, aber ein kleines Restaurant. Die liefern auch und machen Buffets. Und das Essen ist echt lecker. Ich kann gern mal nachfragen, ob sie in vier Wochen noch Zeit haben, einen Auftrag zu übernehmen.“

Emma schüttelte den Kopf. „Sie sind ein Phänomen. Wenn das klappt, haben Sie etwas gut bei mir.“

Jasons Lächeln wurde noch etwas breiter. „Ich nehme Sie beim Wort. Wenn das Restaurant den Auftrag übernimmt, gehen Sie mit mir am Freitagabend dort essen. Abgemacht?“

Highlands 1745

„Sht!"

Sarah schreckte aus dem unruhigen Halbschlaf hoch. Fahles Morgenlicht sickerte durch die jungen Blätter der Bäume. Eine Hand lag schwer auf ihrem Mund, eine andere drückte ihre Brust. War das Sammy?

Entsetzt wehrte sie sich gegen den unbekannten Angreifer. Doch die Hand umschloss nur noch fester ihren Mund und ihre Nase und nahm ihr vollends die Luft zum Atmen. Panikerfüllt schlug Sarah um sich. Ihr Herz hämmerte. Verzweifelt versuchte sie um Hilfe zu rufen, aber nur ein wimmernder Laut entrang sich ihr.

„Hast du das gehört?" Die männliche Stimme kam aus den Büschen neben ihnen.

„Sie müssen hier irgendwo sein", antwortete eine zweite Stimme von der anderen Seite ihres Verstecks.

Endlich sickerte Begreifen in Sarahs Bewusstsein. Das war Samuel, der sie festhielt. Er hatte versucht zu verhindern, dass sie die Soldaten auf sich aufmerksam machte. Zitternd krampfte sie die Hände in Samuels Jackenärmel und hörte auf, sich zu wehren. Da endlich lockerte sich sein Griff um ihren Mund. Gierig schnappte Sarah nach Luft. Zu laut, begriff sie im nächsten Moment. Neben ihnen raschelte es im Gebüsch.

Ein rüder Stoß beförderte sie ins Unterholz. Dornen zerkratzten ihr Gesicht und ihre Hände. Während sie sich mühsam aufrappelte, sah sie, wie Samuel aufsprang.

Gerade rechtzeitig, um dem Rotrock zuvorzukommen, der mit schussbereit erhobenem Gewehr aus den

Büschen trat. Ein Schlag von Samuel traf ihn im Gesicht, ein zweiter im Magen, sodass er mit einem erstickten Keuchen in sich zusammensackte.

In diesem Moment fühlte sie sich gepackt und an den Haaren auf die Knie gezogen. Sarah schrie auf. Da legte sich die kalte Mündung einer Pistole an ihre Schläfe.

„Nimm die Hände hoch oder ich puste der Hure das Hirn aus dem Schädel!", befahl der Soldat hinter ihr. Sie konnte seinen roten Uniformrock erkennen.

Tränen rannen über Sarahs Wangen. *Nein*, wollte sie Samuel zurufen.

Doch der drehte sich in einer fließenden Bewegung zu ihnen um. Sarah entdeckte das Gewehr des am Boden liegenden Soldaten in seinen Händen. Dann dröhnte ein Schuss in ihren Ohren. Blut spritzte auf sie. Der Mann, der sie festhielt, wurde von einer Donnerfaust umgerissen.

Weinend fiel sie auf die Knie.

Samuel wandte sich dem am Boden Liegenden zu und trat ihm mit dem Absatz gegen die Kehle. Während er sich das Gewehr über die Schulter warf, packte er Sarah am Arm. Brutal zerrte er sie mit sich.

Du hast sie getötet, wollte sie sagen. Aber kein Wort kam über ihre Lippen.

„Hör auf zu flennen!", herrschte Samuel sie an. „Der Schuss war meilenweit zu hören. Wenn wir uns nicht beeilen, sind wir so gut wie tot."

Er sprach es nicht aus, aber Sarah wusste auch so, dass er ihr die Schuld an der Entdeckung durch die beiden Soldaten gab. Und irgendwie hatte er recht damit. Trotzdem ... rechtfertigte das den Tod der beiden Männer?

Sarah schwieg und versuchte, so gut sie es vermochte, Schritt zu halten. Die Soldaten würden ihre Unschuldsbeteuerungen nicht kümmern. Für sie genügte es, dass sie gemeinsam mit dem Mörder, der ihr Bruder war, floh. Das war Grund genug, um am Galgen zu landen.

Im kalten Morgenlicht starrte Sarah auf Samuels Rücken. Wann war aus dem fürsorglichen Sammy dieser kaltblütige Mörder geworden?

8.

Highlands 2019

Etwas unsicher stieg Emma aus Jasons Geländefahrzeug aus und sah sich im abendlichen goldenen Licht um. Allein die Fahrt mit dem klapprigen Jeep war abenteuerlich gewesen. Das kleine Dorf, in das Jason sie entführt hatte, war verschlafen und nichtssagend. Dass es hier ein gutes Restaurant geben sollte, konnte sie kaum glauben.

„Dort ist es", sagte Jason und deutete auf ein Haus, das halb verborgen hinter einer Hecke aus Bäumen und Büschen stand.

Mit langen Schritten ging er voraus, ohne zu warten, ob sie ihm folgte. Sollte sie sich darüber ärgern oder amüsieren? Doch Emma vergaß den Gedanken, als sie die Hecke umrundet hatte und blieb stehen.

Das weiß gekalkte Haus mit dem Schieferdach stand auf einer Wiese. Ein kleiner munterer Bach lief direkt an der Längsseite des Hauses entlang, wo sich die Eingangstür befand. Zu der Tür aus massivem Holz gelangte man nur über eine kleine Steinbrücke. Der Eingang selbst wurde von zwei Kletterrosen umrahmt, an denen sich erste Knospen zeigten.

Emma konnte einen Entzückensschrei nicht unterdrücken. „Oh mein Gott! Das ist nicht Ihr Ernst!"

Jason lachte und fasste nach ihrer Hand. „Nun kommen Sie schon! Sie müssen erst einmal das Innere sehen."

Die Tür öffnete sich knarrend unter Jasons Hand. Selbst Emma musste sich ducken, so niedrig war der Türsturz. Drinnen erwartete sie ein winziger Flur, von dem zwei Türen abgingen. Jason führte sie durch die linke Tür in einen Raum, der kaum größer war als die Essküche ihrer Großmutter.

Die Wände waren weiß gekalkt. In der linken Ecke des Raums verströmte ein brennender Kamin wohlige Wärme. Die Längsseite gegenüber den Fenstern wurde von einer hölzernen Theke eingenommen, hinter der eine rundliche Frau in den Fünfzigern sie anlächelte. Der Tisch, an den Jason sich setzte, war aus rohem Holz und so niedrig, dass Emma das Gefühl hatte, dass sie sich im Gasthaus von Hobbits befand.

Während sie noch die roh gezimmerte Bank betastete, kam die Frau an ihren Tisch und reichte ihnen zwei Speisekarten.

„Wir haben heute frisch geräucherte Forelle und Wildschweinbraten. Kann ich euch schon etwas zu trinken bringen?"

„Mineralwasser bitte", antwortete Emma.

„Für mich ein Bier."

„Kommt sofort", erwiderte die Wirtin und verschwand hinter der Theke.

Die Speisekarte war nur eine Seite lang und mit der Hand auf ein dickes Blatt Pergament geschrieben. Emma entzifferte Dinge wie Rindfleisch-Pastete, Rindersteak, Fisch-Pastete, Nieren-Geschnetzeltes. Gerichte, die Großmutter einst gekocht hatte. Allein die Namen erinnerten sie an glückliche Stunden als Kind in der großen Essküche.

„Und? Was sagen Sie?“ Jasons Augen strahlten Emma an.

„Das ist ...“

Zum Glück kam die Wirtin mit den Getränken, sodass Emma nicht gleich antworten musste.

„Was kann ich euch denn zu Essen bringen?“, fragte die Wirtin.

Emma starrte auf die Speisekarte. Wie sollte sie das so schnell entscheiden? Am liebsten hätte sie alles probiert. „Ich ... oh mein Gott, das klingt alles so lecker. Ich weiß nicht ...“

„Bring uns doch von allem ein bisschen, Melissa. Du weißt ja, dass wir hier sind, um zu entscheiden, was wir für das Buffet bestellen sollen und die junge Dame muss doch wissen, was wir ihren Gästen vorsetzen.“

Die Wirtin nagte an ihrer Unterlippe, ehe sie schließlich nickte. „Dann lasst mich mal eine kleine Auswahl zusammenstellen, die ich für sinnvoll halte. Ihr vertraut mir doch?“

„Aber natürlich, liebste Melissa“, antwortete Jason mit breitem Lächeln.

Als Melissa hinter der Theke durch eine Tür in den Nachbarraum verschwunden war, wandte Emma sich an Jason. „Werde ich auch noch gefragt oder haben Sie schon alles geklärt?“

„Ich habe nur den Weg bereitet. Damit Sie schneller zum Ziel kommen. Mehr nicht. Die Entscheidung, ob Sie mein Angebot annehmen, liegt allein bei Ihnen.“

Highlands 1745

Den ganzen Tag zerrte Samuel Sarah schon durch die bewaldeten Hügel. Wasser gab es genug. Hinter jedem

Hügel wartete ein neuer, malerisch gelegener See. Aber am Nachmittag hatte es wieder zu regnen begonnen und der Regen und die tiefhängenden Wolken hatten die Aussicht auf die Seen und Hügel getrübt.

Binnen kürzester Zeit war Sarahs Kleidung wieder völlig durchnässt. Sie konnte sich schon gar nicht mehr daran erinnern, wie es sich anfühlte, im Warmen und Trockenen zu sitzen. Mit wohlig gefülltem Bauch, ohne dass ihr ganzer Körper vor Erschöpfung schmerzte. Und ohne die ständige Angst, dass hinter dem nächsten Busch ein Verfolger lauern könnte, der sie gefangen nehmen und an den Galgen bringen wollte.

Samuel dagegen wirkte unermüdlich. Als spürte er den Wind und den Regen nicht, lief er voran. Er schien weder langsamer noch müde zu werden. Ein einsamer Wolf, der den Gefahren und Unbilden der Natur trotzte. So war auch sein Blick – wie der eines wilden Tieres, das einer unsichtbaren Spur folgt. Dazu bereit, jeden Augenblick zuzuschlagen.

„Ich kann nicht mehr", sagte Sarah endlich.

Die Sonne berührte bereits die Berge. Der unsichtbare Weg, dem Samuel folgte, war zu einem schlammigen Sturzbach geworden. Wenn sie nicht in Bälde eine Unterkunft fanden, würden sie die Nacht im kalten Regen verbringen müssen.

Samuel zeigte keine Reaktion. Entweder hatte er sie nicht gehört, weil der Regen so laut rauschte, oder er wollte ihr keine Antwort geben.

Der Matsch unter Sarahs Füßen gab nach. Sie fiel auf die Knie und stemmte sich mühsam wieder hoch.

„Sammy, bitte! Ich kann nicht mehr. Wirklich ..."

Das Gesicht zu einer zornigen Grimasse verzogen wirbelte Samuel zu ihr herum. Grob packte er sie an den Oberarmen und schüttelte sie.

„Was erwartest du? Sag es mir! Dass ich ein Gasthaus aus dem Ärmel zaubere? Dass ich den Regen abstelle? Na, was sagst du, du dumme Gans?"

Tränen brannten in Sarahs Augen. Sie biss sich auf die Lippe, um nicht loszuheulen. „Nichts", würgte sie hervor. „Ich erwarte nichts. Gar nichts ..."

Mit einem Ruck ließ Samuel sie los. „Warum benimmst du dich dann wie ein dummes kleines Kind?"

Die Tränen lösten sich aus Sarahs Augen und rannen über ihre Wangen. „Es tut mir leid, Sammy."

Wortlos kehrte Samuel ihr den Rücken zu und marschierte weiter. Sarah wischte sich die Tränen aus dem Gesicht. Mit schmerzenden Füßen folgte sie ihm. Schweigend erklomm sie hinter dem Bruder einen weiteren Hügel. Dahinter lag ein weiterer See, kleiner als die vorherigen.

In den letzten Strahlen der untergehenden Sonne entdeckte Sarah eine Hütte, die am Rande des Sees lag. Sie wollte schon jubeln, als ihr im nächsten Moment klar wurde, dass es nichts nutzen würde, Samuel darauf hinzuweisen. Denn er würde niemals die Hütte ansteuern – aus Furcht, dass die Bewohner sie an die Soldaten verraten würden.

Ob er die Hütte ebenfalls bemerkt hatte und sie nur ignorierte, konnte Sarah nicht ausmachen. Stur lief er weiter. Die Sonne sank, während sie dem Hang an der anderen Seite des Sees folgten. Bald wurde die Hütte von der Dunkelheit verschluckt und nur noch ein schwacher Lichtschein, der aus den Fenstern drang, erinnerte daran, wo sie lag.

Der Weg führte hangabwärts. Vorsichtig tastete Sarah nach einem festen Tritt, ehe sie den Fuß woanders hinsetzte.

„Beeil dich“, forderte Samuel barsch.

Bemüht, ihm Folge zu leisten, vergaß Sarah ihre Vorsicht. Einige Meter ging alles gut. Doch dann passierte, was sie befürchtet hatte. Ihr Fuß glitt im schlammigen Untergrund aus. Sarah verlor das Gleichgewicht. Sie versuchte noch, sich an einem Ast festzuhalten. Da schlug sie auch schon hart am Boden auf. Doch der Hang war so steil und glitschig, dass sie weiterrutschte. Äste und Gestrüpp schlugen ihr ins Gesicht, Steine bohrten sich in ihre Seite. Sie schrie auf, knallte endlich gegen einen Baum und kam wimmernd zum Halt.

Im nächsten Augenblick kniete Samuel neben ihr. „Sarah! Was ist passiert? Wie geht es dir? Sag doch was! Sarah!“

Samuels grobe Hände zerrten sie in den Sitz. Er tätschelte ihre Wangen, strich die Haare aus ihrem Gesicht, streichelte über ihren Kopf.

„Sarah! Hast du dich verletzt? Sarah!“

„Es geht mir gut“, stieß sie hervor. Entgegen ihrer Worte konnte sie nicht verhindern, dass sie am ganzen Leib zitterte.

„Du hast mich erschreckt.“ Die Stimme des Bruders klang dumpf, während er Sarah an sich drückte.

Sie roch Moschus, Erde und Schweiß. Samuels Nähe war erdrückend. Als befände sie sich in den Armen eines Riesen. Aber gerade als sie sich begann unwohl zu fühlen, ließ er sie los und zog sie wieder auf die Füße.

„Komm“, befahl er.

Sarahs Beine gaben nach. Nach einem Wimpernschlag fand sie sich am Boden wieder. Tränen rannen über ihre Wangen. Mit Mühe unterdrückte sie ein Schluchzen.

„Komm!“

Müde wehrte Sarah Samuels Hand ab. „Geh! Lass mich hier sitzen! Ich halte dich nur auf.“

Ehe sie die Worte ausgesprochen hatte, fand sie sich auf Samuels Armen wieder. Er sprach kein Wort, als er weiterging.

Highlands 2019

„Und, haben Sie mir verziehen?“, fragte Jason, als Emma sich neben ihn auf den Beifahrersitz des klapprigen Jeeps gesetzt hatte.

Es war schon dunkel. Emmas Bauch spannte merklich, so viel hatte sie gegessen. Dennoch bereute sie keinen einzigen Bissen, denn das Essen war wie eine Reise in die Kindheit gewesen.

„Was soll ich Ihnen denn verzeihen?“

„Dass ich vorgegriffen habe. Ich wollte Sie nicht vorführen oder so. Aber Melissa hat mich gefragt, weshalb ich einen Tisch für zwei reservieren will und da musste ich ja etwas antworten.“

„Ach, vergessen Sie es. Vielleicht bin ich einfach ein wenig überempfindlich, wenn es darum geht, dass ich mich übergangen fühlen könnte.“

Oder lag es daran, dass sie sich bevormundet gefühlt hatte – so wie sie sich dauernd in Davids Anwesenheit fühlte? Dabei war Jason gar nicht der Typ dafür.

Jason wartete, bis sie sich angeschnallt hatte, ehe er den Motor startete. Ein wenig zu schnell für Emmas Geschmack fuhr er über die holprige Straße aus dem Dorf hinaus.

„Darf ich Ihnen etwas zeigen?"

„Ist es weit?"

Himmel, wie spät war es eigentlich? Sie hatte in dem gemütlichen Gastraum und bei dem vielen köstlichen Essen, das ihnen Melissa aufgetischt hatte, völlig die Zeit vergessen. Andererseits war am nächsten Tag Samstag. Sie hatte nichts vor. Weshalb also einen kleinen Umweg ablehnen?

„Es ist nur ein kleiner Umweg", antwortete Jason, als hätte er ihre Gedanken gelesen.

„Okay. Und wohin geht‘s?"

„Lassen Sie sich überraschen!"

Die Straße, der Jason folgte, wand sich durch die Berge. Emma hatte das dumpfe Gefühl, dass sie sich tatsächlich auf dem Rückweg befanden. Nach einer Weile hielt Jason mitten auf der Straße an und zeigte den Hang hinab.

„Sehen Sie die Ruinen da unten?"

Im Mondschein konnte Emma ein paar verfallene Mauern erkennen. „Ja. Und?"

Jason zuckte mit den Schultern. „Na ja, ich habe ein bisschen herumgefragt und ich glaube, dass eins der Häuser da unten Ihren Vorfahren gehört hat. Den

MacIain-MacDonalds natürlich. Sie haben dort Land gehabt. Abby, Ihre Großmutter, hat eine Verbindung zu einem Archibald MacIain-MacDonald herstellen können. Aber das wissen Sie sicherlich. Da unten hat er wohl gewohnt."

„Nein, das wusste ich nicht. Großmutter und ich ... Ich habe sie lange nicht mehr besucht." Zu lange.

„Soll ich Sie mal bei Tag herführen? Ist ein schöner Spaziergang. Vielleicht gefällt Ihnen die Ecke ja so gut, dass Sie sie in Ihre Ausstellung miteinbeziehen wollen."

Ein geführter Spaziergang zu den Häusern der Menschen, die damals unter der Niederlage von Culloden gelitten hatten?

„Das klingt nach einer interessanten Idee. Wissen Sie, ob mein Vorfahr an der Schlacht von Culloden teilgenommen hat?"

Jason kratzte sich am Kopf. „Ich meine, Ihre Großmutter hat es irgendwann erwähnt. Aber ich bin mir nicht sicher. Am besten wäre es, wenn Sie mal Ihre Unterlagen sichteten. Ich helfe Ihnen gern, wenn ich darf."

Emma zögerte. Es wäre eine gute Ausrede, um mehr Zeit mit Jason verbringen zu können. Aber sollte sie das? Immerhin war sie verlobt! Oder sollte die Frage eher lauten, ob sie das wollte? Und sie wollte es definitiv, egal ob es sich schickte oder nicht.

Mit einem leisen Lachen startete Jason den Motor und fuhr weiter. „Ich bin wieder zu ungeduldig. Richtig?"

Emma lachte. „Möglicherweise. Aber ja, ich würde gerne die Unterlagen meiner Großmutter mit Ihnen durchschauen. Doch erst, wenn ich mir selber einen Überblick verschafft habe."

„Einverstanden. Sie melden sich dann. Auch wenn Sie dazu bereit sind, mit mir zur Hütte zu wandern."

„Auch wegen der Wanderung. Versprochen."

Im Dunkeln studierte Emma Jasons kantiges Profil. Er schien die Fahrt zu genießen. Sie bemerkte, dass er immer wieder einen Seitenblick auf sie warf. Als sie das Haus der Großmutter erreichten, entschlüpfte Emma ein Seufzer.

„Bis hoffentlich bald", sagte Jason. Er stieg nicht aus, um ihr die Autotür zu öffnen.

„Bis bald."

Sie wollte gerade aussteigen, als er nach ihrer Hand griff. Schmetterlinge stoben durch Emmas Bauch. Mit klopfendem Herzen sah sie auf.

„Ehe ich es vergesse: Sie brauchen noch einen Tartan in den Farben Ihrer Vorfahren für die Eröffnung der Ausstellung. Ein Dreieckstuch in den Clanfarben ist das Mindeste. Und können wir auf das dämliche Sie verzichten? Ich bin Jason."

Emma musste lachen, während sie seine Hand schüttelte. „Ja, zu beidem. Ich bin Emma."

Highlands 1745

Erst als der sanfte Lichtschein, der aus den Fenstern der Hütte drang, im nächtlichen Regen sichtbar wurde, begriff Sarah, was Samuels Ziel war.

„Nein", wisperte sie. „Du darfst das nicht tun."

Ohne ihr eine Antwort zu geben, ging Samuel weiter auf die Umrisse der Hütte zu.

„Was, wenn sie uns an die Soldaten verraten? Das ... das hast du selbst gesagt. Ich will nicht, dass ..." Sie würde sich ewig die Schuld geben, wenn Samuel ihretwegen am Galgen landete.

Vor der Tür der Hütte blieb Samuel stehen und ließ Sarah zu Boden gleiten. Auf zitternden Beinen kam sie zum Stehen.

„Dann sag nichts, was sie Verdacht schöpfen lässt und tu genau das, was ich sage!"

Ehe Sarah etwas antworten konnte, klopfte Samuel an die Tür. Einen winzigen Augenblick hoffte Sarah, die Bewohner könnten sie nicht gehört haben. Da öffnete sich die Tür.

Im flackernden Lichtschein eines Kaminfeuers stand ein bärtiger Mann, der sie argwöhnisch musterte. Hinter ihm konnte Sarah eine Frau im dämmrigen Innern der Hütte ausmachen, die ein Kind auf dem Arm hielt. Zwei weitere Kinder drückten sich in ihren Rock.

„Wer ist da?", fragte der Mann.

„Mein Name ist Sergeant Samuel Turner. Das ist meine Frau Sarah. Wir sind unterwegs nach Fort William. Mein Pferd hat gescheut und dann haben wir uns in der Dunkelheit verlaufen. Und meine Frau ist gestürzt." Bei den Worten legte Samuel einen Arm um Sarahs Hüfte.

Der Mann musterte sie stumm.

„Du kannst sie doch nicht bei diesem Wetter vor der Tür stehenlassen, John", wisperte die Frau. „Schau dir nur das arme Ding an!"

Sarah glaubte, bei den Worten zu schrumpfen.

Der Mann brummte etwas. Dann öffnete er wider Erwarten die Tür. „Kommt rein! Ihr könnt für die Nacht bleiben. Vorm Kamin ist noch Platz."

Mit sanfter Gewalt schob Samuel Sarah zur Tür hinein, ehe er ihr folgte. Der Mann schloss sie hinter ihnen, während die Frau mit einem freundlichen Lächeln auf den Tisch zeigte, der neben dem Kamin stand.

„Setzt euch doch! Wollt ihr etwas essen? Wir haben noch ein wenig Eintopf übrig."

Mit dem Kind auf dem Arm trat sie an die Feuerstelle und zog den Topf, der danebenstand, wieder über die Flammen. Nach ein paar Handgriffen flammte das Feuer neu auf.

Die Kinder drückten sich scheu neben ihr in eine Ecke.

„Danke", sagte Samuel und setzte sich. Eine Schlammpfütze bildete sich um den Stuhl, auf dem er saß.

Zitternd trat Sarah zur Feuerstelle und streckte ihre kalten Finger der Wärme entgegen. Bei dem Duft, der aus dem Topf aufstieg, knurrte ihr Magern. Sarah senkte den Kopf.

„Es dauert nicht lange." Die Frau lächelte sie an, während sie den Eintopf umrührte. „Nehmt Euch doch den Stuhl und setzt Euch neben mich, damit Eure Kleider trocknen können."

Stumm gehorchte Sarah. Die Freundlichkeit der fremden Frau wärmte sie mehr als das Feuer.

„Ich bin Mary."

Sarah wagte es, einen scheuen Blick auf die andere Frau zu werfen.

„Seid Ihr verletzt worden bei dem Sturz?"

Stumm schüttelte Sarah den Kopf. Ohne dass sie es wollte, irrte ihr Blick zu Samuel, der John am Tisch gegenübersaß. Die beiden Männer maßen sich mit stummen Blicken. Die Feindlichkeit der beiden wirkte nahezu greifbar. Sarah wagte nicht zu atmen.

Mary schien ihrem Blick zu folgen. „John, sei nicht so unhöflich und biete unseren Gästen etwas zu trinken an. Und ich meine damit kein Wasser."

Ihr Mann presste die Lippen aufeinander. Doch er stand tatsächlich auf und holte einen Krug aus einem

Regal. Nachdem er zwei Becher auf den Tisch gestellt hatte, schenkte er eine gelbbraune Flüssigkeit ein. Mit einem Knall landete der Krug auf dem Tisch.

„Auf Bonnie Prinz Charlie und die Highlands!" Mit trotziger Miene hob John seinen Becher.

Samuel starrte ihn an, während Sarahs Herz hämmerte, als wollte es aus ihrer Brust springen. Als Samuel nach dem anderen Becher griff, glaubte sie, keine Luft mehr zu bekommen.

„Auf die Highlands", sagte er mit fester Stimme und hob den Becher.

Nach einem grimmigen Nicken kippte John den Inhalt des Bechers in seine Kehle. Samuel tat es ihm gleich. Wortlos schenkte John erneut ein. Doch zu Sarahs Überraschung reichte er ihr Samuels Becher.

„Auf die Highlands", flüsterte Sarah, ehe sie an dem Becher nippte. Der Whisky brannte in ihrer Kehle und hinterließ eine warme Spur, die bis in ihren Magen reichte. Trotzdem fühlte sie sich danach besser und wagte einen zweiten Schluck.

Mary lächelte, als Sarah den Becher an Samuel weiterreichte. Unter Samuels finsterem Blick duckte Sarah sich.

„Stimmt etwas nicht?", flüsterte ihr Mary hinter Johns Rücken zu.

Sarah bemühte sich um ein Lächeln.

„Setz dich zu mir!" Samuels barsche Worte ließen sie sofort zusammenzucken. Sie beeilte sich, ihnen nachzukommen – aus Furcht, er könnte ihr Zusammenzucken missdeutet haben. Als er den Arm um sie legte, erschauerte sie.

„Das Essen ist fertig", verkündete Mary mit fröhlicher Stimme.

Ein wissender Blick traf Sarah, als Mary ihr eine Schale voll dampfenden Eintopfs hinschob. Schnell beugte sie sich über das Essen. Es fiel ihr nicht schwer, so zu tun, als wäre sie vollends mit dem Eintopf beschäftigt, denn er war köstlich. Doch Marys Blick verfolgte sie, als ahnte diese, dass etwas nicht stimmte.

9.

Highlands 2019

Am Küchentisch mit Blick auf den Garten und die Berge kam Emma am Sonntagnachmittag endlich zur Ruhe. Die Scones, die sie aus der Erinnerung nach dem Rezept der Großmutter gebacken hatten, standen köstlich duftend vor ihr auf dem Tisch und warteten darauf verspeist zu werden. Daneben standen die Clotted Cream und ein Glas Erdbeermarmelade, das die Großmutter noch gekocht hatte. Auf dem Etikett stand das Jahr 2018.

Emma nippte am Tee und genoss den milchigen Geschmack. Seltsam, dass sie zurück in den Highlands sofort auf Tee umgestiegen war. Dabei war sie unter ihren Freunden in London als Kaffeejunkie verschrien. Ranari würde sich ausschütten vor Lachen und sie Landei nennen.

Seltsam, im Moment vermisste sie Ranari mehr als David. Es würde so gut tun, der Freundin ihr Herz auszuschütten und ihr zu erzählen, wie durcheinander sie war. Schon tauchte Jasons lächelndes Gesicht wieder vor ihr auf. Herrje, der Mann hatte ihr wirklich den Kopf verdreht. Zeit, dass sie auf andere Gedanken kam.

Mit spitzen Fingern schnitt Emma einen der selbstgebackenen Scones auf, verteilte Clotted Cream und Erdbeermarmelade darauf und biss voller Genuss hinein. Der Geschmack weckte sofort alte, längst vergessene Erinnerungen: An Sonntagnachmittage mit der Großmutter in der Essküche mit frisch gebackenen Scones.

Emma kam es vor, als wäre sie nach einer langen Irrfahrt endlich wieder dort angekommen, wo sie hingehörte. Nur die Großmutter fehlte.

Sie vertrieb den schmerzhaften Gedanken mit mehr Tee und Scones und wandte sich dem Stapel Papier zu, den Linda ihr gegeben hatte. Nach einer Weile begriff sie die Sortierung: Da waren die Listen der Teilnehmer an der Schlacht von Culloden. Danach folgten Stammbäume von Familien, die Familienmitglieder bei diesem Ereignis verloren hatten. Einer davon war mit einem roten Klebezettel gekennzeichnet. Als Letztes fand sie Aufzeichnungen über die Ernten vor und nach der Schlacht. Auf einem separaten Stapel lagen Abhandlungen und Artikel über die Auswirkungen des Ereignisses auf die Bevölkerung der Highlands. Eine Überschrift weckte Emmas Neugier und sie begann zu lesen. Doch letztendlich fand sie nichts darin, was sie nicht bereits wusste. Bei den folgenden Artikeln, die sie las, war dies nicht anders. Sie aß drei Scones, kleckerte Erdbeermarmelade auf einen der Artikel und setzte frischen Tee auf. Draußen sank unmerklich die Sonne. Die Berge warfen erste tiefe Schatten.

Mit einem Seufzen zupfte Emma den Stammbaum mit dem roten Klebezettel aus dem anderen Papierstapel. Sie fand viele fremde Namen aus dem ClanMac-Iain-MacDonald, die ihr nichts sagten. Hinter einem Archibald MacDonald war in Großmutters akkurater Handschrift vermerkt, dass er in der Schlacht von Culloden gefallen war. War das nicht der Name des Vorfahren gewesen, den Jason ihr genannt hatte?

Neugierig studierte Emma den Stammbaum. Archibald hatte zwei Söhne. Der ältere, Aonghus MacDonald, war ebenfalls in der Schlacht von Culloden gefallen. Dann gab es noch einen zweiten Sohn – Alasdair. Neben diesen Namen hatte die Großmutter ein Ausrufezeichen gemacht. Dahinter stand ein handschriftlicher Vermerk, dass Alasdair in mehreren Listen fehlte und sie ihn in einer Genealogie im Internet gefunden hatte. Aber beide Söhne schienen weder verheiratet gewesen zu sein noch waren offenbar Kinder von ihnen bekannt.

Emma fand einen weiteren Stammbaum, der mit einer Büroklammer an den zuvor genannten angeheftet war. Ganz unten fand sie diverse Namen, die sie kannte – nämlich den Namen ihrer Großmutter und ihres Bruders. Die Großmutter hatte es geschafft, ihre Linie bis zu einem Duncan MacIain-MacDonald zurückzuverfolgen, der Ende des 19. Jahrhunderts gestorben war. Von ihm war jedoch nur bekannt, dass sein Großvater Archie hieß.

Deshalb nahm die Großmutter also an, dass Archibald MacIain-MacDonald ihr Vorfahr war. Dummerweise waren von Archibalds Söhnen keine Kinder bekannt.

Emma schaltete ihr Laptop an. Nach kurzem Suchen fand sie die Genealogie, die die Großmutter erwähnt hatte und den Namen des Mannes, der den Namen des zweiten Sohnes von Archibald dort eingepflegt hatte. Zeit, dass sie der Sache auf den Grund ging und dem Mann eine E-Mail schrieb.

Highlands 1745

„Wo ist es denn passiert?“, fragte John, während Sarah den Eintopf löffelte.

Mit düsterer Miene sah Samuel von seinem Essen auf. „Was?"

„Die Sache mit dem Pferd. Wo habt Ihr es verloren?"

„Ich wüsste nicht, was Ihr damit zu schaffen habt", erwiderte Samuel rüde.

„Nun, ich kenne mich hier gut aus. Ich könnte Euch morgen bei der Suche helfen. Dann müsstet Ihr nicht zu Fuß weitergehen."

„Wir brauchen Eure Hilfe nicht."

Mit Hitze im Gesicht setzte Sarah den Löffel ab. „Was mein Mann meint, ist, dass sich Eure Hilfe erübrigt. Weil ... weil ..."

Ein finsterer Blick von Samuel traf Sarah. Sarah senkte den Kopf.

„Das Pferd ...", fuhr Sarah mit leiser Stimme fort, „... es hat sich beim Sturz das Bein gebrochen und ... und Samuel musste es töten. Bestimmt habt Ihr den Schuss gehört."

„Ich habe in der Tat einen Schuss gehört. Dann wart Ihr das also. Wo liegt das Pferd denn? Ich könnte sein Fleisch und sein Fell gut gebrauchen."

„Das Pferd ist Eigentum der königlichen Armee. Es steht Euch nicht zu, es zu nehmen", sagte Samuel scharf.

Johns Miene gefror. „Ich verstehe."

Mary räusperte sich. Mit betont fröhlicher Stimme rief sie: „Darf ich Euch noch etwas Eintopf bringen? Oder vielleicht etwas Brot?"

„Gerne", erwiderte Sarah schnell, obwohl sie schon satt war. „Euer Eintopf ist wirklich köstlich und das Brot auch."

„Ihr schmeichelt mir. Im Eintopf sind nur unsere kärglichen Reste. Und das Brot ist schon zwei Tage alt."

„Dann seid Ihr erst recht eine gute Köchin." Bei den Worten schob Sarah Mary den leeren Napf hin.

Mit einem Lächeln ergriff Mary ihn und füllte ihn erneut aus dem Topf, der über dem Feuer hing. Nachdem sie Sarah den Napf gegeben hatte, schnitt sie noch ein Stück Brot ab und reichte es ihr.

„Danke", sagte Sarah zwischen zwei Bissen. „Euer Eintopf ist genauso gut wie der von meiner Mutter."

Während Mary Samuels Napf ein zweites Mal füllte, fragte sie im Plauderton: „Wo seid Ihr denn her, wenn ich fragen darf?"

„Ich glaube nicht ...", begann Samuel.

Aber Sarah unterbrach ihn schnell: „Wir kommen aus London. Samuel und ich kennen uns schon seit Kindertagen. Er ist fast wie ein großer Bruder für mich."

„Ach, das ist schön." Mary setzte sich und sah Sarah mit leuchtenden Augen an. „Wie ist London denn so? Ich stelle es mir riesig vor und voller Menschen. Wie kann man da leben, ohne dass man sich ständig beobachtet fühlt?"

„Oh, London ist riesig. Aber es gibt auch wunderschöne Parkanlagen dort, die jeder besuchen darf. Überall findet Ihr Buden mit Essen oder Zeitungen, Jungen, die die Stiefel polieren. Dabei ist London gar nicht so voll wie Edinburgh. Und gerade weil da so viele Menschen leben, achtet keiner auf den anderen."

„Erzählt mir von den Parkanlagen und den Essensbuden!", forderte Mary sie mit leuchtenden Augen auf.

„Du ermüdest unsere Gäste", wandte John ein.

Sarah winkte ab. „Aber nicht doch. Das ist doch das Mindeste, dass wir euch von unseren Reisen erzählen. In den Parks stehen viele alte Bäume, da sind riesige Beete mit Rasen, der so grün ist wie frisches Laub. In den Rabatten wachsen Rosen und immer wieder neue Blumen, die die Gärtner pflanzen. In den Buden gibt es heiße Maronen, gebackenen Fisch und in heißem Öl frittierte Kartoffelscheiben. Das ist köstlich."

Einmal hatte Sarah davon gekostet und sich geschworen, dass sie es selbst machen würde – sobald sie ein eigenes Heim hatte. Falls sie je ein eigenes Heim haben würde.

„Gibt es auch Süßigkeiten?", fragte der Junge.

„Aber natürlich! Es gibt heißen Apfelkuchen zu kaufen, mit Zuckersirup überzogene Äpfel, die man Liebesäpfel nennt, weil Verliebte sie sich gern teilen. Geröstete Nüsse, Karamellen ..." All die Dinge, die sie sich nie hatte kaufen können, weil sie es sich nicht leisten konnten.

„Habt Ihr Euch einen Liebesapfel geteilt?" Das Mädchen war neben ihren älteren Bruder getreten und sah Sarah mit runden Augen an.

„Ich ..." Sarah bemerkte, dass sie errötete.

Als wollte Mary ihr aus der Verlegenheit helfen, klatschte sie lachend in die Hände. „Schluss jetzt, ihr beiden Plagegeister! Zeit, dass ihr ins Bett geht. Husch, husch!"

„Aber Mama ...", beklagte sich der Junge.

„Nichts da! Ich sagte, dass ihr jetzt ins Bett geht!"

„Tut, was eure Mutter sagt", mischte John sich ein.

Da gehorchten die beiden endlich ohne Murren. Doch Mary warf Sarah einen wissenden Blick zu, der sie frösteln ließ.

Highlands 2019

„Sie übernehmen den Auftrag", sagte Emma, nachdem sie den Hörer aufgelegt hatte.

Mit einem Seufzen ließ sie sich in den Bürostuhl zurücksinken und wischte sich den Schweiß von der Stirn. Es kam ihr vor, als würde eine Zentnerlast von ihr abfallen. Wie angespannt sie gewesen war wegen der Antwort der Spedition, die Jason ihr genannt hatte, wurde ihr erst in diesem Augenblick klar.

Linda klatschte in die Hände und ließ sich in ihren Bürostuhl fallen. „Halleluja!"

„Und Melissa hat uns auch schon ein Angebot für das Catering anlässlich der Eröffnung geschickt."

„Du bist ein Engel, Emma. Ich wüsste wirklich nicht, was ich ohne dich tun würde."

Emma winkte ab, obwohl sie die Worte gern hörte. „Eigentlich ist das alles Jasons Verdienst."

„Nun ...", meinte Linda mit schelmischem Lächeln, „... das mag schon sein. Aber du hast die Verträge abgeschlossen. Und unter uns: Ich glaube nicht, dass der feine Mister Campbell mir so freigiebig seine Unterstützung angeboten hätte."

Die Hitze stieg so schnell in Emmas Wangen, dass sie den Kopf senkte. „Da irrst du dich. Jason hätte dir genauso geholfen wie mir."

„Jason – aha!"

Die Hitze in Emmas Gesicht wurde noch eine Spur intensiver. „Das hat nichts zu sagen. Ich konnte das Du einfach nicht ablehnen, nachdem wir gemeinsam bei Melissa essen waren."

„So, so. Wenn du meinst ..." Linda stand auf. „Aber ich gehe jetzt heim. Nach dieser freudigen Nachricht werde ich mir ein Gläschen Portwein gönnen und auf dich und Mister Campbell anstoßen. Du kannst dich gern dazugesellen."

„Danke für das Angebot. Aber heute nicht. Ich möchte den Speditionsvertrag noch fertig machen und losschicken."

„Wie du meinst." Linda lächelte und zog ihre Jacke an, nachdem sie ihren Computer ausgeschaltet hatte. „Mach nicht mehr so lange. Du arbeitest zu viel, meine Liebe."

„Ich verspreche es dir. Nur noch den Speditionsvertrag. Dann gehe ich nach Hause."

Linda hob zum Abschied die Hand. Bald darauf hörte Emma, wie sie die Tür des Museums schloss. Sie war allein im Büro. Draußen dämmerte es bereits. Die dunklen Schatten der Berge füllten die Straße, die sie durch das Fenster des Büros sehen konnte.

Der Speditionsvertrag war eine Sache weniger Minuten, bis sie ihn endlich per E-Mail verschicken konnte. Rein aus Gewohnheit rief Emma nochmals ihre Mails ab. Das meiste war Spam, doch der Absender einer E-Mail machte sie neugierig. War das nicht der Name des Mannes aus der Genealogie im Internet?

Neugierig rief sie die Mail ab.

... habe ich mich sehr über Ihre nette Mail gefreut. Es ist ja wirklich selten, dass sich die Jugend für ihre Wurzeln interessiert. Besagter Alasdair MacIain-MacDonald war auch für mich lange ein Rätsel. Wie es scheint, wurde sein Name aus einem der Originalstammbäume getilgt. Was ich damit meine, ist, dass es einen Stammbaum gibt, in dem ein weiterer Sohn von Archibald MacIain-MacDonald vermerkt ist, dessen Name jedoch unleserlich gemacht wurde. Aber mir liegt ein Stammbaum vor, in dem ein zweiter Sohn namens Alasdair vermerkt ist. Im Gegensatz zu seinem älteren Bruder Aonghus, der unverheiratet und kinderlos bei der Schlacht von Culloden verstarb, war jener Alasdair MacIain-MacDonald sehr wohl verheiratet. Im erwähnten Stammbaum werden fünf Kinder mit den Namen Archibald, Annie, Duncan, Margret und Samuel erwähnt – in der Reihenfolge ihres Alters. Leider wird uns der Name von Alasdair MacIains Frau verschwiegen. Ich hoffe, Ihnen damit geholfen zu haben. Sollten Sie den Originalstammbaum mit eigenen Augen sehen wollen, können Sie sich gerne bei mir melden.

Ergebenst Ihr Robert MacDonald.

Alasdair MacIain-MacDonald war also tatsächlich ein Sohn von Archibald MacIain-MacDonald. Und er hatte einen Sohn namens Duncan. Damit war Alasdair also ihr Ururgroßvater.

Highlands 1745

In der Hütte war Stille eingekehrt. Sarah konnte das leise Atmen der Familienmitglieder hören, die sich im gemeinsamen Bett zur Ruhe gelegt hatten. In der Dunkelheit waren sie in der Ruhestelle nicht auszumachen. Nur in der Feuerstelle, neben der sie lag, knackte ab und an ein brennendes Holzscheit und spendete flackerndes Licht.

Mary hatte ihnen ein paar Schaffelle als Unterlage gegeben, damit sie es wärmer und weich hatten. Samuels Mantel diente als Decke. Der Körper des Bruders schmiegte sich an ihren. Sein Arm lag besitzergreifend um ihre Taille. Als wäre sie tatsächlich seine Frau. Sarah versuchte, eine Lücke zwischen ihren Körper und den seinen zu bringen. Aber Samuel rückte sofort nach.

Merkte er denn nicht, dass ihr die Nähe unangenehm war? Oder ignorierte er es, weil er ihren Gastgebern die Lüge, dass sie ein Ehepaar wären, besser verkaufen wollte?

Sarahs Blick verschwamm, während sie die tanzenden Flammen beobachtete. Sie sah Alasdair wieder, der sie freundlich anlächelte und merkte, wie ihr Herzschlag sich beschleunigte.

Als ahnte er, woran sie dachte, drückte Samuel sie noch etwas fester an sich. Seine Hand kam dabei auf ihrer Brust zu liegen. Bemerkte er das nicht? Oder war sie als seine Schwester so weit jenseits geschlechtlicher Begierden für ihn, dass es ihm gleich war?

„Wieso hast du das getan?", raunte er ihr ins Ohr.

„Was?"

Samuels Griff wurde schmerzhaft. „Tu nicht so unschuldig! Wieso hast du ihnen erzählt, das Pferd wäre tot? Jetzt wird er loslaufen und danach suchen."

„Bis dahin sind wir weg."

„Und wenn er die Leichen der Soldaten findet?" Samuels Mund lag heiß und schwer auf ihrem Ohr.

„Irgendetwas musste ich zur Erklärung doch sagen."

„Warum hast du mich nicht reden lassen? Ich hätte ihnen schon klargemacht, dass sie ihre Fragen für sich behalten können."

„Bitte", wisperte sie. „Ich wollte doch nur ..."

„Und dann erzählst du ihnen auch noch von London! Und von Liebesäpfeln!"

„Ich wollte sie nur ablenken."

„Von wegen! Du hast den Hund auch noch direkt auf den Schuss gestoßen. Schlimmer hätte es kaum laufen können, du dumme Gans!"

Samuels Atem küsste heiß ihren Nacken, als wollte er sie beißen. Tränen sammelten sich in Sarahs Augen. Merkte er denn nicht, dass er alle Leute, denen sie begegneten, vor den Kopf stieß? Wie sollte sie da irgendjemand unterstützen oder ihnen helfen? Manchmal waren Lügen die bessere Variante. Insbesondere wenn sie ein Quäntchen Wahrheit enthielten, waren sie meistens kaum von der Wahrheit zu unterscheiden.

„Bitte", flüsterte sie. „Es tut mir leid. Ich ..."

„Halt einfach künftig den Mund und lass mich reden. Der Mistkerl ist schon misstrauisch genug. Und jetzt benimm dich endlich wie eine Ehefrau, damit unsere Lüge nicht auffliegt."

Bei den Worten zog Samuel sie fest an sich heran. Sein heißer Körper presste sich an ihren Rücken, sein feuchtwarmer Atem küsste ihren Hals. Sein fester Griff erlaubte keinen Widerspruch. Sie fühlte sich gefangen, ausgeliefert – ohne eine Möglichkeit zu entkommen.

Die Nähe war ihr unangenehm. Das alles war nicht richtig. Ganz gleich, ob sie ihren Gastgebern ein Ehepaar vorspielten. Sie waren keine unschuldigen Kinder mehr, die sich gemeinsam ins Stroh kuschelten.

Ich bin deine Schwester, hätte sie am liebsten gerufen.

Aber kein Wort kam über ihre Lippen – aus Furcht vor Samuels Reaktion.

10.

Highlands 2019

„Und?“, fragte Jason. „Habe ich zu viel versprochen?“

Ganz sicher hatte er das nicht, fand Emma, obwohl sie zu sehr nach Atem ringen musste, um Antworten zu können. Deshalb nickte sie nur.

Die Aussicht war atemberaubend. Obwohl sie den Gipfel der Bergkette noch lange nicht erreicht hatten, befanden sie sich so hoch, dass sie das gesamte Tal überblicken konnten, das bis zum Meer führte. Die gegenüberliegenden Berge ragten schroff und düster in den hohen, blauen Himmel, wie eine Reihe riesiger, scharfer Zähne.

„Das ist doch besser, als im Büro zu sitzen. Erst recht an einem Freitagnachmittag.“

Emmas Blick glitt zu Jason, der trotz des steilen Anstiegs kein bisschen schneller atmete. Nur seine Augen leuchteten vor Begeisterung. Er wirkte beneidenswert fit und durchtrainiert. Andererseits musste er das ja sein, wenn er sein Geld damit verdiente, Touristen durch die Berge zu führen.

„Ist es“, bestätigte Emma keuchend. Sie war wirklich froh, dass sie sich von Jason aus dem Büro hatte entführen lassen. „Ist das der Weg, den du auch mit den Touristen gehst?“

Jason schüttelte den Kopf. „Für die meisten zu anstrengend. Respekt, dass du so gut mitgehalten hast. Aber ich habe dich nicht nur wegen der schönen Aussicht hierhergeführt, sondern weil ich mein Versprechen einlösen wollte."

Damit spielte er wohl auf die Ruinen der Hütte an, die angeblich ihren Vorfahren gehört hatte.

„Ich bin gespannt", erwiderte sie lächelnd.

Ein breites Lächeln von Jason war die Antwort. „Dann komm. Hier entlang."

Er führte Emma einen kaum noch sichtbaren Trampelpfad entlang, der zwischen riesigen Felsbrocken hindurchführte. Das Plätschern eines Baches wurde lauter. Als er sie um einen weiteren Felsen herumführte, sprudelte der Bach wenige Schritte von ihnen entfernt in einem felsigen Bett munter den Hang hinab. Auf der anderen Seite des Bachlaufs befanden sich die Ruinen einer Hütte.

Wortlos ging Jason vor. Als er den Bach mit einem langen Schritt überquert hatte, reichte er Emma die Hand, um ihr hinüberzuhelfen. Sie legte ihre Hand in seine, froh um die Stütze. Sie hätte es auch ohne Hilfe geschafft, über die großen Steine zu balancieren. Aber mit der Stütze fühlte sie sich doch sicherer.

Jason empfing sie mit einem Lächeln. Ihre Hand fest umschlossen, führte er sie bis zum Eingang der verfallenen Hütte. Ein Felsblock neben dem Eingang lud zum Sitzen ein. Wortlos bedeutete er Emma, Platz zu nehmen und setzte sich neben sie.

Ihr stockte der Atem. Wenn die Aussicht bei ihrem ersten Stopp bereits schön gewesen war, so war diese grandios. Der Himmel schien zum Greifen nah. Das Tal war ein idyllisches grünes Band zu ihren Füßen.

„Das war die Sommerhütte. Hier haben deine Vorfahren den Sommer über gewohnt, um in der Nähe der Schafweiden zu sein. Die Frauen haben gesponnen, Butter gemacht und Lieder gesungen, während die Männer nach den Schafen gesehen haben und auf die Jagd gingen. Im Tal steht das Winterhaus. Das ist natürlich größer und komfortabler. Aber ich glaube, dass die meisten wohl lieber hier gewesen sind als im Tal. Mir wäre es jedenfalls so gegangen."

Emma wagte, einen verstohlenen Blick auf Jason zu werfen. Sein Profil zeichnete sich verwegen vor dem blauen Himmel ab. Sein Blick war nachdenklich in die Ferne gerichtet. Sie konnte sich gut vorstellen, wie er hier einsam und zufrieden auf eine Schafherde aufpasste – mit nichts um sich herum außer dem Himmel und der Stille.

„Es ist perfekt", sagte sie.

Es herrschte absolute Ruhe. Aber es störte Emma nicht. Es war schön, einfach neben Jason zu sitzen und die Aussicht zu genießen.

„Ich habe ein Haus", brach er nach einer Weile das Schweigen. „Nicht ganz so schön gelegen wie die Hütte hier. Aber die Aussicht von dort ist auch ganz passabel. Wenn ich darf, lade ich dich mal zu einem Whisky auf meiner Terrasse ein."

Ein warmes Gefühl breitete sich in Emma aus. Als habe jemand eine warme Decke um ihre Schultern gelegt. Schuldbewusst fiel ihr David ein. Der Gedanke wirkte wie eine kalte Dusche. Sie räusperte sich. „Ich ..."

Abrupt stand Jason auf. „Und?“, fragte er in munterem Plauderton, als habe es den Moment zuvor nicht gegeben. „Was meinst du: Wollen wir die Hütte hier als Rundgang in die Ausstellung aufnehmen?“

Dankbar um die Ablenkung stand Emma ebenfalls auf. „Das ist eine sehr gute Idee.“

Highlands 1745

Sarah erwachte, weil sich jemand neben ihr bewegte. Sie brauchte eine Schrecksekunde, ehe sie sich daran erinnerte, wo sie sich befand. Das war die Hütte von Mary und John und neben ihr lag Samuel, rief sie sich in Erinnerung. Sie war in Sicherheit. Alles war gut.

Nach den vielen Nächten, die sie im Freien zugebracht hatte, war ihr zum ersten Mal wieder richtig warm. Wahrscheinlich hatte sie deshalb so tief und fest geschlafen, obwohl sie sich unter einem fremden Dach befand.

„Was ist?“, murmelte sie schlaftrunken.

„Sht!“

Eine schwere Hand legte sich auf ihren Mund. Vor Schreck wurde sie starr, bis sie begriff, dass es Samuel war, dem sie gehörte. Sie konnte nur seinen Umriss erkennen. Das Feuer im Kamin war heruntergebrannt. Nur noch ein paar glimmende Scheite verströmten ein wenig Licht. Ein kalter Luftzug ließ sie frösteln. Als Zeichen, dass sie verstanden hatte, dass sie leise sein sollte, berührte sie Samuels Handgelenk. Nach einem kurzen Moment ließ dieser sie endlich los.

„Was ist denn?“, wisperte Sarah.

„John hat die Hütte verlassen.“

„Vielleicht will er Holz holen“, wandte Sarah eingedenk des heruntergebrannten Feuers ein. Ihrer Vermutung widersprach der Vorrat an Holz, der neben dem Kamin gestapelt war.

Samuel schüttelte den Kopf. „Unwahrscheinlich.“

„Vielleicht will er nach dem Vieh sehen.“ Bestimmt hatte die Familie ein paar Schafe oder vielleicht sogar ein paar Kühe. Die meisten Highlander hatten Vieh.

„Mitten in der Nacht?“

„Was soll er denn sonst vorhaben?“

Samuel schien ihr nicht zuzuhören. Noch während sie sprach, stand er auf. Schnell griff Sarah nach seinem Arm, um ihn festzuhalten. Aber er fegte ihre Hand grob beiseite.

„Was hast du vor?“, wisperte Sarah.

„Ihm nachgehen. Verdammt!“

„Und wenn er es bemerkt? Wenn seine Frau es bemerkt oder die Kinder ...“ Sarah brach mitten im Satz ab, weil Samuel sie an der Schulter packte.

„Verflucht! Dann sagst du, dass ich pissen gegangen bin.“

„Vielleicht ist er ja auch ...“ Sarah konnte ihren Satz nicht beenden.

„Vielleicht ist nicht gut genug. Vielleicht ist er auch losgerannt, um uns an die Soldaten zu verpfeifen.“

„Woher soll er denn wissen, dass hier Soldaten sind? Woher soll er überhaupt wissen, dass ...“

In plötzlichem Zorn schüttelte Samuel sie und presste die Hand auf ihren Mund. „Sei still!“, zischte er ihr ins Ohr. „Oder willst du uns verraten?“

Mit Tränen in den Augen schüttelte Sarah den Kopf. Samuels schwere Hand nahm ihr die Luft zum Atmen.

Sie wimmerte und zerrte an seinem Handgelenk. Es schien eine kleine Ewigkeit zu vergehen, bis sein Griff sich endlich lockerte. Erstickt rang Sarah mit einem tiefen Atemzug nach Luft.

„Keinen Mucks! Du wartest hier, bis ich zurück bin!"

Obwohl ihr schwindelig war, erinnerte Sarah sich überdeutlich daran, wie Samuel den Mann niedergeschlagen hatte, der ihr Gewalt hatte antun wollen. An das Blut, das in ihr Gesicht gespritzt war, als Samuel den Soldaten im Gasthaus niedergeschossen hatte. Und daran, mit welcher Kaltblütigkeit er ihre Verfolger erledigt hatte.

„Was wirst du tun, wenn ..."

„Was nötig ist!", sagte Samuel und wandte sich zur Tür.

„Tu ihm nichts", flehte sie. „Bitte ... Samuel!"

Ein kalter Luftzug wehte ihr ins Gesicht, während Samuel geräuschlos die Hütte verließ.

Highlands 2019

„Und das hier sind die Reste des Winterhauses."

Diese Ruinen befanden sich auf der nördlichen Seite des Baches, der das Tal durchfloss. Sie lagen inmitten saftiger grüner Wiesen, umschlossen von den düsteren, schroffen Bergen. Die letzten Strahlen der Abendsonne erreichten sie vom Ende des Tales.

Jason zeigte zu einer weiteren Ansammlung von Steinen. „Das ist ein weiteres Haus, das ebenfalls auf dem Gelände deiner Vorfahren stand. Soweit ich herausfinden konnte, gehörten beide dem Clan MacIain-MacDonald. Ich konnte den Namen Archibald MacIain-

MacDonald finden. Das kleinere Haus wurde später gebaut. Gehörte wohl auch diesem Archibald, im Register standen nämlich die Initialen A.I.D. – Archibald MacIain-MacDonald."

Nachdenklich studierte Emma die Reste der Grundmauern. Die beiden Häuser waren deutlich schlechter erhalten als die Hütte in den Bergen. Man musste sich schon anstrengen, um die Umrisse der beiden Häuser zu erkennen.

„Da hinten sind noch weitere Häuserüberreste. Das hier scheint eine Siedlung gewesen zu sein, die zum Dorf gehörte, das an der Mündung des Baches liegt."

„Ich weiß." Sarah hatte gelesen, dass es im Tal mehrere Häusergruppen gegeben hatte, die alle zum Clan der MacIain-MacDonalds gehört hatten. Aber diese hier lag mit Abstand am malerischsten. Der Bach bildete hier einen kleinen See, der mit Schilf und Binsen gesäumt war. Im Sommer blühten hier sicherlich die gelben Sumpfschwertlilien.

Während sie ihre Augen mit der Hand vor der untergehenden Sonne beschattete, sah sie sich um und versuchte, das Ausmaß der Siedlung zu erkennen, die hier gelegen haben musste.

„Ich habe letzten Sonntag übrigens die Aufzeichnungen meiner Großmutter durchgeschaut", sagte Emma. „Dieser Archibald hatte zwei Söhne. Einer hieß Aonghus und der andere Alasdair."

Jason lachte. „Noch zwei Männer, deren Vorname mit A beginnt. Na wunderbar!"

„Tja, die Initialen A.I.D. könnten also auf drei Männer zutreffen. Aber Aonghus und sein Vater Archibald sind angeblich beide in Culloden gefallen." Während sie redete, umrundete Emma einen Holunderbusch in frischem, jungem Grün und fand dahinter eine recht gut erhaltene Mauer.

„Und was ist mit diesem Alasdair?" Jason war nicht zu sehen. Aber es klang, als folgte er ihr.

„Er war wohl verheiratet. Jedenfalls hatte er fünf Kinder. Der Name des mittleren ist Duncan. Er passt vom Alter auf den ältesten Vorfahren, der aus meinem Stammbaum überliefert ist."

Als Emma sich umdrehte, tauchte Jason hinter dem Holunder auf. „Schau nur, das ist der Kamin", sagte er, während er sich zu ihr gesellte. Nun, da Jason sie darauf aufmerksam machte, konnte auch Emma dessen quadratische Umrisse in der Außenmauer erkennen.

„Hmm", überlegte sie laut. „Mit einem Grundriss könnte man auch diese beiden Häuser in die Führung aufnehmen."

„Ich hatte gehofft, dass du das sagst."

„Wunderbar. Ich erstelle nächste Woche eine Beschreibung samt Route für die Homepage und einen Flyer. Aber ich muss auch noch die Finanzierung deiner Arbeitszeit klären."

Jason winkte ab. „Ach was. Ich nehme den Rundgang in meine Routen auf. Dann kannst du einfach einen Verweis auf unsere Homepage machen. Die Buchung läuft dann über das Outdoor-Zentrum. Falls dir das recht ist."

„Das ist eine gute Idee. Macht vieles leichter."

„Und was ist mit diesem Alasdair? Weißt du, wer seine Frau ist?"

„Nein, bisher konnte ich leider noch nicht herausfinden, wie sie hieß."

Während sie sprach, schlängelte Emma sich an einem Busch vorbei und fand sich inmitten der Grundmauerreste wieder. Von hier aus konnte sie die Umrisse des Hauses fast erahnen. Es war größer als sie zuerst gedacht hatte. Durch die Türöffnung müsste man den See sehen, wenn man die Büsche entfernte.

Es raschelte, als Jason ihr folgte und sich zu ihr gesellte.

„Von hier hätte man einen schönen Blick auf den See, wenn die Holunderbüsche nicht wären", sagte er.

„Stimmt." Unter gesenkten Lidern betrachtete Emma Jasons markantes Profil, das sich in den Strahlen der Abendsonne gegen den rötlich überhauchten Himmel abzeichnete.

„Ich könnte die Büsche entfernen – wenn du das möchtest."

„Keine schlechte Idee. Ich rede mal mit Linda wegen der Finanzierung." Es gab massenweise andere Holunderbüsche. Die Vögel würden nicht darunter leiden.

Während Jason sich am Busch vorbei wieder hinausschlängelte, winkte er ab. „Dafür brauch ich kein Geld. Aber hör mal: Wegen der unbekannten Frau von deinem Alasdair - wir könnten im Kirchenregister nachschauen. Ich kenne den Pastor gut genug, dass er mir die Bitte kaum abschlagen wird. Hast du Lust, einen Nachmittag mit mir in einem Raum voll alter, staubiger Bücher zu verbringen?" Ganz gentlemanlike drückte Jason die Äste des Holunders beiseite, damit Emma ihm leichter folgen konnte. Das jungenhafte Lächeln, das er ihr dabei schenkte, beschleunigte Emmas

Herzschlag. Sie spürte, wie sie prompt errötete und versuchte, es mit einem Lachen zu überspielen. Herrje, sie war verlobt und wollte bald heiraten! Was machte sie hier eigentlich?

Dennoch antwortete sie: „Das klingt unglaublich verführerisch. Wie könnte ich da widerstehen?"

Highlands 1745

Zitternd hockte Sarah vor dem erkaltenden Kaminfeuer und wartete. Ob sie vor Kälte oder Furcht zitterte, wusste sie nicht. Vielleicht waren letztendlich beides die Ursachen. Sie wusste nur, dass sie Angst hatte, dass Samuel etwas Dummes tun könnte. Dass sie aufstehen musste, um nach dem Rechten zu sehen, damit sie sich später keine Vorwürfe machte. Dennoch blieb sie wie gelähmt sitzen, nur ihre Gedanken jagten sich wie Herbstblätter im Wind. Was, wenn Samuel John im Affekt tötete?

Samuel war kein kaltblütiger Mörder, versuchte sie sich zu beruhigen, obwohl ihre Erinnerungen ihr etwas anderes erzählten. Und was, wenn er einfach zuerst zuschlug oder schoss, ehe er über die Folgen nachdachte? Das Ergebnis wäre das Gleiche: John wäre tot. Wie sollte sie mit dem Wissen leben, dass sie ihren Bruder nicht daran gehindert hatte?

Endlich stand Sarah auf. Ihre Glieder schienen Tonnen zu wiegen, jede Bewegung war unendlich schwer. Ihre Muskeln protestierten, während sie sich Schritt für Schritt auf die Tür zutastete. Ängstlich horchte sie auf die Stille in der Hütte, da sie niemanden durch ein

Geräusch wecken wollte. Aber alles, was sie hörte, waren ein knackender Scheit im Kamin und die leisen Atemzüge der Schlafenden.

Ihre tastenden Finger fanden die Tür. Beim leisen Knarren, das sie verursachte, als sie diese einen Spaltbreit öffnete, zuckte sie zusammen. Atemlos verharrte sie, aber in der Hütte regte sich nichts. Schnell schlüpfte sie nach draußen. Als sie die Tür leise hinter sich schloss, wagte sie aufzuatmen.

Eisige Kälte fuhr ihr ins Gesicht und ließ sie erschauern. Sie wünschte sich zurück unter Samuels warmen Mantel vor den brennenden Kamin. Seine hitzige Nähe wäre ihr jetzt willkommen gewesen. Aber der heimelige Moment schien einem anderen Leben anzugehören.

Vorsichtig sah sie sich um und lauschte. Nichts. Die Nacht war dunkel, dichte Wolken bedeckten die Sterne und den Mond. Unter den Bäumen des Waldes am Rand des Sees war es stockfinster. Da hörte sie ein Geräusch. Waren das Stimmen? Ihr Herzschlag beschleunigte sich. Als sie ihre Augen anstrengte, konnte sie den großen Schatten eines kleinen Gebäudes etwa fünfzig Schritte entfernt Richtung See ausmachen. Vage konnte sie sich an einen Holzschuppen erinnern, den sie bemerkt hatte, als sie sich in der Dämmerung der Hütte genähert hatten.

Mit klopfendem Herzen ging sie langsam darauf zu. Sie stolperte im Dunkeln über eine Wurzel, fing sich und ging weiter.

„Hör auf, mich anzulügen!“ Samuels Stimme!

„Ich lüge nicht. Ich habe keine Ahnung, von welchen Soldaten du sprichst.“

„Verdammter Lügner!“, brüllte Samuel.

Sarah beschleunigte ihre Schritte. Nach ein paar Metern begann sie zu laufen. Ihr Herz hämmerte, als wollte es ihre Brust sprengen.

„Samuel“, rief sie. „Samuel ...“

„Du bist der Lügner!“, erwiderte der Mann laut. „Du bist kein Soldat und erst recht kein Offizier. Sag mir, wem hast du die Uniform abgenommen? Ist das der Grund, weshalb du Angst davor hast, dass ich irgendwelche Soldaten informiere?“

Sarah glaubte, an den Worten zu ersticken. Ihr war, als hätte der arme John damit sein Todesurteil unterschrieben.

„Du ...“

„Geh mir aus dem Weg“, forderte der Mann.

Ein erstickter Schrei lauerte in Sarahs Kehle. Am ganzen Leib bebend stolperte sie um die Ecke des Holzschuppens. Gegen die Spiegelung des Seewassers konnte sie Samuels schwere Silhouette ausmachen. Eine Axt blitzte in seinen Händen auf, ehe sie unaufhaltsam auf den Kopf des zweiten Mannes niedersauste.

11.

Highlands 2019

Emma sah von ihrem Laptopmonitor hinaus auf die Straße, die am Museumsgebäude vorbeilief. Ihre Hoffnung auf besseres Wetter zerplatzte angesichts des anhaltenden Regens wie eine Seifenblase. Am Morgen hatte kurz die Sonne durch die Wolken geblinzelt. Aber seit Mittag hatte sie sich nicht mehr blicken lassen. Stattdessen regnete es unaufhörlich.

Dabei wollte sie heute mit Jason zum Kirchenregister gehen. Seit sie sich mit ihm vor fünf Tagen verabredet hatte, hatte sie an nichts anderes denken können. In ihrer Fantasie hatte jedoch zu dieser Gelegenheit immer die Sonne von einem blauen Himmel gelacht und zu einem Spaziergang eingeladen. Und nun das!

„Einen wunderschönen Tag, die Damen!“

Beim Klang von Jasons fröhlicher Stimme machte Emmas Herz einen Satz. Er brachte den Geruch von feuchter Erde und frischer Luft ins stickige Büro. An seinen Wanderstiefeln klebten dicke Dreckklumpen, die Regenjacke tropfte. Sein vom Regen feuchtes Gesicht war gerötet, die blonden Haare klebten an seinem Kopf.

„Guten Tag, Mister Campbell“, antwortete Linda mit einem kurzen Blick in seine Richtung freundlich.

„Hallo, Jason. Ich dachte schon, der Regen hat dich weggeschwemmt.“

Lachend schritt Jason zu Emmas Schreibtisch und verteilte dabei feuchte Erde auf dem blank polierten

Dielenboden. Regen tropfte von seiner Regenjacke auf Emmas Akten.

„Ich bin ein Highlander. Glaubst du, ein bisschen Regen hält mich davon ab, mein Versprechen einzulösen?"

Emmas Herzschlag beschleunigte sich. Tatsächlich konnte sie sich ihn sehr gut in der traditionellen Kleidung mit Kilt und Umhang vorstellen. Jason hätte einen Parade-Highlander abgegeben.

„Ganz sicher nicht", bestätigte sie. Schnell speicherte sie die offene Worddatei ab und fuhr anschließend ihr Laptop herunter. An Linda gewandt sagte sie: „Der neue Auftrag an die Spedition ging raus. Der Flyer ist fast fertig. Und das Angebot von Melissa habe ich auch schon beantwortet und angenommen. Die genauen Modalitäten kläre ich bis Ende der Woche mit ihr."

„Alles klar", erwiderte Linda. „Dann viel Spaß bei eurer Recherche." Sie zwinkerte Emma bei ihren letzten Worten vielsagend zu.

Was dachte sie sich, entrüstete sich Emma. Dass sie die Recherche als Vorwand für ein Date nutzte? Sie war immer noch verlobt! Und obwohl sie es sich ungern eingestand, waren ihr althergebrachte Werte wie Treue und Wahrhaftigkeit wichtig. Sie würde David niemals hintergehen.

Andererseits ... hätte sie Jason früher kennengelernt ... Aber das war nun mal nicht der Fall. Die Vergangenheit ließ sich nicht ändern. Emma kam es vor, als würde die Großmutter ihr zuflüstern: *Aber die Zukunft!*

„Bereit?", fragte Jason.

Emma nickte zerstreut, während sie in ihre Regenjacke schlüpfte. David hätte ihr die Jacke angeboten.

Jason dagegen wartete auf sie in der offenen Tür zum Flur, als habe er es eilig, fortzukommen. Sie ging an ihm vorbei, während sie Linda zum Abschied winkte. Jason schloss hinter ihr die Tür und folgte ihr.

An der Außentür holte er sie ein und drängte sich vor. „Mein Auto steht direkt vor der Tür", sagte er, ehe er durch den strömenden Regen zu dem verdreckten Geländefahrzeug lief. Als Emma ihm folgte, öffnete er bereits von innen die Beifahrertür für sie und stieß sie auf, sodass sie schnell ins Fahrzeuginnere gelangte.

Während Emma die Nässe von ihrer Jacke schüttelte, langte Jason an ihr vorbei hinter den Sitz. „Hier", sagte er und drückte ihr einen dicken, weichen Packen in die Hände.

Es war ein Dreieckstuch in rotem und grünem Tartanmuster aus dicker, schwerer Wolle. Emma konnte sich nicht vorstellen, was es gekostet haben mochte. Billig war das sicher nicht.

„Die aktuellen Farben deines Clans. Ein Dreieckstuch in den alten Farben konnte ich auf die Schnelle nicht finden."

„Aber Jason, ich ..." Unsicher strich Emma über das weiche Tuch.

„Wenn du schon keinen Tartan hast, musst du zur Eröffnung wenigstens ein Tuch in deinen Clanfarben tragen. Das verzeiht dir dein Clan sonst nie!"

„Jason ..."

„Und warm ist es auch. Und es hält den Regen ab – wenigstens eine Weile."

Während Emma noch nach einer unverfänglichen Antwort suchte, nahm Jason ihr das Tuch aus der Hand und legte es ihr um Kopf und Schultern. Lächelnd musterte er sie. „Steht dir hervorragend."

Dann startete er, ohne ihre Antwort abzuwarten, den Motor.

Highlands 1745

„Nein!!!"

Sarahs eigener Schrei gellte ihr in den Ohren. Sie rannte auf Samuel zu – zu langsam, viel zu langsam, um irgendetwas ändern zu können. Es kam ihr vor, als würde sie durch zähen Sirup waten. Als würde eine unsichtbare Barriere sie am Vorankommen hindern.

Nur die Axt, die auf Johns Silhouette niedersauste, bewegte sich mit rasender Geschwindigkeit. Mit einem dumpfen Laut traf sie seinen Körper. Ein schauerliches Ächzen kam aus Johns Mund, ehe er auf die Knie sackte. Blut rann aus seinem Mund. Im spärlichen Licht wirkte es schwarz wie Kohle.

Johns Blick richtete sich auf sie. Er wirkte verwundert, als wollte er sie fragen, wie das hatte geschehen können. Sein Mund öffnete sich, entließ ein gequältes Röcheln. Doch Samuel beendete es mit einem weiteren Hieb der Axt. Blut spritzte. John fiel zu Boden wie ein gefällter Baum. Er zuckte nicht einmal.

Sarah fasste nach der Wand des Holzverschlags, um nicht zu fallen. Es kam ihr vor, als habe ihr jemand den Boden unter den Füßen weggezogen.

„Was ... hast du getan?", stammelte sie fassungslos. Sie erschrak darüber, wie dünn ihre Stimme klang.

Samuel stellte die Axt ab und sah auf. Mit dem leicht gesenkten Kopf und den breiten Schultern wirkte er wie ein angriffsbereiter Stier. „Er wollte uns verraten."

„Aber …“

„Er hat sich davongeschlichen, um uns an die Soldaten auszuliefern. Um sich das Kopfgeld zu verdienen.“

„Samuel … Sammy … woher willst du …“

„Woher ich das weiß? Das muss mir niemand sagen. Weshalb hat er sich wohl nachts heimlich aus der Hütte geschlichen? Sag du es mir!“

„Sammy … wie konntest du …“ Tränen rannen über Sarahs Gesicht.

„Das Gastrecht hat er gebrochen. Er war es, der die Soldaten auf uns hetzen wollte. Es war Notwehr!“

„Seine Frau … die … die Kinder …“

Mit einem Schritt war Samuel bei ihr und packte sie am Arm. „Hat irgendjemand nach unserem Schicksal gefragt, als unser Vater damals am Strick aufgehängt wurde? Hat es irgendjemanden gekümmert, was aus uns wird?“

So war das also! Samuel hatte die ganze Zeit gewusst, dass der Vater gehenkt worden war und es ihr nie erzählt. Sarah prallte zurück. „Du hattest kein Recht …“

„Kein Recht?“, schrie Samuel. „Hörst du mir zu? Er wollte uns an die Soldaten ausliefern, uns verraten! Was glaubst du eigentlich, was mit uns passiert, wenn sie uns in die Finger kriegen? Sie werden uns henken – so wie unseren feinen Herrn Vater. Dich genauso wie mich. Vielleicht ficken sie dich vorher noch, weil es ohnehin niemanden schert, wenn einem Stück Dreck wie dir Gewalt angetan wird. Aber henken werden sie dich trotzdem.“

„Wie kannst du so etwas sagen? Wie …“

„Kapierst du das nicht?“, schrie Samuel und schüttelte sie. „Wir sind nichts für sie. Wir sind Abschaum, Dreck!

Nicht wert, dass sie sich die Stiefel an uns schmutzig machen. Niemand wird dir glauben, dass es Notwehr war. Es ist ihnen völlig egal, dass dieses Schwein, dessen Kleider ich trage, dich gegen deinen Willen ficken wollte. Denn du bist nichts! Gar nichts! Sie werden es nur wieder tun, dich ficken, während du dabei zusahen darfst, wie ich am Strick zappele. Und dann werden sie dich aufknöpfen, direkt neben mir. Willst du das? Los, sag es mir! Willst du das?“

„Nein“, wisperte Sarah. „Nein, das will ich nicht.“

Nichts von dem, was passiert war, hatte sie gewollt. Am wenigsten den Tod Johns und den der Soldaten. Es war einfach passiert, während sie danebengestanden und zugesehen hatte.

Samuel ließ sie so abrupt los, dass sie auf die Knie sackte. Keuchend wandte er sich ab.

Mary! Die Kinder! Der Gedanke überfiel Sarah so plötzlich, dass ihr übel wurde.

„Lass uns gehen, Sammy! Lass uns gehen! Schnell, ehe jemand aufwacht und die Leiche findet. Bitte! ...“

Langsam drehte Samuel sich zu ihr um. Mehrere Herzschläge lang starrte er sie an. Wie ein wildes Raubtier, das unvermittelt eine neue Spur wittert.

Ein Schauer rann über Sarahs Rücken. Sie hätte still bleiben sollen, anstatt ihn unnötigerweise an Mary und die Kinder zu erinnern. Tränen rannen über ihre Wangen, während sie auf den Knien versuchte, Samuel festzuhalten.

„Wir werfen die Leiche in den See und verschwinden. Sie werden sich nur wundern, wo er ist. Niemand wird ...“, stammelte Sarah.

Samuel schob sie beiseite wie ein Stück Holz.

„Sammy“, flehte Sarah, „Sammy, so hör doch! Wir …“
„John!“ Ein Schrei unterbrach sie.
Als Sarah sich gehetzt umdrehte, entdeckte sie Mary.

Highlands 2019

Das Tuch lag wie ein weicher, warmer Schutzschild um Emmas Schultern. Es war fast ein wenig, als würde sie sich in ein paar warme Arme kuscheln. Als hätte Jason geahnt, dass sie es im muffigen, kalten Kirchenregisterraum brauchen würde.

Sie wusste nicht, das wievielte Buch sie nun schon durchblätterte. Ihr Magen knurrte, ihre Füße waren kalt. Der Staub kitzelte in ihrer Nase. Die krakelige Handschrift war so verblasst, dass sie sie kaum lesen konnte. Dazu trug auch noch das schummrige Licht bei. Die hohen Regale, der alte Tisch samt den Stühlen in dem ansonsten kahlen Raum mit den wenigen Fenstern, an die unablässig der Regen trommelte, hätten eine wunderbare Kulisse für einen Gruselfilm abgegeben. Fehlte nur noch ein unheimliches Geräusch an der Tür.

„Hast du was?“, fragte Jason.

Mit verschränkten Armen sah er sie über den Tisch hinweg an. Wie lange er sie wohl schon beobachtete? Der Gedanke irritierte Emma. Sie seufzte. „Keine Ahnung. Das sind irgendwelche Steuerlisten. Ich lese immer wieder von Kühen und Schafen. Ein Jahr habe ich jetzt durchgeblättert. Wenn wir nur wüssten, was wir genau suchen und vor allen Dingen, wann wir suchen müssen. Aber wir wissen ja nur ungefähr, wann Alasdairs ältester Sohn geboren wurde. Kann sein, dass wir damit auch völlig danebenliegen. Dann können wir lange suchen."

„Sollen wir Schluss machen?"

Emma konnte sich nichts Schöneres vorstellen, als diesen furchtbaren Raum endlich zu verlassen. Aber das würde bedeuten, dass sie auch Jasons Gegenwart aufgeben musste. Der Gedanke verursachte ein hohles Ziehen in ihrer Magengegend. Oder hatte sie einfach nur Hunger?

„Ein Weilchen noch", antwortete sie. „Ich will wenigstens noch ein Jahr durchblättern."

Das würde sie bestimmt eine Stunde kosten. Aber das bedeutete auch eine weitere Stunde, die sie mit Jason verbringen konnte. Das war verrückt!

Du bist verliebt, glaubte sie Ranaris neckende Stimme zu hören.

Bin ich nicht, verteidigte sie sich in Gedanken. *Ich bin verlobt – mit David.* Müsste das nicht lauten, sie war verliebt in David? Herrje, was war nur los mit ihr? Hatte dieser Naturbursche ihr etwa so den Kopf verdreht, dass sie nicht mehr klar denken konnte?

Mit Nachdruck wandte sie sich wieder dem Buch zu und las die Seite zu Ende, ehe sie vorsichtig umblätterte. Die Bücher waren so alt, dass sie bei jedem Blättern befürchtete, das Papier zu zerreißen.

Noch mehr Zahlen und Namen. Die Handschrift wechselte. Aber die neue war auch nicht besser zu lesen als die davor. Vielmehr musste sie sich erst einmal auf diese einstellen, ehe sie auch nur das erste Wort entziffern konnte.

MacIain. Nun ja, so hieß jeder Zweite hier im Tal. Archie.

Archie? Das konnte eine Abkürzung für Archibald sein.

Von wann war das Datum der Eintragung? Eigentlich zu früh, um relevant zu sein. Alasdairs Sohn konnte zu jenem Zeitpunkt noch nicht geboren gewesen sein. Wieso quälte sie sich überhaupt mit den Eintragungen dieses Jahres ab?

Ihr Blick fiel auf Jason, der sie über den Tisch hinweg anlächelte, als hätte er die ganze Zeit nicht den Blick von ihr gelassen.

„Hast du was?“, fragte sie.

Jason schüttelte den Kopf. „Aber ich muss bald Schluss machen. Ich habe noch ein Meeting heute Abend.“

Emmas vage Hoffnung, er könnte sie nach der Recherche vielleicht spontan zum Essen oder auf einen Kaffee einladen, zerplatzte jäh. „Ach ...“

Ein Schulterzucken war die Antwort. „Ich wusste nichts davon, als ich den Termin mit dir ausgemacht habe. Sonst hätte ich einen anderen Tag ausgesucht.“

Wollte er damit sagen, dass er sie ansonsten tatsächlich zum Essen eingeladen hätte? Oder bedauerte er nur, dass sie nicht länger suchen konnten?

Emma räusperte sich. „Ich habe hier einen Archie MacIain.“

Prompt stand Jason auf und kam um den Tisch herum. Emmas Herz klopfte stürmisch, als er sich mit der rechten Hand auf den Tisch stützte, um über ihre Schulter hinweg in das Buch zu schauen. Seine Wange berührte fast die ihre. Der Duft nach Sandelholz stieg in ihre Nase. Seine Körperwärme drang durch das Dreieckstuch. Emma rang nach Atem.

„Es geht um die Übertragung von Land“, murmelte Jason. „Von einem Archie MacIain, verheiratet mit Ann M. an einen Alasdair M. und eine Sarah Turner.“

„Das ist er“, rief Emma. „Alasdair MacIain!“

„Herzlichen Glückwunsch! Dann hieß seine Frau wohl Sarah.“

Alasdair und Sarah! Jetzt konnte sie nach Sarah forschen!

„Danke!“, platzte es aus Emma heraus. „Du ahnst ja gar nicht, was mir das bedeutet. Ich ...“

Sie wandte sich ihm zu. Ihre linke Hand lag auf seinem rechten Arm. Sein Gesicht war so nah, dass ihre Nasen sich fast berührten. Schmetterlinge tanzten in Emmas Bauch. Ihr war flau und sie war gleichermaßen euphorisch.

Jason neigte den Kopf. Sein Mund näherte sich dem ihren. Emma schloss die Augen und öffnete erwartungsvoll die Lippen.

Da entstand Davids Bild vor ihrem geistigen Auge wie ein Mahnmal. Im nächsten Moment stieß sie Jason von sich.

„Ich glaube, du hast was missverstanden. Ich bin verlobt!“

Highlands 1745

Mary schrie. Ihre Augen waren groß und rund wie Brunnen. Schreckensbleich starrte sie auf die reglose Gestalt ihres Mannes.

Erst jetzt entdeckte Sarah das viele Blut, das den Boden bedeckte. Niemals hätten sie die Leiche unbemerkt im See verstecken können. Wie war sie nur auf diese verzweifelte Idee gekommen?

„John! John!"

Obwohl Sarah an Marys Stelle davongelaufen wäre – aus Angst vor demjenigen, der ihrem John das angetan hatte – eilte Mary auf die reglose Gestalt zu. Ohne sich um Samuel oder sie zu kümmern, sank Mary neben der Leiche auf die Knie.

„John! Oh John! Sag doch was! Bitte! Oh John!", stammelte sie.

Tränen stürzten über Marys Wangen. Schluchzend beugte sie sich über den Toten, strich über sein Gesicht, das mit Blut besudelte Haar, versuchte, ihn in ihre Arme hochzuziehen.

„John! Oh, mein John!", stammelte Mary dabei in einem fort. „Mein armer John! Bitte sag doch was! John!"

„Hör auf!", sagte Samuel grob. „Er ist tot."

„John! Oh John!", wehklagte Mary.

„Er ist tot! Kapierst du das nicht?", schrie Samuel.

Ruckartig hob Mary den Kopf. „Du! Du hast ihn umgebracht. Du ..."

Samuel wich zurück. „Du verstehst das nicht. Er hat mich bedroht und ..."

„Du hast ihn umgebracht!", heulte Mary.

Sie stand auf, Johns Blut tränkte ihr weißes Nachthemd. Taumelnd warf sie sich mit geballten Fäusten auf Samuel.

Es war ein leichtes für ihn, sie abzuwehren. Mit seinen langen Armen hielt er sie mühelos auf Distanz. Sein Gesicht war starr und reglos wie eine Maske, während ihre Faustschläge wirkungslos an ihm abprallten.

„Hör auf", sagte er immer wieder. „Hör auf!"

Aber Mary heulte und schlug auf ihn ein wie eine Furie. Sie war wie von Sinnen.

„Mary“, versuchte Sarah sich Gehör zu verschaffen.

Weder Samuel noch Mary schienen sie zu registrieren.

„Mary!“

Sie musste etwas tun. Irgendetwas. Ehe die Situation entgleiste. Ehe Samuel auch Mary etwas antat.

Verzweifelt fasste Sarah nach Marys Schulter und versuchte sie von Samuel wegzuziehen. Mit einem Schrei fuhr Mary herum. Ein Schlag landete in Sarahs Gesicht und raubte ihr das Gleichgewicht. Sie schmeckte Blut und fiel rücklings ins nasse Gras. Starr vor Entsetzen sah sie, wie Samuel mit der linken Hand ausholte und Mary von den Füßen fegte.

Wie eine Puppe flog sie durch die Luft, so viel Kraft hatte Samuel. Mit einem hässlichen Geräusch traf ihr Kopf auf dem Holzblock auf, der zum Zerteilen der Holzscheite diente. Schlaff und reglos, mit Blut im Gesicht, blieb sie liegen.

12.

Highlands 2019

Emma überflog ein letztes Mal die paar Zeilen, in denen sie sich für die Hilfe bei den Nachforschungen zu ihrem Familienstammbaum bedankte. Es war zwar nicht viel dabei herausgekommen – außer dem Hinweis auf Alasdair MacIain-MacDonald, den sie Robert MacDonald zu verdanken hatte – aber Höflichkeit hatte noch nie geschadet – wie ihre Großmutter zu sagen pflegte.

Niemand wusste etwas über eine Sarah Turner. Der Name war unter den Ahnenforschern völlig unbekannt. Niemand brachte ihn mit dem Clan MacIain-MacDonald in Verbindung. Dabei hatte sie gedacht, dass die Entdeckung des Namens ihr einen Durchbruch bescheren würde, damit sie mehr über Alasdair herausfinden konnte. Wie es schien, hatte ihr die Entdeckung nichts eingebracht außer – ja außer, dass Jason sich seitdem nicht mehr blicken ließ.

Mit einem Seufzen schickte Emma die Dankes-E-Mail ab. Ihr Blick fiel auf das Handy, das neben ihrem Laptop auf dem Küchentisch lag. Es war Sonntagnachmittag. Sie sollte aufhören zu arbeiten und etwas spazieren gehen. Aber erstens regnete es und zweitens war es langweilig, allein spazieren zu gehen. Würde Jason an ihre Tür klopfen und eine Wanderung vorschlagen, würde sie sofort aufspringen.

Herrje, was hatte sie sich dabei gedacht, sich so gehen zu lassen? Sie war verlobt! Sobald sie zurück in London war, würde sie mit David die Verlobungsfeier und

Hochzeit planen. Wie hatte sie es nur so weit kommen lassen können?

Sie nahm das Handy in die Hand und ertappte sich dabei, dass sie durch die Chats des Nachrichtendienstes scrollte. Ranaris lachender Avatar tauchte auf. Sie hatte schon lange nicht mehr mit der Freundin gesprochen. Einem plötzlichen Impuls folgend, drückte sie auf den Verbindungsknopf. Es tutete. Sie wollte schon wieder auflegen, als Ranaris fröhliche Stimme ertönte.

„Hallo Emma!"

„Hi."

„Hey, das freut mich aber, dass du endlich mal was von dir hören lässt. Ich kann schon gar nicht mehr zählen, wie oft ich versucht habe, dich zu erreichen. Was treibst du denn so? Bist du so busy?"

„Tut mir wirklich leid, dass ich mich noch nicht gemeldet habe. Nächsten Samstag wird die neue Ausstellung eröffnet. Du hast keine Ahnung, wie viel Arbeit das ist."

„Ja, ja, die Arbeit. Willst du mir damit sagen, dass du so busy bist, dass du deine beste Freundin nicht einmal abends für fünf Minuten anrufen kannst?"

Emma seufzte. „Du hast ja recht. Aber ich habe jeden Tag so viel gearbeitet, dass ich abends nur noch meine Ruhe haben wollte."

„Workaholic. Dann scheint dir die Arbeit dort ja mächtig Spaß zu machen. Mehr Spaß als deine Stelle bei *Christy's*?"

Das war eine gute Frage. „Keine Ahnung. Ich komme gar nicht dazu, über solche Dinge nachzudenken."

„Heißt das, du hockst dort nur die ganze Zeit im Büro? Niemand da, der dich mal von deinem Laptop reißt?"

„Na ja, nicht ganz. Ich war essen und habe eine Wanderung gemacht und das Kirchenregister besucht. Für die Ausstellung."

„Aha. Für die Ausstellung. Allein?"

Emma räusperte sich. „Der Ranger vom Outdoor-Zentrum hat mich begleitet. Jason Campbell."

Eine kleine Pause entstand. Plötzlich blinkte ein Icon auf Emmas Handy. Als sie es berührte, tauchte Ranaris Bild auf. Sie hatte kurzerhand die Videokonferenzschaltung betätigt. Sie war grell geschminkt und trug einen pinkfarbenen Pulli mit Blumenmustern.

„Ach du meine Güte!", rief Ranari. „Wie siehst du denn aus? Ist das dein Schlafanzug?

Schuldbewusst strich Emma ihre Haare glatt. „Es ist Sonntag. Da wird man doch mal chillen dürfen."

„Es ist vierzehn Uhr, meine Liebe! Da sollte man sich mal langsam für den Abend vorbereiten."

„Ich werde früh ins Bett gehen. Morgen muss ich früh raus."

„Du versauerst dort noch. Hoffentlich kommst du bald wieder nach London, damit ich dich aus deinem Mief reißen kann."

„In einer Woche bin ich wieder da."

Eine Woche nur noch. Dann würde sie Jason nie wiedersehen.

Ranari runzelte die Stirn. „Hey, was ist los? Ich dachte, du freust dich, wieder nach Hause zu kommen. Ich freu mich schon auf die gigantische Hochzeit. Ich werde doch deine Brautjungfer, oder?"

Ein Seufzen kam gegen Emmas Willen aus ihrem Mund. „Natürlich wirst du meine Brautjungfer. Falls ich heirate."

„Falls? Was ist los?“

„Keine Ahnung, Ranari. Ich weiß es ja selber nicht.“

„Du bist verliebt!“ Ranaris dunkle Augen leuchteten. „Wer ist es? Etwa dieser Ranger? Wie hieß er doch gleich?“

„Es ist nicht, wie du denkst.“

„Wie ist es denn dann? Erzähl!“

„Er ... ach, da ist nichts. Es ist nur ...“

„Was?“

„Nichts. Es ist nichts.“

„Lüg mich nicht an!“

Emma seufzte noch einmal. „Wir sehen uns nicht mehr. Es ist besser so.“

„Okay, Emma. Nun hör mir mal gut zu: Ich habe keine Ahnung, was passiert ist und du willst es mir anscheinend auch nicht erzählen. Aber eins weiß ich: Es ist nie besser, wenn man einfach davonläuft. Wenn dich irgendetwas quält, dann pack den Stier bei den Hörnern und lass nicht eher locker, bis du eine zufriedenstellende Antwort erhalten hast. Hast du das verstanden?“

Emma schwieg.

„Hast du das verstanden? Sag ja!“

„Ja“, sagte Emma endlich, ehe sie die Verbindung beendete. Ja, sie hatte sehr gut verstanden. Sie fürchtete sich nur vor der Antwort, die sie erhalten könnte.

Highlands 1745

„Nein, nein, nein!“ Auf Händen und Knien kroch Sarah zu Marys regloser Gestalt. Mit zitternden Händen strich sie über ihr bleiches Gesicht. Das konnte nicht sein. Das durfte nicht sein. Erst John und jetzt auch noch Mary. Zwei Menschen tot, nur weil sie gefroren und sich einen warmen Platz für die Nacht gewünscht hatte. Sie war schuld an ihrem Tod. Sie hatte Tod und Verderben über diese arme Familie gebracht. Was sollte nun aus den armen Kindern werden? Mit Tränen in den Augen sah Sarah auf.

„Wieso?“, wisperte sie.

Samuels Miene war eiskalt. In seinen Augen loderte ein dunkles Feuer, das ihr Angst machte. Wortlos bückte er sich und hob die blutige Axt auf.

Sarah wurde flau. Taumelnd stand sie auf. „Lass uns gehen“, sagte sie. „Lass uns einfach gehen! Bis es hell wird, sind wir weit weg.“

Das Gesicht zu einer hässlichen Grimasse verzerrt, schob Samuel sie beiseite. Sarah umklammerte seinen Arm, mit dem er die Axt hielt. Ihr war hundeelend und schwindelig zugleich.

„Samuel! Sammy, was wollen wir hier noch? Lass uns doch einfach gehen. Bitte!“

Anstelle einer Antwort griff dieser mit der freien Hand nach ihren Fingern. Mühelos sprengte er ihren Griff.

„Sammy! Sammy, bitte!“ Schluchzend krallte sie die Finger in sein Hemd, um ihn festzuhalten.

Mit schmalen Lippen drehte er sich zu ihr um. „Lass mich los!“

„Sammy! Sammy, was hast du denn vor ...?“

„Du verstehst es nicht.“

„Was?“

„Alles“, erwiderte er düster.

„Was meinst du damit? Ich verstehe dich nicht.“

„Was ist da nicht zu verstehen? Wir sind die Schuldigen. Wir sind immer die Schuldigen. Niemand wird uns zuhören. Denn es interessiert niemanden, was wir zu sagen haben. So war es schon immer. Und so wird es immer sein. Also lass mich los! Damit ich dafür sorgen kann, dass niemand den Soldaten erzählen kann, was passiert ist."

„Nein, Sammy! Das darfst du nicht tun. Ich flehe dich an!"

Mit einem Ruck riss er sich los. Die Axt in der Hand wandte er sich mit langsamen, festen Schritten der Hütte zu.

Sarah packte seinen Rock. „Nein!"

„Lass mich los, du dumme Gans!"

Das dunkle Lodern in seinen Augen machte Sarah zittern. Trotzdem ließ sie den roten Rock nicht los. Sie sah, wie er die Hand hob. Ein Schlag mit der Handfläche traf ihre rechte Wange. Jäh explodierte Schmerz in ihrem Gesicht und warf sie zu Boden. Sie landete weich in altem Laub und Moos, aufschluchzend vor Schmerz. Durch die Schleier vor ihren Augen sah sie, wie Samuel weiter auf die Hütte zuging.

„Sammy!", schrie sie. „Sammy!"

Es war ihr egal, ob jemand in der Hütte sie hörte. Nein, sie *wollte*, dass jemand sie hörte. Damit die Kinder fliehen konnten, ehe Samuel sie fand.

Die Tür ging auf. Die schlanke Silhouette eines Jungen war im düsteren Licht, das aus der Hütte drang, zu erkennen.

„Mutter? Mutter, wo bist du?"

„Geh!", schrie Sarah. „Lauf! Verschwinde!"

Der Junge starrte in ihre Richtung.

„Geh!"

Samuels Schritte beschleunigten sich.

„Rette dich!“, schrie Sarah.

Als habe er endlich verstanden, klappte die Tür wieder zu. Samuel begann zu rennen. Wie ein Stier stürmte er auf die Tür zu. Er rüttelte daran, stemmte sich dagegen, brüllte wie ein wütendes Tier. Sarahs Herz klopfte so wild, als wollte es aus ihrer Brust springen. Sie wagte nicht zu hoffen.

Da hob Samuel die Axt und ließ sie auf die Tür niedersausen.

Highlands 2019

Emma schrak vom Schreibtisch hoch, als sie die Türklingel hörte. Ihr Blick glitt vom Laptopmonitor zur Tür, die ins Büro des Museums führte. Mit Erstaunen bemerkte sie, wie ihr Herzschlag sich beschleunigte und ihre Hände feucht wurden. Aber als sich die Tür öffnete, war es nur der Handwerker.

„Wir sind fertig. Können Sie Misses McGill ausrichten, dass wir morgen um acht Uhr vormittags noch mal kommen, um die Lichtschalter zu setzen?“

Er wollte schon gehen, als Emma im letzten Moment einfiel, was Linda ihr aufgetragen hatte. „Einen Moment! Sind Sie dann fertig?“

„Ja, natürlich. Wir müssen nur noch die Lichtschalter setzen und die Lampen anbringen. Dann ist alles fix und fertig.“

„Sind die Lampen denn schon geliefert worden?“

Der Mann nickte und tippte an seine Stirn, als wollte er einen militärischen Gruß andeuten. „Ja, Miss. Liegt alles bereit. Wir müssen es nur anbringen. Einen schönen Feierabend noch, Miss Stewart.“ Mit einem neuerlichen Nicken und einem freundlichen Lächeln ging er und schloss die Tür zum Flur hinter sich.

Emma seufzte. Sie mussten noch die Regale aufstellen und die Schilder aufhängen lassen, damit sie anschließend die Ausstellungsstücke einräumen konnten. Parallel dazu musste sie sich um die Öffentlichkeitsarbeit kümmern. Das würde noch ein hartes Stück Arbeit werden und sie hatten nur noch drei Tage Zeit.

Die Wanderung zu der Hütte in den Bergen und den Überresten des Dorfes hatte Linda tatsächlich in die Ausstellung integriert. Aber Emmas Hoffnung, dadurch eine Gelegenheit zu erhalten, noch mal mit Jason sprechen zu können, hatte sich nicht erfüllt. Linda hatte am Montagmorgen verkündet, dass sie bereits alle Details mit ihm geklärt hatte. Das wirkte, als würde Jason sich alle Mühe geben, ihr fernzubleiben, damit sie sich nicht mehr begegneten.

Das Telefonat mit Ranari fiel ihr wieder ein. Vielleicht sollte sie wirklich den ersten Schritt wagen. Egal was dabei herauskommen mochte, es war auf jeden Fall besser, als weiter um den heißen Brei herumzuschleichen.

Draußen wurde es schon dunkel. Emma hatte wieder einen wunderschönen Tag im Büro verbracht, anstatt die Highlands zu genießen. Am Wochenende war Regen gemeldet und sie hatte bereits für Sonntagabend die Rückreise im Zug gebucht. Weshalb blieb sie stattdessen nicht noch ein paar Tage, um ein bisschen auszuspannen? Sie konnte behaupten, dass sie mit Linda noch etwas zu besprechen hatte. Das musste *Christy's* verstehen.

Das Telefon klingelte. Emmas Herzschlag beschleunigte sich augenblicklich, bis sie in der Rufnummernanzeige erkannte, dass der Anruf aus London kam. Also war es nicht Jason.

„Guten Tag, Sie sprechen mit dem Heimatmuseum. Emma Stewart am Apparat."

„Hallo, Emma. Ich hatte gehofft, dass ich dich dort erreiche. Hier ist David."

David.

„Oh, hallo David!"

„Ich habe ein paarmal auf deinem Handy angerufen, aber du bist nicht rangegangen."

„Ich ..." Herrje, was sollte sie David antworten? Etwa, dass sie einfach nicht mit ihm hatte sprechen wollen, weil sie nach dem Beinahe-Kuss von Jason so durcheinander gewesen war? „Es tut mir leid, David. Ich hatte den Klingelton ausgeschaltet, weil ich meine Ruhe haben wollte." Aha, und wie wollte sie erklären, dass sie nicht zurückgerufen hatte?

„Verstehe", antwortete David. „Wie läuft es denn? Es muss aufregend für dich sein, deine erste Ausstellung zu organisieren. Das ist eine wunderbare Gelegenheit für dich, *Christy's* zu zeigen, was du kannst. Du hast doch hoffentlich das Fernsehen informiert."

„Natürlich. Wir haben gleich zwei Lokalsender am Start und natürlich die Lokalpresse. Nicht zu vergessen das Radio."

„Lokalsender? Weshalb nicht BBC?"

Emma räusperte sich. „Ich ..."

„Keine Sorge. Ich lasse ein paar Kontakte spielen, dann wird sich jemand mit dir in Verbindung setzen.

Sag mir nur, wo er sich melden soll: unter deiner Mobilnummer oder unter dieser Festnetznummer?"

„Unter der Festnetznummer", antwortete Emma mechanisch. Dann hatte sie wenigstens die Nacht, um sich auf das Gespräch vorzubereiten.

„Brauchst du sonst noch was? Ich wollte dich eigentlich damit überraschen, dass ich zur Eröffnung komme. Ich habe auch schon einen Zug gebucht, aber ich konnte leider kein Zimmer mehr im Hotel bekommen. Das einzige freie Zimmer scheint in der Pension *Grianan* verfügbar zu sein. Kannst du die empfehlen? Oder kennst du eine andere Übernachtungsmöglichkeit?"

Emma wurde heiß. Erwartete David jetzt, dass sie ihm anbot, im Haus der Großmutter zu übernachten?

„Bloß nicht im *Grianan*! Wenn Kelly Cummings erfährt, dass du mein Verlobter bist, steht das am nächsten Tag in der Zeitung."

„Wäre das so schlimm?"

Himmel, was redete sie da? „Im Ernst, David. Ich ... ich weiß nicht, wie ich es sagen soll. Ich ..."

„Sag es einfach, wenn es dir ungelegen kommt."

„Ach David. Ich freue mich ja, dich wiederzusehen. Aber ... aber ich möchte das allein schaffen. Verstehst du das? Ich ... ich möchte nicht, dass man sich das Maul darüber zerreißt, dass wir verlobt sind. Ich möchte, dass die Ausstellung das Thema Nummer eins ist. Und nicht mein Privatleben. Und ... und ich möchte auch nicht, dass du mir hilfst, indem du deine Kontakte bei BBC aktivierst. Verstehst du das?" Emma schwitzte.

Eine kleine Pause entstand, ehe David antwortete. „Das kann ich sogar gut verstehen, Emma. Du willst dein Ziel ohne meine Hilfe erreichen. Das imponiert mir. Dann werde ich nicht mit meinem Kontakt bei BBC sprechen."

„David, bitte. Ich will nicht undankbar erscheinen. Ich ..."

„Wann kommst du?"

Die Frage erwischte Emma eiskalt. „Ich habe einen Zug Sonntagabend gebucht, aber vielleicht muss ich das verschieben, weil ..."

„Gib mir Bescheid, wann ich dich in London am Bahnhof abholen soll. Montagvormittag würde mir gut passen. Wir haben eine gemeinsame Einladung für Montagabend erhalten und es wäre für deine weitere Karriere von Vorteil, wenn du dabei sein könntest. Überleg es dir."

„Verstehe. Ich schicke dir die Ankunftsdaten per Textnachricht – das heißt, du kommst nicht?"

„Ich werde mir die Eröffnung der Ausstellung im Fernsehen anschauen. Viel Glück, Emma!"

Highlands 1745

Die Tür zersplitterte unter Samuels Hieb mit der Axt.

Sarah wollte schreien, aber sie brachte keinen einzigen Ton heraus. Vor ihren Augen sah sie die Toten – den Offizier in Edinburgh, den Offizier in der Schänke, der unter Samuels Schuss fiel, die beiden Soldaten, die ihnen gefolgt waren und nun auch noch John und Mary.

Sie sah ihre bleichen Gesichter, die starren Augen, die sie anklagten. *Es war Notwehr*, schleuderte sie ihnen stumm entgegen. Eine Verkettung unglücklicher Umstände, die zu furchtbaren Konsequenzen geführt hatte. Niemand konnte etwas dafür, am wenigsten Sammy.

Was hätte er denn tun sollen? Dabei zusehen, wie seine kleine Schwester vergewaltigt wurde? Zulassen, dass man sie beide einfing, verhaftete und ohne Anhörung nebeneinander aufknüpfte? Er musste sie doch verteidigen. Das war Sammys ganzer Lebensinhalt. Und niemand, wirklich niemand, hätte ihnen zugehört. Denn niemand würde einem Tagelöhner glauben, der einen Offizier der königlichen Armee der Vergewaltigung beschuldigte. Für die war sie doch nur eine Hure, die man sich für ein paar Münzen nehmen konnte.

Ihr Blick glitt zur reglosen Silhouette von Mary. Die arme Mary! Keine Notwehr, sicherlich nicht. Ein tragischer Unfall, ein weiteres Glied in der Verkettung unglücklicher Umstände. Auch das konnte sie verzeihen, irgendwie verstehen. Aber was Samuel jetzt vorhatte, war kaltblütiger Mord.

Wie wollte er damit leben? Wie sollte sie damit leben? Letztendlich war sie an allem schuld. Sie hatte die Ereignisse ins Rollen gebracht. Ihretwegen war Samuel in Edinburgh zum Mörder geworden. Ihretwegen waren sie auf der Flucht. Ihretwegen war er dazu gezwungen gewesen, die Verfolger zu töten. Ihretwegen hatten sie bei dieser unschuldigen Familie Schutz gesucht. Alles nur ihretwegen. Wie sollte sie da jemals wieder froh werden?

Trotzdem war sie wie gelähmt. Als stünde sie neben sich, als wäre sie dazu verdammt, untätig zuzusehen, während Samuel mit der Axt in die Hütte eindrang. Ihre Augen brannten. Sie konnte nicht einmal weinen.

Ein Schrei drang aus der Hütte und verstummte jäh. Ein Kind begann zu weinen, hoch und schrill. Das Baby schrie. Das Weinen des Kindes endete abrupt. Kurz darauf verstummte auch der Säugling.

Die Stille betäubte Sarahs Ohren. Sie glaubte, sich übergeben zu müssen. Starrte nur fassungslos auf die Hütte, deren Bewohner allesamt getötet worden waren.

Feuerschein drang durch die offene Tür und wurde heller. Rauch drang aus dem gemauerten Schornstein. Dann schlugen die ersten Flammen aus dem hölzernen Dach. In der Tür tauchte Samuels bullige Silhouette auf. In seiner rechten Hand lag die Axt.

Ein Wimmern drang aus Sarahs Mund. Mit einem erstickten Keuchen drehte sie sich um und rannte blind in den dunklen Wald. Dieses Monster, das da aus der Hütte kam, war nicht mehr ihr Bruder. Diesen Mann kannte sie nicht.

13.

Highlands 2019

In drei Tagen war es vorbei. Emma wunderte sich, ob sie deshalb so lange im Museum geblieben war. Linda war schon lange gegangen.

Sie saß einsam und verlassen im Büro, das nur durch ihre Schreibtischlampe erhellt wurde, und überarbeitete ein letztes Mal die Presseerklärung und die Eröffnungsrede. Richtig zufrieden war sie mit dem Ergebnis immer noch nicht und morgen war schon Freitag.

Wenn sie sich doch nur besser konzentrieren könnte! Sie las diesen Satz nun schon zum dritten Mal, ohne den Inhalt zu begreifen. Alles, woran sie denken konnte, war, dass sie nur noch drei Nächte im Haus der Großmutter verbringen würde. Und sie wusste nicht, ob sie so bald zurückkehren würde. Falls sie das überhaupt jemals täte.

Linda würde ihr fehlen. Auch die Arbeit im Museum und die Aussicht auf die Berge und das heimelige Gefühl, das ihr das Haus der Großmutter vermittelte. Dabei wusste sie, dass sie sich belog. Denn das, was ihr am meisten fehlen würde, war Jason. Sie vermisste ihn jetzt schon, nachdem sie ihn ein paar Tage nicht gesehen hatte.

Seit sie vor einer Woche mit ihm im Kirchenregister gewesen war. Seit dem verunglückten Kuss.

Sie hätte sich mit ihm aussprechen sollen, so wie Ranari es ihr geraten hatte. Aber die Arbeit hatte sie davon abgehalten. Ach ja, sie war schon immer gut darin gewesen, für sich selbst Ausflüchte zu erfinden. Wenn sie nur gewusst hätte, was sie Jason sagen sollte ...

Ein Geräusch an der Eingangstür ließ sie hochschrecken. Wer konnte das so spät noch sein? Einbrecher? Aber die hätten doch das Licht sehen müssen!

Die Tür zum Büro ging auf. Es war Jason. Ausgerechnet.

„Jason! Himmel, hast du mich erschreckt!"

„Wen hast du erwartet? Einbrecher?" Er grinste sie an und setzte sich auf den Rand des Schreibtischs.

Zu nah! Viel zu nah! Emma schob ihren Schreibtischstuhl zurück und brachte so etwas Abstand zwischen sich und ihren Besucher. Ihr Herz raste. Mit Befremden stellte sie fest, dass ihre Hände feucht wurden.

„Im ersten Schreck – ja! So spät hatte ich keinen Besucher mehr erwartet."

Jason räusperte sich. „Eigentlich wollte ich dir eine Textnachricht schreiben – wegen des Buffets. Aber dann habe ich das Licht gesehen und dachte, ich schau mal vorbei."

„Verstehe."

Eigentlich verstand Emma gar nichts mehr. Sie wünschte sich meilenweit weg und hätte ihn gleichzeitig am liebsten festgehalten, damit er nie mehr weggehen konnte.

„Immer nur Textnachrichten. Ich dachte, es ist schöner, wenn ich ... oder störe ich?"

„Oh, ich ... na ja, ich muss die Rede noch überarbeiten und die Pressemitteilung fertig machen. Bin schon viel zu spät dran."

„Kein Problem. Dann lass ich dich weiterarbeiten. Es war trotzdem schön, dich zu sehen. Mach nicht mehr so lange." Mit einem Lächeln stand Jason auf.

„Warte!", rief Emma. „Was ist mit dem Buffet?"

Ehe er die Tür erreichte, blieb Jason abrupt stehen. Mit ein paar langen Schritten kam er eilig wieder zurück.

„Scheiß auf das Buffet! Ich bin hier, weil ich wissen will, weshalb du dich nicht mehr bei mir meldest. Habe ich dich irgendwie verärgert? Wenn es wegen des Kusses ist, dann rede mit mir darüber! Aber bitte hör auf, mir höfliche Textnachrichten zu schicken, als wären wir Geschäftspartner. Oder ist es das, was ich für dich bin? Ein Geschäftspartner?"

„Ich ..." Emmas Kopf war wie leergefegt. Sie hatte sich so oft vorgestellt, was sie Jason sagen wollte. Nun hatte sie alles vergessen.

„Rede mit mir, Emma! Bitte! Du bist jedenfalls mehr für mich als ein Geschäftspartner."

„Du für mich auch", platzte es aus Emma heraus.

Mit einem tiefen Seufzer ließ Jason sich auf die Schreibtischkante sinken. „Wenn ich dich mit dem voreiligen Kuss verärgert habe, tut es mir leid. Bitte lass uns weiterhin Freunde sein."

Emma wurde heiß. „Du ... du hast mich nicht verärgert. Ich meine ja, irgendwie schon. Aber ... Ach verflucht! Warum muss das alles so kompliziert sein? Ich bin verlobt, Jason. Wir wollen bald heiraten. Aber ..."

Was sollte sie jetzt sagen? Dass sie sich unsicher war, ob sie das noch wollte? Dass sie dieses verdammte Kaff jetzt schon vermisste, bei der Aussicht, es in drei Tagen zu verlassen? Dass sie ihn vermissen würde? Nein, dass sie ihn bereits vermisst *hatte*, weil sie sich eine Woche nicht mehr gesehen hatten?

„Aber?“, fragte Jason.

„Ich weiß es nicht, Jason. Ich weiß gar nichts mehr. Ich weiß nur, dass ich gern hierbleiben möchte. Dass ich dich gerne weiter treffen möchte. Aber in London warten eine Stelle bei *Christy's* und mein Verlobter auf mich und ich weiß nicht, was ich tun soll. Kannst du das verstehen?“

Es dauerte ein Weilchen, bis Jason antwortete. „Ja“, sagte er. „Das kann ich gut verstehen. Aber ob es dir gefällt oder nicht: Du wirst eine Entscheidung treffen müssen.“

Highlands 1745

Nach wenigen Schritten begann Sarah zu rennen. Sie rannte, als wäre der leibhaftige Teufel hinter ihr her. Nasse Zweige klatschten ihr ins Gesicht. Sie stolperte im Dunkeln über Äste und Steine, rutschte auf nassen Blättern aus. Fiel und rannte weiter, wagte nicht einmal, einen Blick zurückzuwerfen, um nicht langsamer zu werden.

Sie rannte und rannte, ohne die Richtung zu kennen. Ohne zu wissen, wo sie sich befand. Den Hang hinauf und dahinter hinab. Sie fiel erneut, rutschte den Hang hinab und rannte weiter. Die kalte Luft biss in ihre Lungen. Ihr Herz hämmerte.

Bis sie nicht mehr weiterkonnte.

Erschöpft hielt sie sich an einem Baumstamm fest und lauschte. Das Rauschen der Blätter drang nur schwer durch das harte Pochen ihres Herzens an ihre Ohren. Da hörte sie ihn.

„Sarah! Sarah, wo bist du? Sarah!“

Samuel!

Sie zitterte auf einmal. Er durfte sie nicht finden. Sie wollte nicht wissen, wie er reagieren würde, wenn er sie fand. Wenn Samuel zornig war, war er unberechenbar. Da war es ihm egal, ob sie seine Schwester war oder ein Rotrock – gleichgültig, ob sie um Gnade bettelte oder sich stumm verdreschen ließ.

Mit bebenden Fingern wischte sie die Tränen aus ihrem Gesicht. Sie durfte nicht stehen bleiben. Sie musste weiter. Immer weiter. Bis sie ihn nicht mehr hören konnte. Wohin, war vorerst gleichgültig. Hauptsache fort! So weit wie möglich fort von ihm.

Sie raffte die nassen Röcke und stopfte die Säume in ihren Rockbund, damit ihre Beine frei waren. Sehen konnte sie hier ohnehin niemand. Und selbst wenn eine Horde grölender Besoffener Spalier gestanden hätte, wäre es ihr egal gewesen. Alles war egal, solange Samuel sie nicht fand.

Sie stolperte weiter, den nächsten Hang hinauf. Oben angekommen hielt sie einen Moment inne. Es nutzte nichts, wenn sie sinnlos im Kreis lief. Sie brauchte einen Orientierungspunkt, damit sie Samuel nicht versehentlich in die Arme lief. Das hatte er ihr beigebracht. Sie fand einen hohen Baum, dessen Silhouette sich vor den vom Mond erleuchteten Wolken abzeichnete. Auf ihn lief sie zu.

Nach einer Weile hielt sie wieder inne und lauschte. Einige Augenblicke glaubte sie, dass sie ihn tatsächlich abgehängt hatte. Dann hörte sie ihn wieder rufen, näher als sie gehofft hatte. Oder hörte es sich nur näher an, weil sie sich in einem Tal befand? Auch das hatte sie von ihm gelernt.

Keuchend ging sie weiter, auf den Baum zu, den sie sich als Ziel gewählt hatte. Sie rannte nicht mehr, der aufgeweichte Boden und die Äste, die im Weg lagen, ließen das nicht zu. Felsen erschwerten ihr das Vorankommen an dem steilen Hang, den sie erklomm.

Als sie oben ankam, lauschte sie erneut. Nichts. Nein, da war etwas, weit entfernt wie ein Echo. Oder bildete sie sich das nur ein? Lauerte Samuel vielleicht nur ein paar Schritte entfernt im Unterholz, um sich auf sie zu werfen, sobald sie sich wieder regte?

Mit zitternden Beinen ging sie weiter, den Hügel wieder hinab. Den See, auf den sie zuhielt, bemerkte sie erst, als sie das dunkle Wasser durch die Zweige der Büsche sah. Mit einem Blick vergewisserte sie sich, wo sich ihr Orientierungspunkt befand, ehe sie den See rechter Hand am Ufer entlang umging. Sie kam dabei weiter von ihrem Weg ab, als ihr lieb war. Als sie die andere Seite erreichte und endlich den nächsten Hang erklimmen konnte, hörte sie ihn.

„Sarah!"

Die Stimme jagte einen Schauer über ihren Rücken. Sie klang wie der Schrei eines wilden Tiers. Spornte sie an, ihr letztes zu geben. Trieb sie den Hang hinauf, durch das Dickicht, über rutschige Felsen und nasses Moos. Bis sie die Kuppe erreichte und auf der anderen Seite des Hügels ins nächste Tal hinabstolperte. Weiter und weiter. Mehr konnte sie nicht denken. Weiter. Weiter. Bis die Beine ihr nicht mehr gehorchten und unter ihr nachgaben.

Highlands 2019

Um Jasons Blick nicht erwidern zu müssen, starrte Emma auf den Monitor. Die Buchstaben zerflossen zu Brei. Es war völlig sinnlos, hier weiter zu sitzen. Letztendlich schlug sie damit nur die Zeit tot und vertat ihre Chance, noch ein wenig länger mit Jason zusammen zu sein. Mit einem leisen Fluch speicherte Emma den Text und fuhr den Computer herunter.

„Was machst du da? Ich dachte, du musst noch arbeiten", sagte Jason verwundert.

Entschlossen stand Emma auf. „Ich mache Schluss. So, wie du es gesagt hast. Das bringt sowieso nichts mehr."

„Soll ... darf ich dich nach Hause begleiten?"

„Gerne!" Sie hatte gehofft, dass er das fragte.

Er wartete geduldig, bis sie ihre Papiere auf dem Schreibtisch geordnet und die Jacke angezogen hatte. Im Dunkeln tappten sie hintereinander durch den Flur nach draußen. Als Emma die Tür abgeschlossen hatte, atmete sie auf.

Die Nacht war herrlich mild. Es roch nach Regen und Frühling. Der Duft weckte in ihr Erinnerungen an die Wärme der Sonne in der Heide und das kalte Wasser des Bachs, durch das sie als Kind gewatet war. Kein Park in London konnte sich mit diesen Erinnerungen messen. Nirgendwo in London fühlte sie sich so frei wie in den Highlands. War es das, was ihr fehlte?

Wortlos schlenderte sie neben Jason die schmale Straße entlang. Der Weg zum Haus der Großmutter war nicht weit und es gab keine Umwege, die sie hätte einschlagen können, um ihn in die Länge zu ziehen. Als das Haus in Sicht kam, wurde ihre Kehle eng.

Vor dem Holzzaun blieb Jason stehen. Im Mondlicht sah er einmal mehr wie ein Highlander aus, der aus der Schlacht von Culloden in der Jetztzeit gestrandet war. Machte das seinen Reiz aus? Stumm sah er sie an. Emma wusste, dass sie sich nun verabschieden musste. Aber es wollte kein Ton über ihre Lippen kommen.

Jason räusperte sich. „Und? Hast du dich entschieden? Wirst du bleiben?"

Dachte er wirklich, dass sie bereits fünfzehn Minuten später so viel klüger war, dass sie ihm diese Frage beantworten konnte? Emma konnte ihn nur anschauen.

Minuten schienen zu verstreichen, bis Jason plötzlich einen Schritt auf sie zukam. Wortlos hob er die Hand und strich ihr über ihre Wange. Ein Schauer rann über Emmas Rücken und nistete sich in ihrem Schoß ein. Sie wehrte sich nicht, ließ zu, dass er über ihr Haar streichelte. Sein Atem streifte ihr Gesicht. Sie hob es ihm entgegen und öffnete die Lippen. Dieses Mal war sie vorbereitet. Dieses Mal wollte sie es.

Sacht wie Schmetterlingsflügel berührte sein Mund den ihren. Sie fürchtete, dass er zurückweichen könnte und schlang die Arme um ihn. Es war, als hätte sie damit einen Damm gebrochen. Nun war er es, der die Arme um sie schlang. Ihre Lippen fanden einander. Sie schloss die Augen, trank seinen Atem. Seine Zunge tauchte in ihren Mund, entzündete sie. Fest und besitzergreifend drückte er sie an sich. Seine Körperwärme sickerte durch die Kleiderschichten. Es war, als könnte sie ihn durch die Kleidung spüren. Emma streichelte über seinen Rücken, genoss die weichen Haare in seinem Nacken. Sie wollte mehr, wollte ihn überall fühlen, Haut an Haut, in seiner Nähe ertrinken, seine

Hände auf ihrem Leib fühlen. Ihn in sich spüren, hart und tief. Keuchend und stöhnend ihren Schweiß mit seinem mischen, bis sie beide aneinandergeklammert kamen.

Als sie sich von ihm löste, um nach Atem zu ringen, schmiegte er eine stopplige Wange an die ihre.

„Ich will dich!“, raunte er mit rauer Stimme.

Es klang wie ein Befehl. Aber Emma wollte nicht widersprechen. Sie sehnte sich nach seiner Berührung. In ihrer Vorstellung riss er ihr bereits die Kleider vom Leib, fühlte sie bereits seine Hände auf ihren Brüsten.

Zitternd öffnete sie mit einer Hand die Gartentür. „Komm“, sagte sie und griff nach seiner Hand.

Highlands 1745

Schritte!

Sarah erschrak und kroch tiefer unter die regennassen Büsche, unter denen sie gedöst hatte. Fahles Morgenlicht stahl sich durch den morgendlichen Dunst. Ihr war so kalt, dass sie ihre Füße kaum noch spürte. Ihr Herz raste, dennoch war sie wie gelähmt. War das Samuel? Hatte er sie gefunden?

Einfach still liegen, mahnte sie sich. Totstellen. Und hoffen, dass er an ihr vorbeiging, ohne sie zu bemerken.

Die Schritte kamen näher. Der sich Nähernde pfiff leise vor sich hin. Sarah erkannte ein schottisches Tanzlied. Samuel würde nie ein Tanzlied pfeifen, erst recht kein schottisches. Das konnte nicht Samuel sein.

Und wenn er es tat, um sie zu verwirren? Damit sie unvorsichtig wurde und sich verriet? Sarah spürte, wie sich Tränen in ihren Augen sammelten. Wie hatte es dazu kommen können, dass sie sich vor Samuel fürchtete? Was war nur mit ihm passiert, dass er ihr Angst einjagte?

Sie hörte die Schreie der Kinder in ihrem Kopf, die nach und nach verstummten. Die Tränen lösten sich und rannen über ihre Wangen. Das war nicht Samuel gewesen. Samuel hätte niemals drei unschuldige Kinder getötet. Und doch ...

„Hallo! Ist da jemand?“ Die männliche Stimme klang unbedarft und vage vertraut.

Aus ihrem Versteck spähte Sarah nach dem Rufenden. Sie erwartete schon, den roten Rock der englischen Soldaten zu erblicken. Doch der Mann, den sie durch die Zweige der Büsche sehen konnte, trug abgetragene Kniebundhosen, Stiefel, Weste und eine knielange Jacke. Die hellblonden Haare waren im Nacken nachlässig zu einem Zopf zusammengebunden.

Das war Alasdair MacDonald, der freundliche junge Mann aus dem Gasthof, der ihr einen Platz angeboten hatte!

„Hallo?“

Langsam ging er weiter und verschwand schließlich aus ihrem Sichtfeld. Sarah wartete. Ihr Herz klopfte stürmisch. Aber in die Angst mischte sich ein Hauch von Wehmut. Bedauerte sie etwa, dass Alasdair weitergegangen war? Oder fürchtete sie sich einfach nur vor dem Alleinsein?

Ihre Muskeln zuckten, verlangten nach Bewegung. Vorsichtig verlagerte Sarah das Gewicht. Wieder lauschte sie. Nichts. Nur die Vögel sangen. Sarah duckte sich und schob sich ein wenig unter den Büschen hervor, um sich umschauen zu können.

„Hallo, Miss Turner."

Erschrocken zuckte sie bei der Nennung ihres Namens zusammen. Ohne sich umzudrehen, sprang sie auf und wollte davonstürmen. Doch sie kam nicht weit. Ein paar starke Arme hielten sie fest. Sie wehrte sich, riss sich los und verlor das Gleichgewicht. Zusammen mit Alasdair fiel sie zu Boden. Er fing sie auf, sie kam auf ihm zu liegen. Ihre Nasenspitzen berührten sich. Fast hätte sie mit ihren Lippen die seinen berührt. Brüsk wollte sie sich losreißen. Doch er hielt sie wieder fest. Ein zweites Mal verlor sie das Gleichgewicht. Sie kugelten übereinander. Doch dieses Mal kam er auf ihr zu liegen und er gab sie nicht preis, sondern nagelte sie mit seinem Gewicht am Boden fest.

„Wo wollt Ihr hin?"

„Lasst mich los!", keuchte sie und versuchte, ihn zu schlagen, damit er sie losließ.

Statt einer Antwort packte er mühelos ihre Handgelenke und drückte sie rechts und links von ihrem Kopf zu Boden.

„Lasst mich los! Sofort! Ihr ..."

„Sht", machte er. „Nun beruhigt Euch doch! Ich bin es – Alasdair MacDonald aus der Schänke. Erkennt Ihr mich nicht?"

„Und ob ich Euch erkenne, Ihr ..."

„Ich will Euch nichts Böses. Ehrlich."

„Dann lasst mich los!"

„Ich lasse euch los, wenn Ihr mir versprecht, nicht davonzulaufen."

Sarah rang nach Atem. Alasdairs hellblaue Augen schauten auf sie herab. Hätte sie nicht gelegen, wären ihre Knie unter seinem Blick weich geworden. Sie wollte ja gar nicht davonlaufen. Eigentlich fühlte sich seine Nähe gut an.

Aber was sollte sie tun, wenn Samuel auftauchte? Er würde ihn umbringen. Samuel würde ... Samuel. Immer nur Samuel! Sie wollte nicht mehr an ihn denken. Sie wollte ...

„Ich werde nicht davonlaufen."

Wider Erwarten ließ er sie daraufhin tatsächlich los und setzte sich neben sie ins Gras. Sie wollte aufspringen, aber da er so entspannt sitzen blieb, sank sie zurück.

„Wo ist Euer Bruder?", fragte er.

„Das geht Euch nichts an."

„Habt Ihr euch auf der Flucht vor den Rotröcken getrennt?"

Sarah zuckte mit den Schultern. „Und weshalb lauft Ihr abseits der Wege durch den Wald?"

Alasdair lachte leise. „Touché! Vielleicht weil ich genauso wie Ihr nichts mit ihnen zu tun haben will."

„Dann haben wir ja was gemeinsam."

Der Moment zog sich in die Länge. Er war es, der ihn brach, indem er aufstand. Mit einem freundlichen Lächeln bot er ihr die Hand, um ihr beim Aufstehen behilflich zu sein.

„Darf ich fragen, wo Ihr hin wollt?", fragte er dabei.

Sarah starrte auf seine Hand. „Wenn Ihr mir sagt, wo Ihr hin wollt ..."

„Ein Cent für einen Cent also? Nun gut." Alasdair zuckte mit den Schultern. „Wo ich hin will, ist kein Geheimnis. Nach Hause, Richtung Fort William. Und Ihr?"

„Fort William."

„Was für ein Zufall! Wollen wir dann gemeinsam reisen?“

„Ich wüsste nicht weshalb.“

„Als schottischer Gentleman kann ich eine englische Dame unmöglich in den schottischen Hügeln sitzenlassen. Am Ende lauft Ihr noch den Rotröcken in die Arme. Das könnte ich mir nie verzeihen.“

„Ihr redet Unsinn.“

„Das ist kein Unsinn, sondern eine Frage der Ehre.“ Wieder bot er ihr seine Hand.

Sarah wusste selbst nicht, weshalb sie sie ergriff. Aber in dem Moment, da er ihr auf die Füße half, begriff sie, dass sie diese Hand, die so warm und fest war, nie mehr loslassen wollte.

14.

Highlands 2019

Emma warf einen letzten prüfenden Blick in den Spiegel im Flur. Das grüne Businesskostüm saß perfekt und ließ ihre roten Haare leuchten. Das dezente Make-up war so unauffällig, dass man auf den ersten Blick meinen konnte, sie trüge keins.

Alles war perfekt. Sie musste sich keine Sorgen machen. Ihre Rede hatte sie oft genug geübt, um sie auswendig zu können. Melissa hatte angerufen, um ihr mitzuteilen, dass das Buffet gerichtet war. Linda hatte ihr getextet, dass sich alle Ausstellungsstücke, Informationstafeln und Flyer an ihrem Platz befanden. Die Pressetexte hatte sie bereits gestern Abend verschickt. Sie musste nichts befürchten.

Ihr Blick fiel auf das karierte Dreieckstuch in den Farben ihres Clans, das Jason ihr geschenkt hatte. Es würde gut zu ihrem Kostüm passen. Nach kurzem Zögern griff sie danach, drapierte es um ihre Schultern und verließ das Haus.

Am Himmel blitzte die Sonne hinter ein paar Wolken hervor. Vögel sangen. Als Emma das Gartentürchen hinter sich schloss, atmete sie tief durch und ging langsamer. Mit jedem Schritt, den sie machte, wurde sie ruhiger. Alles war perfekt, sagte sie sich immer wieder vor wie ein Mantra. Als sie das Museum erreichte, konnte sie daran glauben.

Linda kam ihr bereits im Flur entgegen. Sie trug einen karierten Rock und ein farblich dazu passendes Strickjackenensemble. Die Haare hatte sie in einen Knoten hochgebunden.

„Emma, da bist du ja!"

„Stimmt etwas nicht?", fragte Emma alarmiert.

„Nein, alles gut. Ich bin nur aufgeregt. Was für eine reizende Idee, ein Tuch in den Clanfarben zu tragen. Die Einheimischen werden dich dafür lieben."

Während Linda sprach, ging sie voraus in den neuen Ausstellungsraum, den sie in den letzten Wochen vorbereitet und mit Ausstellungsstücken gefüllt hatten. Im Vorraum hatte Melissa ein kleines Buffet aufgebaut. Auf ein paar Stehtischen standen Sektgläser und Melissa stand bereit, um sie zu befüllen. Auch sie trug einen karierten Rock – als hätten die beiden sich abgesprochen. In diesem Augenblick war Emma froh, dass sie Jasons Dreieckstuch umgelegt hatte.

„Ist Jason schon da?", fragte sie.

„Der wird sicher gleich kommen." Ohne sich nach ihr umzudrehen, ging Linda zu dem Tisch mit den Flyern und Informationsschriften. Obwohl alles perfekt dekoriert war, begann sie, die Flyer auszurichten. Danach schritt sie zu den Stehtischen und schob die Sektgläser hin und her.

Alles war perfekt, beruhigte Emma sich selbst. Sie durfte sich nur nicht von Lindas Nervosität anstecken lassen. Um sich abzulenken, trat sie ans Buffet. Melissa hatte wunderbare Arbeit geleistet. Emma wusste zwar, was sie bestellt hatte, aber Melissa hatte aus den einfach klingenden Gerichten kleine Kunstwerke gemacht. Allein die winzigen Blätterteigpasteten sahen viel zu schön aus, um gegessen zu werden.

„Sind Sie zufrieden?“, fragte Melissa.

„Zufrieden? Das ist großartig geworden, Melissa!“

Die Worte zauberten ein strahlendes Lächeln auf Melissas rundes Gesicht. „Dankeschön!“

Schritte erklangen auf dem Flur und kündeten Jason an, der mit einem Schwall frischer Luft hereinstürmte. Er trug tatsächlich einen Kilt in den Farben der Campbells. Mit den blonden langen Haaren wirkte er, als sei er einem anderen Jahrhundert entsprungen.

„Guten Morgen, die Damen!“, rief er. „Hallo, Linda! Hallo, Emma! Hallo, Melissa! Mmmmh, das sieht ja köstlich aus, Melissa! Mir läuft schon das Wasser im Mund zusammen.“

„Wehe, du rührst etwas an!“, drohte Melissa.

Jason lachte. „Das würde ich niemals wagen. Jedenfalls nicht in deiner Anwesenheit. Sehr schick die Damen übrigens. Das war eine sehr gute Idee, heute die Clanfarben zu tragen.“

„Sehen Sie sich nur an, Jason! Am besten, wir suchen eine freie Vitrine und stellen Sie dort aus“, sagte Linda.

„Solange ich nicht zeigen muss, was ich unter dem Kilt trage ...“ Bei den Worten sah Jason Emma an.

Das Blut stieg ihr so schnell ins Gesicht, dass ihr heiß wurde. Sie wusste ziemlich gut, was sich darunter verbarg. Und sie konnte nicht leugnen, dass es ihr gefallen hatte. Sie sollte Reue empfinden, sich schämen, weil sie mit einem anderen Mann als ihrem Verlobten geschlafen hatte und Jason von sich weisen. Aber stattdessen begann ihr Schoß bei seinem Anblick zu kribbeln und ihre Brüste verlangten nach Liebkosung. Was hatte er nur mit ihr angestellt?

„Warum hast du dich nicht gemeldet?", fragte sie leise. Kein Anruf, kein Wort, nicht einmal eine Textnachricht, seit ... Erst in diesem Augenblick wurde ihr klar, wie sehr sie danach gehungert hatte, ihn wiederzusehen.

„Es gab keinen Grund. Alles lief prima."

Keinen Grund? Emma blieb der Mund offenstehen. „Ich meinte nicht wegen der Ausstellung, sondern wegen uns."

„Du wirst gehen. Mehr gibt es nicht zu sagen. Oder?"

Highlands 1745

Was, wenn Samuel auftauchte?

Der Gedanke ließ Sarah den ganzen Tag nicht los, während sie an Alasdairs Seite durch die Hügel wanderte. Samuel würde nicht fragen, sondern Alasdair sofort angreifen, ihn vielleicht sogar töten. Fröstelnd zog Sarah ihr Schoßjäckchen enger um sich.

Würde er das? Etwa nur, weil Alasdair sie begleitete? Früher hätte sie das nicht gefürchtet. Früher hätte sie angenommen, dass Samuel sich bei Alasdair dafür bedankte, dass er seine kleine Schwester durch die Wildnis begleitete.

„Stimmt etwas nicht?", fragte Alasdair.

„Mir ist nur kalt."

„Wartet", sagte Alasdair. Ohne weitere Erklärung zog er die Jacke aus, die er trug, und legte sie ihr um die Schultern.

Seine Körperwärme haftete ihr noch an. Der Geruch nach Heide und Himmel stieg in Sarahs Nase. „Danke. Aber Ihr ..."

„Mir ist nicht kalt", wehrte Alasdair ab. „Aber ich glaube, es ist besser, wenn wir einen Gasthof suchen, um dort zu übernachten. Ich fürchte, es wird heute Nacht wieder Regen geben."

Woran konnte er das erkennen? Für Sarah sahen die abendlichen Wolken genauso aus wie die am Morgen.

„Aber die Soldaten ..."

„Ich werde Euch einfach als meine Frau ausgeben. Wenn Euch das nichts ausmacht. Die Rotröcke suchen einen englischen Offizier und dessen Schwester – kein schottisches Ehepaar. Solange Ihr den Mund nicht aufmacht, wird niemand merken, dass Ihr nicht aus den Highlands stammt."

Da mochte er recht haben. „Aber wenn mich jemand erkennt ..."

Alasdair drehte sich zu ihr um. „Dann werden wir eben ein paar Kleinigkeiten ändern."

Unter seinem kritischen Blick begann Sarah zu schrumpfen. „Muss das sein? Wir könnten doch auch unter freiem Himmel übernachten."

„Damit Ihr Euch den Tod holt? Ihr braucht einen warmen Platz zum Schlafen, etwas Warmes zu essen und zu trinken! Was wäre ich für ein Mann, wenn ich nicht für Euch sorgen würde?"

Die Worte versetzten Sarah einen Stich. Wie sehr sie gewünscht hatte, Samuel hätte sie jemals geäußert. Wenn er doch nur einen Hauch der Fürsorge gezeigt hätte, die für Alasdair so selbstverständlich war. Dabei war sie nicht einmal seine Frau, sondern nur eine Zufallsbekanntschaft!

„Nehmt Euer Häubchen ab und zieht das Schoßjäckchen aus", sagte Alasdair.

„Aber ..."

„Vertraut Ihr mir?", fragte er.

Sarah wusste keine Antwort. Vertraute sie ihm, diesem Mann, den sie vor zwei Tagen kennengelernt hatte? Von dem sie nichts wusste außer seinem Namen?

„Ich ..."

„Vertraut Ihr mir?", fragte Alasdair noch einmal, jetzt leiser. Seine hellblauen Augen bannten sie.

Mochte Samuel sie verdammen, aber sie wollte diesem Mann vertrauen! Alles in ihr sehnte sich danach. Endlich nickte sie.

Ein Lächeln breitete sich auf Alasdairs Gesicht aus. „Ich danke Euch. Dann tut bitte, um was ich Euch gebeten habe."

Sie gehorchte stumm, nahm das Häubchen ab und zog das Schoßjäcken aus – froh darum, danach schnell wieder in Alasdairs warme Jacke schlüpfen zu können. Die zerrissene Bluse würdigte er keines Blickes. Stattdessen band er die Jacke mit seinem Gürtel in ihrer Taille zusammen.

„Würdet Ihr die Haare öffnen?", fragte er.

Mit zitternden Fingern kam sie seiner Bitte nach. Die roten Locken, die sie in England immer so sorgsam versteckt hatte, fluteten ihre Schultern. Sarah kam sich seltsam nackt vor.

Aber Alasdair strahlte sie an. „Schaut Euch nur an! Ihr seht aus wie eine waschechte Schottin. Niemand wird jetzt noch eine Engländerin in Euch erkennen!"

Vielleicht hatte er ja recht.

„Und was soll ich mit den Sachen machen?" Unschlüssig zeigte Sarah auf das Schoßjäcken und die Haube.

Mit einem Schulterzucken raffte Alasdair sie zusammen und stopfte sie unter ein Moospolster unter einem der Büsche. Als er sich erhob, war nichts mehr davon zu sehen.

„Ihr braucht sie nicht mehr. Denn Ihr seid jetzt Sarah MacDonald."

Highlands 2019

„Und jetzt noch einmal die ganze Gruppe!" Die Fotografin dirigierte Emma, Linda, Melissa und Jason vor die erste Vitrine. „Ganz wunderbar! So bleiben! Ach, und Mister Campbell, würden Sie den Arm um Miss Stewart legen?"

Jasons Arm legte sich warm und beschützend um Emmas Schultern. Es fühlte sich gut an. Es fühlte sich verdammt gut an. Als gehörte er genau da hin.

„Perfekt!", rief die Fotografin. Sie strahlte förmlich, als sie die folgenden Fotos machte, während die Reporterin, die das Interview geführt hatte, aus einigen Metern Entfernung zusah.

„Hervorragend", kommentierte die Fotografin, als sie die Ergebnisse auf dem Screen ihrer Kamera prüfte. An die Reporterin gewandt, setzte sie hinzu: „Brauchst du noch etwas, Emily?"

„Hast du Miss Stewart und Mister Campbell auch alleine?", fragte diese.

„Nein, tut mir leid." Die Fotografin sah auf. „Sie haben es gehört. Mister Campbell, Miss Stewart, wenn ich Sie bitten dürfte? Und bitte den Arm um Miss Stewart lassen."

Linda und Melissa traten ohne Widerrede beiseite.

„Aber Linda sollte dabei sein", widersprach Emma.

Die Reporterin mischte sich ein. „Natürlich werde ich Misses McGill in meinem Beitrag nicht zu kurz kommen lassen. Aber Sie beide sind das perfekte Paar. Das ist ein Bild für die Titelseite."

„Sex sells." Jason grinste anzüglich.

Emma wurde heiß. Schwitzend sah sie zu Jason auf.

Die Fotografin nutzte den Moment und schoss eine Serie von Fotos. *Nicht doch*, hätte Emma am liebsten gerufen.

Aber die Fotografin jubelte, als sie die Fotos prüfte. Wortlos ließ sie die Reporterin einen Blick darauf werfen.

Diese nickte zufrieden, ehe sie sich wieder Emma und Jason zuwandte.

„Heißt das, Sie sind tatsächlich ein Paar?", fragte sie.

„Ich kann Mister Campbell nicht widersprechen. Eine Schlagzeile wie *Die Arbeit brachte sie zusammen*, macht sich immer gut. Darauf fliegen die Leute."

„Ich glaube nicht, dass das hierhergehört", sagte Emma frostig. „Ich möchte mit meiner Arbeit Schlagzeilen machen und nicht mit meinen Bettgeschichten."

Jason grinste. „Sie dürfen gerne stattdessen mich fragen. Ich kenne solche Ressentiments nicht."

„Jason, untersteh dich!", zischte Emma.

Amüsiert musterte die Reporterin sie. „Ich werte das mal als Ja."

„Das kommt darauf an, was Sie unter einem Paar verstehen", erwiderte Jason.

„Wie meinen Sie das?"

„Na ja, Bett oder Ring?"

„Jason!" Am liebsten hätte Emma ihm gegen das Bein getreten. „Wolltest du nicht ins Outdoor-Zentrum, um dort ein paar Flyer zu verteilen?"

„Das habe ich gestern schon getan. Aber ich würde den beiden Damen von der Presse gerne noch zu unseren Wanderzielen führen, falls es ihre Zeit erlaubt."

„Sie meinen, die Ruinen des Dorfs und das Winterhaus?", fragte die Reporterin.

„Richtig."

„Kann man da auch hinfahren?"

„Zu den Dorfruinen ja. Zum Winterhaus nicht. Wobei sich Letzteres für Fotos mehr lohnt."

Die Reporterin schien zu überlegen. Dann nickte sie. „Gut. Für ein paar Fotos bei den Dorfruinen reicht unsere Zeit noch. Sie fahren uns, Mister Campbell?"

„Mit Vergnügen."

Die Reporterin wandte sich Emma und Linda zu. „Dann noch weiterhin viel Erfolg mit Ihrer Ausstellung! Sie haben eine hervorragende Arbeit geleistet. Ich lasse Ihnen einen Abdruck meines Artikels zukommen, sobald er veröffentlicht wurde."

„Dankeschön", sagte Linda.

„Begleiten Sie uns, Miss Stewart?"

Bestimmt nicht für weitere Paarfotos, wäre es fast aus Emma herausgeplatzt. Stattdessen sagte sie: „Es tut mir sehr leid, aber Linda braucht mich hier noch."

„Schade." Mit einem unverbindlichen Lächeln wandte die Reporterin sich dem Ausgang zu, um zur Fotografin und zu Jason aufzuholen. „Würden Sie mir noch eine Antwort auf Ihre Frage geben, Mister Campbell?"

„Welche Frage?"

„Bett oder Ring?"

Jason ließ der Reporterin den Vortritt, als er ihr leichthin antwortete. „Bett. Etwas anderes kommt für mich nicht infrage. Die Frau, der ich einen Ring gebe, muss erst noch geboren werden."

Highlands 1745

„Keine Angst", raunte Alasdair. Sein Arm lag warm und beschützend um Sarahs Schultern.

Ihre rechte Seite wurde vom Kaminfeuer gewärmt, die linke durch seinen Körper. Sie war versucht, sich an ihn anzulehnen und die Augen zu schließen, so gut tat seine Nähe. So wohl und sicher hatte sie sich nie in der Gegenwart eines Mannes gefühlt.

„Das Essen kommt gleich", sagte der Wirt, nachdem er zwei Humpen vor sie auf den Tisch gestellt hatte und wieder davoneilte. Für seinen Leibesumfang und sein Alter war er erstaunlich behände.

Vorsichtig sah Sarah sich um. Nur ein paar Männer in Kilts befanden sich in der kleinen Schänke. Aber obwohl Alasdair Kniebundhosen trug, fielen sie unter den Gästen nicht auf. Die Atmosphäre war ganz anders als in der Taverne, in die Samuel sie geführt hatte. Ruhig, fast heimelig. Ob es daran lag, dass keine Uniformträger anwesend waren?

„Alles in Ordnung?", fragte Alasdair leise.

Sarah nickte und griff nach dem Humpen. Die Flüssigkeit darin dampfte und roch nach Hopfen und Malz. Vorsichtig nippte sie daran und ließ das angewärmte Starkbier ihre Kehle hinabrinnen. Wenn sie den Humpen leerte, würde sie sturzbesoffen sein.

„Ich habe mit dem Wirt gesprochen. Wir können kostenlos im Stall schlafen. Er meinte, er würde nicht zulassen, dass eine ehrbare Highlanderin im Moor schlafen muss."

Sarah lächelte müde und ließ den Kopf gegen Alasdairs Schulter sinken. Wenn sie noch ein paar Schlucke von dem Bier trank und ihr Rock endlich getrocknet war, konnte sie auch angelehnt an den Wärme und Trost spendenden Männerkörper schlafen.

„Warum bist du so gut zu mir?" Das Du, das Alasdair ihr auferlegt hatte, seitdem er sie als seine Frau ausgab, kam Sarah immer noch schwer über die Lippen.

Alasdair gab ihr keine Antwort. Stattdessen nahm er einen langen Zug aus seinem Humpen.

Verwundert sah Sarah zu ihm auf. „Du musst mir nicht antworten, wenn ..."

Brüsk schüttelte Alasdair den Kopf. „Ihr ... du hast ein Recht, das zu fragen. Es fällt mir nur schwer, darauf zu antworten."

„Ich dachte, es wäre eine Frage der Ehre."

Alasdair seufzte leise. „Natürlich ist es eine Frage der Ehre. Aber ... ich tue es auch, weil ich mir oft gewünscht habe, dass jemand mir geholfen hätte."

Ehe Sarah ihm eine Antwort geben konnte, näherte sich der Wirt und stellte eine große Schale mit Braten und Brot auf dem Tisch ab. „Guten Appetit!", wünschte er und verließ sie wieder.

Wortlos zog Alasdair ein Messer aus seinem Gürtel und begann, den Braten und das Brot zu zerteilen. Erst als er sich etwas davon genommen hatte und schweigend kaute, griff Sarah ebenfalls zu. Der Braten war saftig und zart, das Brot frisch und würzig. Sarah konnte kaum aufhören zu essen.

„Soll ich noch eine Portion bestellen?“, fragte Alasdair, als sie den Bratensaft mit dem Finger aufwischte und diesen vor Gier ableckte.

Sarah schüttelte den Kopf. Ihr war warm, ihre Kleider waren trocken, ihr Magen gefüllt. „Nein, danke. Ich bin pappsatt. Es ist einfach nur so lecker.“

„Freut mich, dass es dir geschmeckt hat. Ich habe auch schon lange keinen so guten Braten mehr gegessen. Nur Mutters Braten kann es damit aufnehmen.“

In Sarahs Kopf fügte sich ein Puzzleteilchen zu einem anderen. „Dann bist du fort gewesen?“

Alasdair seufzte. Nach einem langen Schluck aus seinem Humpen sagte er: „Sieben Jahre.“

„Sieben Jahre? Aber wieso ...“

Alasdair starrte auf die Wand gegenüber. Sarah dachte schon, er würde ihr nicht mehr antworten, als er es doch tat.

„Ist eine lange, traurige Geschichte. Bist du dir sicher, dass du sie hören willst?“

Nach kurzem Zögern griff Sarah nach seiner Hand und umschloss sie mit beiden Händen. Zu ihrer Überraschung verschränkte er seine Finger mit den ihren.

„Erzähl sie mir“, flüsterte sie.

„Eigentlich ist es eine typische Highlander-Geschichte. Das Übliche. Jeder weiß, dass wir notorische Viehdiebe sind. Und um ehrlich zu sein, es stimmt.“

„Du hast Vieh gestohlen?"

„Jeder hier hat schon Vieh gestohlen. Darauf würde ich meinen rechten Arm wetten. Und erwischt wurden die meisten sicherlich auch schon. Nur war ich so dumm, dass ich jemanden getötet habe, als ich erwischt wurde."

„Aber ... das war sicher Notwehr!"

„Natürlich war es Notwehr! Ich kannte Ronald ja. Ich habe gemeinsam mit seinen Brüdern, Onkel und Cousins gesoffen und gefeiert. Bis mein Bruder Aonghus auf die Idee kam, zehn von ihren Kühen zu stehlen, weil Ronalds Leute uns bei unserem letzten gemeinsamen Überfall auf einen Versorgungszug für Fort William übers Ohr gehauen hatten. Dummerwiese wurden wir bei dem Diebstahl erwischt, das sagte ich ja schon. Und als Ronald uns aufhalten wollte, habe ich ihn erschlagen. Ich war einfach schneller als er. Kein epischer Kampf oder so. Ein einziger Schlag und er lag da und war tot. Danach sind wir abgehauen. Mit den Kühen selbstverständlich."

„Ihr habt gemeinsam die Rotröcke überfallen und danach eure Kumpane bestohlen?" Sarah glaubte, sich verhört zu haben. Diese Schotten waren verrückt.

Alasdair nahm noch einen Schluck vom Bier. „Klar! Warum auch nicht? Das Dumme war, dass Ronalds Cousins die Rotröcke gerufen haben und wir sind ihnen auf dem Rückweg direkt in die Arme gelaufen. Anstatt mein Maul zu halten, habe ich den Rotröcken gesteckt, dass Ronalds Cousins ihren Versorgungszug überfallen haben. Da die Mistkerle uns um die Beute betrogen hatten, haben die Rotröcke natürlich die Beweise bei Ronalds Leuten gefunden."

„Du ... du hast Ronalds Cousins verraten?“ Sarah ließ seine Hand los.

„Yep! Ich bin ein Verräter – nicht um mich zu retten, sondern einfach nur, weil ich stinkwütend war. Das Ende vom Lied: Wir mussten das Vieh zurückgeben, neun von Ronalds Leuten wurden gehenkt und vier meiner Cousins und ich wurden für sieben Jahre auf einer Fregatte Ihrer königlichen Majestät zwangsverpflichtet. Findest du immer noch, dass ich ein guter Kerl bin?“

Er schien keine Antwort zu erwarten, sondern griff nach dem Humpen und leerte ihn in einem Zug. Danach stierte er stumpf auf die Wand gegenüber. Es war, als wäre auf einmal eine unsichtbare Wand zwischen ihnen errichtet worden. Alasdair saß neben ihr und war doch weit weg, als säße er in einem anderen Land.

„Was ... was ist mit deinen Cousins passiert?“, fragte Sarah nach einer Weile.

„Tot. Auf See gestorben. Ich bin der Einzige, der überlebt hat.“

15.

Highlands 2019

Emmas Füße schmerzten. Sie bemerkte, dass sie schon wieder auf die Uhr ihres Smartphones schaute. Noch fünf Minuten, dann konnten sie endlich schließen. Noch fünf Minuten und der Tag, auf den sie vier Wochen lang hingearbeitet hatte, war vorüber. Morgen Abend schon würde sie zurück nach London fahren.

Weshalb tat der Gedanke nur so weh? Sie sollte doch froh sein, dass sie nach London zurückkehren konnte. Ein toller Job und ein wunderbarer Verlobter warteten dort auf sie. Sie konnte sich glücklich schätzen.

Emmas Blick glitt über den Ausstellungssaal, den sie zusammen mit Linda mit so viel Liebe ausgestattet hatte. Sie hatte jedes Ausstellungsstück in der Hand gehalten, wusste die Herkunft, den Preis, die Vorbesitzer. Die Informationstexte hatte sie alle selbst verfasst, die Anordnung der Exponate gemeinsam mit Linda festgelegt.

Das alles hinter sich zu lassen, fühlte sich an, als würde sie ein Kind hergeben. Aber mussten nicht alle Eltern ihre Kinder irgendwann gehen lassen, damit diese lernten, auf eigenen Füßen zu stehen? Andererseits gab es hier noch so viel zu tun. Die alte Ausstellung musste dringend überarbeitet werden. Sie wollte die Zusammenarbeit mit dem Outdoor-Zentrum vertiefen, um historische Streifzüge durch die Gegend anzubieten, die Homepage des Museums überarbeiten, neue Flyer drucken lassen und und und ...

Ein lautes Lachen lenkte ihre Aufmerksamkeit zu Linda, Melissa und Jason, die neben dem leer gegessenen Buffet zusammenstanden. Linda gab ihr ein Zeichen mit der Hand, dass sie sich dazugesellen sollte. Nach kurzem Zögern folgte Emma der Aufforderung. Sie kam gerade rechtzeitig, als Jason eine Flasche Champagner öffnete. „Ladies! Eine Runde für alle! Das haben wir uns verdient."

Während er sprach, schenkte er das sprudelnde Getränk in vier bereitstehende Gläser. Das erste drückte er Linda in die Hand, das zweite Melissa. Ehe Emma protestieren konnte, bekam auch sie eins.

„Keine Widerrede." Jason griff zum letzten Glas. „Keiner von uns muss heute noch Auto fahren. Auf euch, Ladies! Ihr habt eine tolle Arbeit gemacht. Herzlichen Glückwunsch zur erfolgreichen Eröffnung der neuen Ausstellung!"

„Übertreib es nicht." Trotz dieser Worte hob Linda ihr Glas und ließ es lächelnd gegen Jasons klirren. Anschließend stieß sie mit Melissa an. „Danke für das wunderbare Buffet, Melissa."

Diese lächelte erschöpft. „Danke, dass Sie mir diese Chance gegeben haben."

„Das war Jasons Idee."

Melissa prostete Jason zu. „Danke, Jason!"

Lindas Blick fand derweil Emmas. Mit einem Lächeln hob sie ihr Glas. „Danke, Emma. Ohne dich hätte ich das niemals geschafft."

Emma spürte, wie die Verlegenheit ihr das Blut in die Wangen trieb, während Lindas Glas gegen ihres klirrte. Es war nicht richtig, dass sie sie so lobte. Bei der Ausstellung zu helfen, war Teil von Großmutters Vermächtnis gewesen. Wie hätte sie sich da denn aus der Affäre ziehen sollen? Damit hätte sie ja auf Großmutters Erbe verzichtet.

Und was jetzt? Nun gehörte ihr zwar Großmutters Haus, aber bleiben wollte sie trotzdem nicht. Warum nur fühlte sich das so falsch und verlogen an? Hätte nicht jeder an ihrer Stelle genauso gehandelt? Sie war doch jetzt nicht dazu verpflichtet, zu bleiben.

„Keine Ursache", erwiderte Emma. „Das habe ich gern getan."

„Schade, dass du nicht bleiben kannst", fand Linda.

Emma nippte an ihrem Sekt, um keine Antwort geben zu müssen.

„Aber du kommst uns jetzt sicher öfter besuchen, nicht wahr?", fragte Melissa.

Emmas Blick fand Jasons. Ihre Kehle wurde eng. Eine Bettgeschichte hatte er sie genannt. „Wenn ich kann ..."

„Und Danke auch an dich, Jason", fuhr Linda fort und stieß mit ihm an. „Ich war sehr überrascht, wie unermüdlich du uns unterstützt hast."

„War eine nette Abwechslung vom üblichen Trott."

Aha, eine Abwechslung war sie also gewesen! Emma wunderte sich, weshalb die Worte sie so ärgerten.

„Und ich dachte, du hättest es aus Interesse getan", entfuhr es ihr spitz.

„Das eine schließt das andere nicht aus."

Linda seufzte und trank ihr Glas leer. „Ich sollte abschließen. Entschuldigt mich."

„Und ich muss meine Sachen packen", setzte Melissa hinzu. Mit einem freundlichen Nicken stellte sie das halb geleerte Glas auf den Buffettisch. Emma fand sich auf einmal alleine Jason gegenüber.

„Ich habe noch etwas für dich", sagte er und reichte ihr ein zusammengefaltetes Stück Papier. „Einen Hinweis auf Sarah Turner."

Als sie das Papier auseinanderfaltete, entdeckte sie den Scan einer handschriftlichen alten Notiz, die sie nur mit Mühe entziffern konnte. „Und was soll das sein?"

„Das ist ein Kopfgeld, das auf ein Geschwisterpaar namens Samuel und Sarah Turner ausgesetzt wurde – wegen der Ermordung zweier englischer Soldaten.

Highlands 1745

Das Stroh piekte durch Sarahs Kleidung. Durch die Ritzen des Heubodens blies kalter Wind. Obwohl ihre Kleider endlich trocken waren, sie die Arme um sich geschlungen und die Beine eng an den Leib gezogen hatte, fror sie.

Neben ihr raschelte es, als Alasdair seine Stellung wechselte. „Ist dir kalt?", flüsterte er.

Sarah nickte stumm. Dann fiel ihr ein, dass er das in der Dunkelheit ja nicht sehen konnte. „Ein bisschen. Nicht schlimm." Das leise Zähneklappern strafte ihre Worte Lügen.

Wieder raschelte es. Dann fühlte sie einen warmen Körper in ihrem Rücken. Ein Arm legte sich um sie. Die Wärme sickerte in sie hinein. Nach kurzem Zögern streckte sie die Beine aus, um sich enger in Alasdairs Umarmung schmiegen zu können. Er war so nah, dass sein Atem ihren Hals streifte. Die Nähe tat unerwartet gut.

„Besser?“

Wieder wollte sie nicken, besann sich aber rechtzeitig. „Ja.“

„Warte“, raunte Alasdair. Dann schob er den anderen Arm unter ihrem Kopf hindurch und drückte sie an sich.

Sarahs Kopf kam auf seinem Oberarm zu liegen. Noch nie hatte sie sich so behütet und sicher gefühlt. Der Moment erinnerte sie an die Nacht in der Hütte am See, in der Samuel seine Arme um sie gelegt hatte. Ein Schauer rann über ihren Rücken.

„Stimmt etwas nicht?“, flüsterte Alasdair.

„Alles gut.“

Ja, alles war gut, solange Alasdair sie in seinen Armen hielt. Wenn es doch nur jede Nacht so sein könnte ...

„Wie lange dauert es, bis wir Fort William erreichen?“

„Drei bis vier Tage. Kommt darauf an, welchen Weg wir nehmen. Warum fragst du?“

Drei bis vier Nächte konnte sie diese Umarmung also noch genießen. Hoffentlich dauerte es länger!

„Nur so.“

Die Anspannung fiel langsam von Sarah ab. Ihre Lider wurden schwer. Jetzt erst wurde ihr klar, wie erschöpft sie war. Halb im Schlaf drangen von fern Schritte an ihre Ohren. Viele Schritte.

„Aufmachen!“ Jemand hämmerte gegen eine Tür.

Sarah zuckte zusammen und hielt den Atem an.

„Sht“, machte Alasdair leise. „Hab keine Angst.“ Seine Hand streichelte beruhigend ihre Schulter.

Das Hämmern wurde lauter. Endlich öffnete sich knarrend die Tür. Es konnte sich nur um die Tür zur Schänke handeln.

„Was wollt ihr hier mitten in der Nacht?“ Das war die Stimme des Wirts.

„Wir suchen ein Geschwisterpaar. Samuel und Sarah Turner. Sie werden steckbrieflich gesucht wegen der Ermordung zweier Soldaten Ihrer königlichen Majestät. Der Mann trägt die Uniform eines englischen Offiziers. Habt ihr die beiden gesehen?“

Sarahs Herz trommelte so heftig gegen ihre Brust, dass sie kaum noch Luft bekam.

„Ein englischer Offizier wäre mir aufgefallen. Tut mir leid. Ich bedaure. Aber sollten die Verbrecher sich hier blicken lassen, werde ich eine Nachricht zur nächsten Garnison schicken.“

„Durchsucht das Haus“, brüllte der Soldat.

„Wartet! Was ...“

Die Stimme des Wirts ging im Trampeln der Füße unter, mit der die Soldaten die Schänke stürmten.

„Was ist im Stall?“

„Ein paar Pferde und ...“

„Durchsucht den Stall!“

Zitternd schlang Sarah die Arme um Alasdair. Ihre Finger krallten sich in sein Hemd.

„Sht“, machte er. „Alles wird gut. Vertrau mir! Vertrau mir einfach.“ Seine Hände streichelten ihren Rücken. Sacht begann er sich mit ihr zu wiegen.

Unter ihnen trampelten die Soldaten im Stall herum. Die Pferde schnaubten und wieherten. Die Leiter, die auf den Heuboden führte, knarrte. Das flackernde Licht einer Laterne warf geisterhafte Schatten.

„Hier ist jemand!“, rief eine Stimme.

„Ich bin Alasdair MacDonald. Das ist meine Frau.“ Leise raunte Alasdair ihr ins Ohr: „Alles wird gut! Alles wird gut.“

„Mitkommen!“, befahl die Stimme.

Alasdair zog Sarah auf die Füße. Er stieg als Erster hinunter. Sarah starrte vom Loch im Heuboden zu ihm hinab. Im Licht der Laterne sah er zu ihr hinauf, die Arme nach ihr ausgestreckt. Sie konnte nicht anders und flüchtete hinab in seine Umarmung.

„Wartet hier!“

Die Arme fest um Alasdair geschlungen, verbarg Sarah das Gesicht in seiner Halsbeuge. Ihr Herz klopfte so stürmisch, dass ihr übel war. Wieder waren Schritte zu hören.

„Ein Highlanderpaar, Sir.“ Das war die Stimme des Soldaten, der sie gefunden hatte.

„Stimmt das, Mann?“ Diese Stimme klang befehlsgewohnt.

„Aye, Sir“, erwiderte Alasdair ruhig im breiten Highlander-Slang. „Alasdair und Sarah MacIain-MacDonald. Wir sind unterwegs Richtung Fort William zu meinen Eltern.“

„Das sind sie nicht“, sagte die befehlsgewohnte Stimme. „Der Mann, den wir suchen, ist dunkelhaarig.“

„Ich sagte Euch doch, dass es hier nur ehrbare Highlander gibt.“ Das war wieder die Stimme des Wirts.

Schritte näherten sich. „Habt ihr was im Haus gefunden?“, bellte der Offizier.

„Nein, Sir.“

„Sammeln und abrücken!“

Verstohlen wagte Sarah, einen Blick auf das Geschehen zu werfen. Neben der Tür der Schänke standen der

Wirt und seine Frau. Zwischen sie und den Stalleingang stellte sich ein kleiner Trupp Rotröcke im flackernden Licht einiger Laternen auf. Ein Offizier schritt an ihren Reihen entlang. Als er sie passiert hatte, nickte er und wies nach Norden.

„Vorwärts! Marsch!"

Im Gleichschritt verließen die englischen Soldaten den Hof.

Highlands 2019

„Was ist eigentlich los?", fragte Jason.

Linda und Melissa waren bereits gegangen. Emma hatte versucht, sich mit den beiden davonzustehlen. Aber irgendwie hatte Jason es geschafft, sie daran zu hindern, sodass sie nun allein mit ihm im Dunkeln vor dem verschlossenen Museum stand.

„Was soll denn los sein?"

„Weshalb bist du so schnippisch? Du hast dir nicht einmal den Steckbrief genauer angeschaut, den ich für dich gefunden habe."

„Das ist Blödsinn", sagte Emma. „Meine Sarah ist keine Mörderin!"

„Woher willst du das wissen? Du kennst sie ja nicht. Zudem kann sie auch zu Unrecht beschuldigt worden sein. Ein Steckbrief sagt ja noch lange nichts über die Hintergründe der Tat aus oder ob er auch tatsächlich rechtens ist."

„Und wenn schon. Es gibt bestimmt tausende Sarah Turners. Weshalb sollte ausgerechnet die Sarah Turner in diesem Steckbrief meine Urahnin sein?"

„Hast du dir nicht das Datum angeschaut? Der Steckbrief ist auf das Jahr der Landübertragung datiert und er stammt aus Fort William. Ich glaube nicht, dass es zu jener Zeit und in genau dieser Region tausende von Sarah Turners gegeben hat."

„Trotzdem. Sarah Turner ist kein ungewöhnlicher Name."

„Natürlich nicht. Aber ..."

„Verdammt, Jason!", platzte es aus Emma heraus. „Was bildest du dir eigentlich ein? Glaubst du etwa, indem du mir diesen Fund präsentierst, wird alles wieder gut?"

Jason runzelte die Stirn. „Wovon redest du eigentlich? Habe ich irgendetwas verpasst? Wieso muss ich denn deiner Meinung nach etwas wiedergutmachen?"

„Na, wenn du das nicht weißt, kann ich dir nicht helfen!"

Mit einem Ruck kehrte Emma ihm den Rücken zu und schritt zornig davon. Kapierte Jason es denn immer noch nicht, dass sie, seit sie sich geliebt hatten, darauf gewartet hatte, dass er sich bei ihr meldete? Sie hatte ja nicht erwartet, dass er ihr gleich einen Heiratsantrag machte. Aber wenigstens ein Lebenszeichen von sich gab, eine Textnachricht und sei es nur ein Smiley. Einfach nur ein Zeichen, dass er an sie dachte und sie vermisste.

Stattdessen nichts. Totenstille. Und dann tat er dieser Reporterin gegenüber ihre Beziehung auch noch als Bettgeschichte ab! Und jetzt tat er so, als wäre nichts passiert! Was dachte er sich eigentlich? Dass sie nur auf ihn gewartet hatte und nun alles seinetwegen stehen und liegen ließ – ihre Karriere und ihre Zukunft mit David?

Sie wollte davonstürmen. Doch die hochhackigen Schuhe machten ihr einen Strich durch die Rechnung. Jason holte sie mühelos ein und versperrte ihr den Weg.

„Okay“, sagte er. „Irgendetwas habe ich falsch gemacht und ich habe es nicht begriffen. Würdest du mir den Gefallen tun und mich aufklären, um was es eigentlich geht?“

„Nun tu nicht so! Du hast mich eine Bettgeschichte genannt! Darf ich da nicht wütend sein?“

Einen Herzschlag lang starrte Jason sie nur an, ehe er den Kopf schüttelte. „Nun, um mehr als eine Bettgeschichte zu sein, müsstest du vielleicht eine Entscheidung treffen.“

„Hierzubleiben? Nun, dann nenn mir einen guten Grund! Unsere Beziehung ist es nicht. Das hast du ja mehr als deutlich gemacht.“ Mit verstellter Stimme fügte sie hinzu: *„Die Frau, die ich heirate, muss erst noch geboren werden.“*

„Merkst du eigentlich, wie lächerlich du dich benimmst? Was erwartest du eigentlich von mir? Dass ich vor dir auf die Knie sinke und einen Heiratsantrag mache?“

„Ich bin schon verlobt!“

„Ist das deine Antwort?“

„Worauf?“

„Das weißt du ziemlich gut. Ich habe dich bereits vor über einer Woche gefragt, ob du vorhast zu bleiben. Bisher hast du mir immer noch nicht geantwortet. Ist das deine Antwort?“

„Vielleicht.“

Jasons Miene wurde kalt. „Und dann erwartest du von mir, dass ich mehr in dir sehe als eine Bettgeschichte?"

Tränen sammelten sich in Emmas Augen. Dass Jason sie als solche sah, war wirklich das Letzte, was sie wollte. „Lass mich vorbei!"

„Ich habe dich etwas gefragt. Wirst du mir endlich darauf antworten?"

„Ich sagte, lass mich vorbei! Sofort!" Lange würde sie die Tränen nicht mehr verbergen können.

Jason biss sich auf die Unterlippe. „Emma, verdammt, ich ..."

„Lass mich einfach nach Hause! Ich bin müde. Ich will nur noch schlafen. Lass uns morgen darüber reden." Das *Bitte* verkniff sie sich, sonst wäre sie in Tränen ausgebrochen.

Mit schmalen Lippen trat Jason beiseite. „Dann wünsche ich dir eine gute Nacht!"

„Gute Nacht", erwiderte Emma und floh.

Highlands 1745

„Mord?", fragte Alasdair, kaum dass sie wieder alleine waren.

Sarah kam es vor, als hätte sich plötzlich eine Kluft zwischen ihnen aufgetan.

„Ich habe niemanden getötet. Das schwöre ich dir."

Und der englische Offizier in Edinburgh, der sie vergewaltigen wollte? Was war mit dem? Samuel hatte ihn getötet, beruhigte sie sich. Es war immer Samuel gewesen. Sie hatte nur danebengestanden. Aber wäre es nicht ihre Pflicht gewesen, einzugreifen? Hätte sie Samuel nicht davon abhalten müssen? Wie denn, hielt sie stumm dagegen. Sie hätte doch nicht die geringste Chance gehabt, ihren Bruder zurückzuhalten oder eines Besseren zu belehren. Hatte sie es denn versucht?

„Dann stimmt es also. Dein Bruder hat zwei englische Soldaten umgebracht." Alasdairs Worte klangen wie eine Feststellung.

„Es war Notwehr. Sie hätten uns beide gehenkt, wenn er sich nicht gewehrt hätte."

Alasdairs Miene wurde düster. Wortlos kehrte er ihr den Rücken zu.

„Alasdair, bitte sag doch was! Du wusstest doch, dass ich gesucht werde. Das ändert doch nichts. Ich ..."

Mit schmalen Lippen wandte er sich ihr wieder zu. „Du verstehst das nicht. Sarah, es tut mir leid. Ich kann nicht ... ich ..."

„Alasdair, ich flehe dich an! Ich ..."

„Herrgott, Sarah! Ich habe einmal fast alles verloren, weil ich mich gegen die Obrigkeit aufgelehnt habe. Ich kann das nicht noch einmal riskieren. Nicht jetzt, nachdem ich endlich wieder zu Hause bin."

„Alasdair ..." Die Tränen würgten ihr die Worte ab. Sie konnte nur stumm die Hände nach ihm ausstrecken.

Alasdair stürmte mehrere Schritte von ihr fort, ehe er abrupt innehielt und auf dem Absatz kehrtmachte. „Mach es mir nicht so schwer", keuchte er.

„Bitte! Was hätte ich denn tun sollen?"

Mehrere Augenblicke lang starrte Alasdair sie nur an, bis er endlich antwortete. „Bitte versteh doch, Sarah! Du bist die Schwester eines Mörders. Das kann ich meinen Eltern nicht antun. Nicht noch einmal ..."

„Er ist nicht mein Bruder!", platzte es aus Sarah heraus.

Alasdairs Mund öffnete sich, als wollte er etwas sagen.

„Er ist nicht mein Bruder. Das hat er nur behauptet. Er ... er ... er hat mich entführt. Weil ich gesehen habe, wie er diesen englischen Offizier getötet hat, dessen Uniform er trägt. Er hat mich mitgenommen, damit ich es niemandem erzählen kann und als Tarnung, hat er gesagt."

„Weshalb hast du das nicht gesagt? Die Rotröcke hätten dir doch geholfen."

„Weil ich Angst hatte. Ich hatte solche Angst, dass er ... dass er mich tötet, wenn ... wenn er mich findet ... Und wer hätte mir denn geglaubt? Ich bin ein Nichts. Ein Niemand. Wer hätte mir schon geglaubt, dass ich nicht seine Komplizin bin?"

Alasdairs Miene wurde weich. „Ich hätte dir geglaubt", sagte er leise.

Der Schmerz in Sarahs Brust wurde so heftig, dass sie aufschluchzte. Sie verfluchte sich dafür, dass sie Alasdair mit hineinzog – in diesen Strudel aus Gewalt und Hass, der Samuel umgab. Aber sie wollte ihn nicht verlieren. Sie durfte ihn einfach nicht verlieren – den einzigen guten Menschen, der nach all den dunklen Jahren endlich in ihr Leben getreten war. Sie wollte ihn festhalten. Sie musste ihn festhalten. Er war wie ein Licht inmitten der Dunkelheit. Sie konnte ihn nicht aufgeben. Das wäre gleichbedeutend gewesen mit der Aufgabe ihres Lebens.

Wortlos trat Alasdair auf sie zu und nahm sie in die Arme. Seine Hände streichelten ihren Rücken. Nach einer Weile traute sie sich, sich an ihn zu schmiegen. Es war, als würde sie nach Hause kommen. Als wäre sie endlich wieder heil.

„Verlass mich nicht“, flüsterte sie.

Alasdairs Atem streifte ihre Wange. „Ich glaube dir“, wisperte er. „Bitte lass es mich nicht bereuen, Sarah.“

16.

Highlands 2019

Müde starrte Emma durch das Küchenfenster in den trüben Morgen. Sie sollte packen. Stattdessen saß sie hier im Schlafanzug in der Küche und vergeudete Zeit mit Nichtstun. Ihr Tee war kalt geworden. Vom Marmeladenbrot fehlte nur ein Bissen. Sie fühlte sich wie gelähmt. Die gestrige Eröffnungsfeier kam ihr wie ein Traum vor. Alles was sie denken konnte, war, dass sie die Highlands noch an diesem Abend verlassen würde.

Im nieseligen Grau, das ihre Stimmung perfekt widerspiegelte, schritt eine Person durch den kleinen Vorgarten auf die Haustür zu. Jason.

Emmas Herz ließ einen Schlag aus. Er war hier! Aber weshalb? Etwa, um sich zu entschuldigen? Was sollte sie tun, wenn er klingelte? Sich tot stellen? Verflucht, wie kindisch war das denn? Sie würde wohl noch in der Lage sein, die Tür zu öffnen und sich ganz normal mit ihm zu unterhalten! Ganz gleichgültig, was er von ihr wollte.

Das Schrillen der Klingel ließ sie zusammenzucken. Sie nahm einen Schluck vom kalten Tee, als könne sie so die Entscheidung noch ein wenig hinauszögern. Nach dem zweiten Klingeln klopfte es.

„Emma? Ich bin‘s Jason! Bist du da?“

Langsam stand Emma auf. Die wenigen Schritte bis zur Tür kamen ihr unendlich lang vor. Kalte Luft umwehte sie, als sie die Haustür einen Spalt öffnete, damit

Jason nicht ihre wenig gesellschaftsfähige Kleidung sah.

„Hallo, Jason! Was gibt‘s? Ich habe nicht viel Zeit. Ich muss packen. Mein Zug geht bald."

Jason rieb sich den Nacken. „Ich habe nicht vor zu bleiben. Ich wollte dir nur etwas geben, was ich gestern vergaß zu erwähnen."

„Und?"

Sollte sie ihn jetzt auf eine Tasse Kaffee oder Tee einladen? Oder würde das nicht falsche Erwartungen bei ihm wecken? Andererseits, sollte sie ihm die Sache nicht ein wenig erleichtern, gesetzt des Falles, er war tatsächlich hier, um sich zu entschuldigen?

„Hier." Jason reichte ihr ein zusammengefaltetes Stück Papier.

Wortlos faltete Emma es auseinander. Noch ein Scan einer alten Handschrift. Sie war noch unleserlicher als diejenige, die Jason ihr am Tag zuvor gezeigt hatte.

„Ich kann das nicht lesen. Sag du mir, was da steht."

Er war doch nicht etwa nur wegen dieses Papiers hier? Das war doch sicherlich nur ein Vorwand, um sich bei ihr zu entschuldigen.

„Das ist eine Anklageschrift gegen einen Samuel Turner. Sie ist auf das gleiche Jahr datiert wie der Steckbrief, den ich dir gestern gezeigt habe. Also handelt es sich bestimmt um den gleichen Samuel Turner. Hier steht, dass er wegen kaltblütigen Mordes einer ganzen Familie unter dem Gastrecht angeklagt wird."

Emma kam es vor, als hätte Jason ihr gerade eine Ohrfeige verpasst. Am liebsten hätte sie das Papier zerknüllt und Jason demonstrativ vor die Füße geworfen.

„Herzlichen Dank! Willst du mir damit sagen, dass mein Urahn nicht nur zwei Soldaten, sondern auch noch eine unschuldige Familie abgeschlachtet hat?"

„Hier steht nichts davon, dass er sie abgeschlachtet hat. Nur dass er Mann, Frau und den drei Kindern ein grausames Ende bereitet haben soll. Aber schau auf den Ort! Die Anklageschrift wurde in Fort William unterzeichnet. Das ist ..."

„Gottverflucht, Jason! Wie oft soll ich es dir noch sagen: Meine Vorfahren sind keine Mörder."

„Faktisch ist Samuel Turner nicht dein Vorfahr. Seine Schwester Sarah Turner wäre deine Vor..."

„Ist das alles, was du mir zu sagen hast?", unterbrach Emma ihn frostig.

Jason schwieg. Nach einer Weile sagte er: „Was erwartest du eigentlich von mir?"

„Sag du es mir!"

Ein Schulterzucken war die Antwort. „Ich habe keine Ahnung. Im Gegensatz zu dir. Denn du weißt ziemlich gut, was ich von dir wissen möchte. Aber eigentlich hast du meine Frage bereits beantwortet. Dein Zug geht bald. Ich will dich nicht weiter aufhalten. Leb wohl, Emma!" Bei den letzten Worten kehrte er ihr den Rücken zu und ging davon.

Hau doch ab, hätte Emma am liebsten gerufen. Aber ihre Kehle war wie zugeschnürt. Stattdessen zerknüllte sie mit Tränen in den Augen das Papier und warf die Tür zu.

Highlands 1745

Die Nacht kam Sarah wie ein böser Traum vor. Die Sonne schien von einem blauen Himmel. In den Zweigen der Bäume zwitscherten die Vögel. Der Boden war abgetrocknet, sodass das Wandern über die flachen Hügel keine Schlammschlacht war, sondern sogar Spaß machte. Zumal Alasdair neben ihr ging und nicht Samuel.

„Ich schwöre es dir“, erzählte er. „Ich wusste nicht, dass mein Cousin Ronald das Pferd bereits versprochen hatte. Aber Liam war das egal. Er war der Meinung, mein armer Cousin hätte ihn übers Ohr gehauen und hat ihm eine blutige Nase verpasst. Und der hat dann mir eine verpasst, als er mich das nächste Mal gesehen hat. Einfach so. Ich wusste gar nicht, wie mir geschah. Ich ging auf ihn zu, um ihn zu begrüßen und – bumm – haute er mir die Faust auf die Nase.“

Bei Alasdairs fröhlichem Lachen musste Sarah ebenfalls lachen. „Und dann?“, fragte sie.

„Und dann?“ Alasdair zuckte mit den Schultern. „Dann hat Ronald mir Whisky eingeschenkt und wir haben uns gemeinsam besoffen und danach Liam das Pferd wieder gestohlen.“

Sarah verschluckte sich fast vor Lachen. „Ihr seid verrückt.“

„Sag bescheuert. Das trifft es besser. Und du? Wo kommst du her? Hast du Geschwister? Wer waren deine Eltern?“

Die Fragen klangen so unbedarft, dass Sarah gar nicht auf die Idee kam, dass Alasdair sie ausfragen wollte.

„Ich bin in London aufgewachsen. Meine Eltern ... meine Mutter ist früh gestorben. Ich kann mich kaum an sie erinnern. Und mein Vater ...“ Sie seufzte.

„Du musst mir nicht antworten, wenn es dir unangenehm ist.“

„Nein, nein. Schon gut. Das ist kein Geheimnis. Mein Vater wurde gehenkt, weil er beim Stehlen erwischt wurde. Mein älterer Bruder hat nach seinem Tod für mich gesorgt. Als man uns das kleine Haus weggenommen hat, das unseren Eltern gehörte, hat er sich als Reisebegleitung eines Händlers verdungen, der nach Edinburgh reiste. So kam ich nach Edinburgh."

„Und dein Bruder? Wo ist er?"

Die Sonne schien mit einem Mal an Leuchtkraft und Wärme zu verlieren. Sarah fühlte sich elend. Sie wollte Alasdair nicht weiter anlügen und doch schien kein Weg daran vorbeizuführen, wenn sie ihm nicht die Wahrheit beichten wollte.

„Samuel ... Samuel ..."

Alasdair blieb stehen und drehte sich zu ihr um. „Sarah! Du musst nicht ..."

„Samuel hat meinen Bruder getötet. In Edinburgh. Wir ... wir kamen hinzu, als er diesen englischen Offizier ausraubte. Mein ... mein Bruder wollte dem Mann beistehen, da hat Samuel ihn ebenfalls getötet."

Tränen rollten über ihre Wangen. Sie wischte sie weg, weil sie sich dafür hasste, dass sie ihre Lüge noch unterstrichen. Dabei weinte sie nicht wegen des angeblichen Todes ihres Bruders, sondern weil es so wehtat, Alasdair anzulügen.

Der schwieg. Statt einer Antwort fasste er nach ihrer Hand. Sie war warm und fest, tröstlich. Trotzdem glaubte Sarah, der Schmerz müsse ihre Brust sprengen. Doch loslassen wollte sie seine Hand auch nicht. Sie wollte ihn nie mehr loslassen. Fast schmerzhaft umklammerte sie seine Finger. Alasdair nahm es ohne Kommentar hin. So gingen sie Hand in Hand weiter.

Der Schmerz in Sarahs Brust wich langsam. Nach einer Weile sagte Alasdair leise: „Es tut mir leid."

Sie wagte es, ihn anzuschauen. Seine hellen, eisblauen Augen erwiderten stumm ihren Blick. In diesem Moment wünschte sie sich nichts sehnlicher, als dass er sie küsste.

„Wenn es nicht passiert wäre, hätte ich dich nicht getroffen."

Alasdair räusperte sich und wandte den Blick wieder auf den Weg. Doch der Griff um ihre Hand wurde noch eine Spur fester.

Highlands 2019

Emma ertappte sich dabei, dass sie das Papier glatt strich, das Jason ihr gegeben hatte. Tränen tropften auf das Schreiben. Gottverflucht, was hatte sie nur geritten, dass sie ihn so schroff abgewiesen hatte? Das war die Gelegenheit gewesen, alles wieder geradezurücken. Und sie hatte sie gründlich vermasselt. Was sollte sie jetzt tun? Ganz bestimmt würde sie ihm nicht nachlaufen. Ihr Blick fiel auf das Smartphone, das auf dem Küchentisch lag – neben der Tasse mit dem kalten Tee und dem angebissenen Marmeladenbrot. Nein, sie konnte ihn nicht anrufen. Was sollte sie denn als Vorwand vorbringen?

Es klingelte. Emma erschrak so sehr, dass sie fast vom Stuhl fiel. Jason, war ihr erster Gedanke. War er etwa zurückgekommen, um sich mit ihr auszusprechen?

Sie hastete zur Haustür und riss sie auf, ehe sie einen klaren Gedanken fassen konnte. „Jason, es tut mir leid. Es tut mir so leid. Ich ..."

„Sind Sie Miss Stewart?"

Der Mann, der vor der Tür stand, war nicht Jason. Er trug einen dunkelgrauen Mantel über einem grauen Anzug, die dunklen Haare waren akkurat gekämmt. Diesen Mann hatte sie ihn noch nie in ihrem Leben gesehen. In diesem Moment wurde Emma sich dessen bewusst, dass sie noch ihren Schlafanzug trug.

„Ich ... entschuldigen Sie bitte meinen Aufzug, ich dachte ..."

Als hätte er weder den Schlafanzug bemerkt noch ihre Worte gehört, neigte der Mann leicht den Kopf und sagte: „Verzeihen Sie bitte mein Eindringen. Ich bin hier im Auftrag des Notars, den Ihre Großmutter als Testamentsvollstrecker eingesetzt hat. Ich soll Ihnen das hier übergeben."

Bei diesen Worten zeigte er ihr einen braunen Briefumschlag im DIN A4 Format, auf dem ihr Name stand.

„Würden Sie mir bitte den Erhalt quittieren, Miss Stewart? Ich brauche auch Ihren Personalausweis als Nachweis."

„Den Personalausweis? Einen Moment bitte. Ich hole ihn."

Während sie in die Küche hastete, fiel ihr ein, dass sie ihn auch hätte hereinbitten können. Aber zum einen war es dazu nun zu spät und zum anderen kam ihr das angesichts ihres Aufzugs auch unschicklich vor. Sie fand den Personalausweis in ihrem Portemonnaie auf dem Küchentisch, wo sie ihn vermutet hatte, und kehrte damit zur Haustür zurück.

„Hier, bitte", sagte sie, während sie ihn dem wartenden Mann reichte.

Dieser prüfte ihn kurz, trug die Nummer des Ausweises in einen Vordruck ein und reichte ihr diesen. „Dort unterschreiben."

Emma fand das Feld, setzte ihre Unterschrift mit dem Kugelschreiber, den der Bote ihr reichte, hinein und gab ihm beides zurück.

„Herzlichen Dank, Miss Stewart. Ich wünsche Ihnen noch einen schönen Sonntag!" Bei diesen Worten übergab er ihr den Umschlag und wandte sich zum Gehen.

„Auf Wiedersehen", sagte Emma mechanisch.

Langsam schloss sie die Tür und kehrte in die Küche zurück. Nach einem Schluck vom kalten Tee öffnete sie endlich den Umschlag. Darin befand sich ein amtlich beglaubigtes Schreiben, das besagte, dass sie nun Besitzerin des Hauses ihrer Großmutter war.

Mit zitternden Händen legte sie es auf den zerknitterten Scan, den Jason ihr gebracht hatte. Tränen tropften von ihrem Kinn. Zornig wischte sie sie fort. Sie hatte sich entschieden. Hatte Jason das nicht richtig erkannt? Sie griff nach dem Smartphone und rief die Kontakte-App auf. Sein Name stach ihr ins Auge, sie scrollte daran vorbei, bis sie Davids Namen fand. Ehe sie darüber nachdenken konnte, drückte sie auf den Wählknopf. Wider Erwarten meldete er sich nach dem zweiten Ton.

„Hallo, Emma! Wie geht es dir, mein Schatz? Und wie ist deine Ausstellungseröffnung verlaufen?" Das klang, als hätte David nur darauf gewartet, dass sie ihn anrief.

„Die Ausstellungseröffnung verlief toll. Ein voller Erfolg. Danke, dass du danach fragst."

„Das freut mich für dich. Bring auf alle Fälle Zeitungsartikel für *Christy's* mit. Damit du dort ein bisschen mit deinem Erfolg prahlen kannst."

„Danke, dass du mich daran erinnerst. Daran hätte ich nie gedacht."

„Du bist zu bescheiden, Emma. Wenn du etwas erreichen willst, musst du lernen, ein wenig zu klappern. Wenn du für deine Arbeit keine Werbung machst, erwarte nicht, dass es andere für dich tun."

„Ich weiß." Das hatte David ihr schon so oft gesagt.

„Wann kommst du zurück?"

„Morgen Vormittag. Ich schick dir die Ankunftszeit."

„Ich hole dich ab. Denk an die Einladung am Montagabend."

„Tu ich. Danke."

„Bis morgen."

„Küsschen", sagte Emma noch. Aber da hatte David schon aufgelegt.

Highlands 1745

„Mir ist so kalt", jammerte Sarah.

Sie hauchte in ihre Hände und steckte die klammen Finger in ihre Achselhöhlen. Aber dadurch wurden sie auch nicht wärmer. Wie sollte sie da schlafen?

„Es tut mir leid", antwortete Alasdair. „Aber ich glaube nicht, dass es klug ist, wenn wir eine Taverne zum Übernachten aufsuchen. Die leer stehende Sommerhütte ist der beste Platz, den ich finden konnte."

„Ich weiß." Er hatte ja recht. Sarah konnte seine Einwände verstehen. In der kargen Hütte war es wenigstens trocken. Und sie hielt auch den Wind fern, der über die nächtlichen Hügel pfiff. Dennoch war es so kalt, dass an Schlaf nicht zu denken war. Ihr Blick fiel auf den Kamin.

„Wenn wir Feuer machen, wird der Rauch auf uns aufmerksam machen“, sagte Alasdair, als hätte er ihre Gedanken erraten.

Mit einem Seufzen setzte er sich neben sie auf das Lager. Sarah wagte nicht, ihn anzusehen. Aber in der Hütte war es derweil so dunkel, dass sie ihn ohnehin nur als Schemen erahnen konnte. Nach einer Weile legte er den Arm um ihre Schultern.

„Wenn es dir nichts ausmacht, dann ... dann wärme ich dich.“ Seine Stimme war rau.

Sarah schluckte den dicken Kloß hinunter, der sie am Reden hinderte. „Das ... das wäre schön.“

Alasdair rückte näher, bis sein Körper den ihren berührte. Sie konnte die Wärme fühlen, die von ihm ausging. Ein leises Seufzen entschlüpfte ihr. Sie wünschte sich in diesem Moment nichts sehnlicher, als sich an ihn anzuschmiegen.

Es war, als könnte er ihre Gedanken lesen. Behutsam zog er sie in seine Arme und ließ sich mit ihr auf das Lager sinken. Sarah zögerte nur einen Herzschlag, ehe sie sich mit dem Rücken an ihn schmiegte. Ihr Kopf kam auf seinem Oberarm zu liegen. Sein Atem küsste ihren Hals. Sie merkte, wie er nach einer Weile den Kopf gegen ihren sinken ließ.

„Besser?“, fragte er.

„Ja. Viel besser.“

Die Worte schienen ihn dazu zu ermutigen, sich noch ein wenig fester an sie zu drücken. Seine Hände streichelten ihre Arme. Seine Lippen berührten fast ihren Nacken. Alles in ihr sehnte sich nach einem Kuss. Eine winzige Berührung seiner Lippen auf ihrem Hals. Ganz sacht nur.

„Wie lange brauchen wir noch bis zu deinem Heimatort?“

„Ein paar Tage. Kommt aufs Wetter an und ob wir einer Patrouille ausweichen müssen.“

„Bereust du es, dass ...“

„Was?“

Sarahs Augen brannten. „Dass du mich ...“

„Nein, keinen Augenblick. Ich ... ich bin froh, dass du mich begleitest.“

Tränen sammelten sich in Sarahs Augen. Aber sie wagte nicht, sich zu rühren, um sie wegzuwischen.

„Wartet jemand auf dich ... zu Hause?“

Stille trat ein. Sarah glaubte schon, Alasdair würde ihr nicht antworten, da tat er es doch. „Wer sollte auf mich warten?“

Sie räusperte sich. „Nun, irgendjemand wird doch sicher auf dich warten.“

„Wenn du eine Frau meinst ... nein, da wartet niemand auf mich.“

Sarahs Herz machte einen Satz. Dann war er nicht versprochen. Aber in seiner Stimme schwang ein Schmerz mit, der sie verwirrte.

„Aber deine Eltern werden doch auf dich warten. Oder nicht?“

„Vielleicht.“

„Vielleicht? Aber sicher werden sie sich freuen, dich wiederzusehen, nachdem du sieben Jahre fort warst.“

„Möglich.“

„Erzähl mir von ihnen. Wie sind sie?“

„Wie sollen sie sein?“

„Hast du noch Geschwister?“

„Einen älteren Bruder namens Aonghus.“

„Bisher hast du mir nur von deinen Cousins erzählt. Stammen die von den Geschwistern deiner Mutter oder deines Vaters?“

Alasdair holte hörbar Atem. „Lass es!“, sagte er scharf. „Ich will nicht über sie reden. Gib ... gib mir etwas Zeit. Ich ... ich bin noch nicht dazu bereit.“

Das Streicheln seiner Hände hatte aufgehört. Er war nur noch ein warmer Körper, der neben ihr lag. Und obwohl er so nah war, wirkte er meilenweit entfernt.

17.

Highlands 2019

Zum wiederholten Mal aktivierte Emma ihr Smartphone. Sie hatte Jason vor drei Stunden eine Textnachricht geschickt, in der sie ihm die Abfahrtszeit ihres Busses mitgeteilt hatte. Das Häkchen hinter der Nachricht sagte ihr, dass er sie erhalten hatte. Dann hatte er sie doch sicher auch gelesen. Weshalb antwortete er ihr dann nicht?

In zehn Minuten fuhr der Bus. Wenn sie ihn nicht verpassen wollte, musste sie jetzt losgehen. Ein letztes Mal sah sie sich in der Küche um. Sie hatte Linda Bescheid gegeben, dass sie den Schlüssel hinter dem Fensterladen verstecken würde. Linda hatte sich bereit erklärt, ab und an im Haus nach dem Rechten zu sehen. Insbesondere um die Essensreste im Kühlschrank wollte sie sich kümmern. Emma hatte Linda gestattet, dass sie essen durfte, was sie mochte. Es wäre wirklich schade, wenn die Wurst und der Käse verderben würden.

Verflucht, weshalb war es nur so schwer, sich von diesem Gebäude loszureißen? Das Haus würde auch in einem Jahr noch hier stehen. Sie konnte es jederzeit aufsuchen, um hier ein paar Tage zu verbringen.

Lag es daran, dass sie genau wusste, dass sie das nicht tun würde? Dass sie wahrscheinlich so bald nicht mehr wiederkehren würde? Falls sie überhaupt jemals wieder hierherfahren würde. Weil sie wusste, dass David sie sehr wahrscheinlich dazu überreden würde, das

Haus zu verkaufen oder als Ferienwohnung zu vermieten. Was wollte er tun, wenn sie einfach Nein sagte? Das Schlimme war, dass David unglaublich überzeugend sein konnte. Am Ende sagte sie zu irgendetwas Ja, was sie gar nicht wollte und bereute es hinterher. Aber das war dann ihre Schuld und nicht Davids. Herrgott, sie vermisste das Haus jetzt schon! Wirklich nur das Haus – nicht auch die Aussicht, die Arbeit mit Linda und Jason? Insbesondere Jason?

Er hatte immer noch nicht auf ihre Nachricht geantwortet. Vielleicht wartete er ja an der Bushaltestelle auf sie. Wie dumm sie doch gewesen war. Sie hätte ihn ja auch darum bitten können, sie mit dem Auto nach Fort William zu fahren, damit sie dort direkt in den Zug steigen konnte. Das wäre um vieles bequemer für sie gewesen. Und sie hätte Gelegenheit gehabt, noch mal mit Jason zu reden.

Sie musste sich sputen, wenn sie den Bus noch erreichen wollte. Hektisch zog sie Jacke, Schal und Mütze an und griff nach ihrem Koffer. Sie hatte keine Zeit, sich noch lange im Vorgarten umzuschauen, daher schloss sie schnell die Tür ab und legte den Schlüssel an die vereinbarte Stelle. Nach einem letzten Blick auf das Haus eilte sie die Straße entlang in Richtung Bushaltestelle. Der Koffer rumpelte über das unebene Pflaster hinter ihr. War es erst vier Wochen her, dass sie hier angekommen war?

Die Bushaltestelle war leer. Kein Jason.

Noch eine Minute.

Wenn er sie abpassen wollte, dann musste er jetzt erscheinen.

Von fern drang das Schnaufen des Busses an ihre Ohren. Dann sah sie ihn die Hauptstraße heranfahren. Wo war Jason?

Mit einem Zischen ging die Bustür vor ihr auf.

Emma sah die Straße hinab.

„Wollen Sie einsteigen, Miss?“, fragte der Busfahrer. „Oder warten Sie noch auf jemanden?“

„Nein“, antwortete Emma. „Es kommt niemand mehr. Ich bin allein.“

Die Worte taten unerwartet weh. Mit zornigem Trotz packte sie den Koffer und zerrte ihn die paar Stufen in den Bus hinein.

Jason war nicht gekommen und er würde auch nicht mehr kommen. Es war vorbei.

Highlands 1745

Sarah fror wieder. Sie wünschte sich, sie wäre still geblieben. Wünschte sich das Streicheln zurück, sehnte sich nach dem Gefühl der Geborgenheit, das sie in Alasdairs Armen verspürt hatte.

Was hatte sie falsch gemacht? Er hatte so oft von seinen Cousins erzählt. Weshalb hatte er so barsch reagiert, als sie fragte, zu welchem Elternteil sie gehörten? Ging es um seine Eltern? Wollte er nicht über sie sprechen? Aber warum? Hatte er vielleicht Angst vor dem Wiedersehen?

Stunden schienen zu verstreichen. Sarah konnte nicht schlafen. Nicht nur, weil ihr so kalt war, sondern auch, weil ihre Gedanken einfach keine Ruhe geben wollten. Alasdairs unregelmäßiges Atmen neben ihr zeigte ihr, dass es ihm genauso zu ergehen schien.

„Es tut mir leid“, flüsterte sie endlich.

„Was?"

„Ich wollte dich nicht verärgern ..."

Es dauerte lange, bis Alasdair antwortete. „Du hast mich nicht verärgert."

Schweigen senkte sich wieder über sie. Es lastete auf Sarah wir eine schwarze Decke. Bis sie es nicht mehr aushielt.

„Deine Eltern ... ich wollte keine unangenehmen Erinnerungen wecken. Ich ..."

Alasdair schwieg.

Die Stille schmerzte – mit jedem Augenblick, den sie dauerte, ein wenig mehr. Und mit jedem Augenblick wurde es schwerer, sie zu beenden. Wenn sie das Schweigen jetzt nicht brach, würde es zu Stein werden.

„Bitte", flüsterte Sarah. „Bitte, rede mit mir. Sag etwas! Irgendetwas."

Ein Seufzen war zu hören. „Was willst du von mir hören?"

„Ich ..." Sarah zögerte.

Wie sollte sie ihm sagen, was sie sich wünschte, ohne dass es klang, als wollte sie sich ihm an den Hals werfen?

„Lass mich nicht allein. Bitte! Ich will nicht mehr allein sein. Ich halte das nicht mehr aus. Ich ..."

Alasdairs Hand legte sich auf ihre Schulter.

„Wie kommst du darauf?", fragte er. „Ich lass dich nicht sitzen. Keine Angst! Ich werde dich sicher und wohlbehalten bei deinen Verwandten in Fort William abliefern. Das verspreche ich dir."

„Ich habe keine Verwandten in Fort William."

Alasdairs Hand zuckte zurück. Er räusperte sich.

„Zu wem auch immer du gehen willst in Fort William. Und wenn es dein Verlobter ist."

Das war es also, was er glaubte! Dass sie Verwandte aufsuchen wollte oder gar ihren Versprochenen. War es da verwunderlich, dass er immer wieder auf Abstand ging, wenn sie sich näherkamen?

„Ich habe keinen Verlobten", wisperte Sarah. „Ich habe niemanden mehr, seit ... seit mein Bruder ..."

Wieder folgte dieses Schweigen, das ihr die Kehle zuschnürte. Die unsichtbare Mauer zwischen ihnen schien sich wieder manifestieren zu wollen.

„Bitte verlass mich nicht!"

Schweigen.

„Alasdair, bitte ..."

„Weshalb willst du dann nach Fort William?" Alasdairs Stimme war rau. „Hast du vor, deinen Namen reinzuwaschen? Was willst du den Rotröcken dafür anbieten?"

Sarah setzte sich mit einem Ruck aufrecht hin. „Ich ..."

„Was willst du den Schweinen dafür anbieten? Deinen Körper?"

„Ich will ihnen nichts anbieten. Denn ich will eigentlich gar nicht nach Fort William. Ich wollte nur ..."

Es raschelte hinter ihr, als Alasdair sich ebenfalls aufsetzte und nach ihrem Oberarm griff.

„Was soll das heißen?"

„Ich will gar nicht nach Fort William! Ich habe nur gesagt, dass ich dorthin will, damit ... damit du einen Grund hast, mich zu begleiten. Weil ... weil ..."

„Du hast mich angelogen?" Alasdairs Griff um ihren Arm wurde eine Spur fester. Sarah kam es vor, als würde jemand ein Messer durch ihre Brust rammen.

„Alasdair", keuchte sie. „Es tut mir leid. Es tut mir so leid. Bitte versteh doch! Ich ..."

„Du hast mich angelogen!"

Es klang, als wollte er sie anspucken. Die Mauer war wieder da, höher und dicker als je zuvor.

Highlands 2019

Endlich saß Emma im Zug. Hier war es, im Vergleich zum Bus, der sie mehrere Stunden über enge Straßen zum Bahnhof von Fort William gebracht hatte, warm und gemütlich. Das Abteil, das sie belegt hatte, war leer. Draußen wurde es bereits dunkel. Die Abendsonne verglühte hinter den kahlen Bergen der Highlands. Morgen Vormittag würde sie wieder in London sein.

Emma griff nach dem Sandwich, das sie sich im Bahnhof von Fort William gekauft hatte. Es war ein wenig durchgeweicht, aber es schmeckte besser, als sie erwartet hatte. Eigentlich war es als eiserne Reserve gedacht gewesen. Aber der Speisewagen war so voll gewesen, dass sie es nach der Enge des Busses vorgezogen hatte, lieber das Sandwich in ihrem leeren Abteil zu essen. Sie konnte ja später Nachschub im Speisewagen holen. Nur schade, dass der Kaffee bereits lauwarm war.

Nachdem sie diesen leer getrunken und das Sandwich aufgegessen hatte, warf sie das Verpackungsmaterial in den Mülleimer. Auf der Suche nach Beschäftigung kramte sie ihr Laptop aus ihrer Tasche und rief die Aufzeichnungen ihrer Großmutter über ihre Ahnen auf. Aufgrund der Ausstellungseröffnung hatte sie die letzten beiden Wochen keine Zeit gehabt, sich die Daten anzuschauen. Die Zugfahrt war eine willkommene

Gelegenheit, ehe der Alltag in London wieder auf sie einstürzte.

Sie konnte sich gar nicht vorstellen, bei *Christy's* zu arbeiten. Gut, dass sie die Ausstellung in ihrem Heimatort organisiert hatte. Zum einen hatte sie dabei wichtige Erfahrungen sammeln können und zum anderen konnte sie damit auch eine Referenz für ihre Fähigkeiten vorweisen. Linda hatte ihr ein grandioses Zeugnis geschrieben. Emma befürchtete ein wenig, dass sie den Erwartungen, die es wecken würde, nicht gerecht werden konnte.

Und dann wartete David mit den Hochzeitsvorbereitungen auf sie. Dabei hatten sie sich noch nicht einmal offiziell verlobt. So wie sie David kannte, würde er zu einem großen Galadinner laden, um ihre Verlobung vor allen möglichen Leuten der High Society zu verkünden. Leute, die sie nicht kannte und an denen ihr nichts lag. Aber wie sollte sie David davon abbringen? Es lag ihm im Blut, über ihr Leben zu bestimmen, als wäre es sein eigenes. Etwas anderes als ein Ja würde er von ihr nicht akzeptieren.

Sie versuchte, sich die Hochzeit vorzustellen, aber sie scheiterte. Es war Jasons Gesicht, das anstelle von Davids vor ihrem geistigen Auge auftauchte. Jason, der mit einem frechen Grinsen vor ihr niederkniete und nach ihrer Hand griff. Ein Jason mit offenen blonden Haaren, der ein weißes Hemd und einen Kilt trug. Er kniete vor ihr im verfallenen Haus ihrer Vorfahren und küsste ihre Hand. Herrjemine! War sie wirklich so kitschig und gefühlsduselig, dass sie sich in Kleinmädchenträume von Highlandern in Kilts flüchtete?

Das Abendessen mit David in dem Londoner Nobelrestaurant fiel ihr ein. Doch jedes Mal, wenn sie versuchte, sich Einzelheiten in Erinnerung zu rufen, musste sie an das Abendessen mit Jason in Melissas Landgasthof denken. Sie konnte sich nicht daran erinnern, mit David jemals so gelacht zu haben. Sie konnte sich aber auch nicht daran erinnern, jemals so verärgert über ihn gewesen zu sein, wie sie es über Jason war.

Er hatte immer noch nicht auf ihre Textnachricht geantwortet. Im Gegensatz zu David, der ihre Ankunftszeit in London bestätigt und ihr bereits mitgeteilt hatte, dass er am Gleis im Bereich B auf sie warten und anschließend mit ihr frühstücken würde.

Emmas Kehle wurde eng. Sie kannte das Frühstückscafé, wo er einen Tisch reserviert hatte und sie mochte es. Weshalb musste sie dann trotzdem an die Küche der Großmutter denken? Weshalb fiel ihr der Blick aus dem Küchenfenster auf die Highlands ein und nicht der Blick aus der Küche ihrer Londoner Wohnung auf die Dächer der Großstadt?

Was wollte sie eigentlich? Genau das war es, was Jason sie gefragt hatte. Sie wusste immer noch keine Antwort. Ihr war nur klar, dass sie ihm mit ihrer Abreise eine Antwort gegeben hatte. Dass sie auch David eine Antwort gegeben hatte, indem sie zu ihm zurückkehrte. Weshalb nur fühlte es sich so an, als wären es die falschen Antworten gewesen?

Weshalb dachte sie, kaum dass sie im Zug saß, nur noch an die Highlands statt an London und an das, was dort auf sie wartete? War es vielleicht die Furcht, zu versagen? War sie in die Highlands gegangen, weil sie sich davor fürchtete, bei *Christy's* zu versagen? Das war nicht von der Hand zu weisen. In London gab es keinen Jason, der ihr unter die Arme greifen würde und jederzeit aushalf, wenn Not am Mann war.

Jason, Jason, Jason! Immer nur Jason! Drehte sich denn alles nur um ihn?

Sie musste ihn vergessen. Ein für alle Mal! Und sich stattdessen auf ihr neues Leben mit David konzentrieren. Denn ihre Beziehung mit Jason war aus und vorbei. Falls sie je existiert hatte. Denn für ihn war sie ja ohnehin nur eine Bettgeschichte gewesen, das hatte er selbst gesagt. Und so weh es tat, es war Zeit, dass sie das endlich akzeptierte, damit sie mit David glücklich werden konnte.

Highlands 1745

„Alasdair, bitte ..."

„Du hast mich angelogen!" Dieses Mal schrie er die Worte, während er Sarah schüttelte.

Sarah zuckte zusammen und duckte sich. Sie hätte es wissen müssen. Er war ein Mann. Alle Männer neigten dazu, ihre Probleme mit Gewalt zu lösen. Alasdair war keine Ausnahme. Er war nicht anders als die anderen Männer. Sie war nur zu verliebt gewesen, um es zu erkennen.

„Schlag mich nicht!", entfuhr es ihr.

Ein Keuchen war zu hören. Mit einem Ruck ließ er sie los.

„Glaubst du im Ernst, ich würde dich schlagen? Wofür hältst du mich?"

„Entschuldige, ich ..."

„Hat er dich geschlagen? Dieser Samuel?"

Sarahs Kehle war wie zugeschnürt. Sie konnte nur nicken, obwohl sie wusste, dass er das im Dunkeln nicht sehen konnte.

„Oder war es dein Bruder, der dich geschlagen hat?"

„Beide", flüsterte sie.

Irgendwie stimmte das ja auch, denn Samuel war ja ihr Bruder.

Sarah konnte hören, wie Alasdair zischend Luft holte.

„Ich würde niemals eine Frau schlagen. Eher krepiere ich."

„Es tut mir leid ..."

„Hör auf, dich für alles zu entschuldigen! Ich weiß, dass nicht alle Männer so denken. Aber ich schwöre dir, dass ich dich niemals schlagen werde. Bei meinem Leben!"

„Alasdair ..."

Erst war er wütend, weil sie ihn angelogen hatte. Nun schwor er ihr, sie nie zu schlagen. Waren alle Highlander so versessen auf Ehre und Anstand?

„Warum hast du mich angelogen?"

„Weil ... weil ..." Sollte sie ihm alles sagen? Die ganze Wahrheit? Dass Samuel ihr Bruder war, dass sie all die Lügen nur erzählt hatte, damit Alasdair sie nicht verließ, weil sie einfach nicht mehr allein sein wollte? Nein, weil sie Alasdair nicht verlieren wollte?

„Sag mir die Wahrheit!"

„Samuel ..."

„Dein Entführer ..."

„Samuel ... ich habe Angst vor ihm. Ich habe Angst, dass er mich sucht und ... ich habe Angst, dass er dich ..."

„Dass er mich tötet? Oder dich?"

Sie nickte und setzte heiser hinzu: „Ja."

„Du hast solche Angst vor ihm, dass du einfach einen Begleiter haben wolltest, der dich beschützt?"

„Nein!", rief sie schnell und fasste nach seiner Hand. „Nein, so war das nicht. Ich wollte ... ich wollte, dass du ... dass du ..."

Alasdair legte seine Hand auf die ihre. Sie war so warm und fest. Beschützend.

„Ich wollte, dass du mich begleitest, weil ich nicht alleine sein wollte. Weil ich niemandem mehr habe, niemanden mehr." Leiser fügte sie hinzu: „Weil ich mich sicher bei dir fühle."

Er atmete tief durch und berührte mit der anderen Hand sacht ihren Arm. Streichelte ihn. „Versprich mir, dass du mich nie wieder anlügst. Und ich verspreche dir, dass ich dich nie im Stich lassen werde."

Sarahs Kehle wurde eng. Sie hätte ihm alles versprochen, sogar ihre Seele. Aber wie sollte sie versprechen, in nie mehr anzulügen, wenn noch all die Lügen, die sie erzählt hatte, zwischen ihnen standen?

„Schwör es mir!", sagte er.

„Ich schwöre es dir", hörte sie sich sagen.

Seine streichelnde Hand erreichte ihren Hals, liebkoste ihr Gesicht. Fand die Tränen, die in ihren Wimpern hingen und strich sie fort. „Hintergeh mich nicht, niemals", flüsterte er. „Das könnte ich nicht ertragen."

Neue Tränen rannen über ihre Wangen, als seine Lippen warm und sanft ihre Stirn berührten. „Sarah ..."

Ehe er sich wieder entfernen konnte, schlang sie die Arme um ihn und drückte sich an ihn. Sie konnte sein Herz schlagen hören, spürte seine Muskeln unter ihren Fingern, die Wärme seines Körpers. Es fühlte sich gut an. Alles an ihm fühlte sich gut an. In diesem Augenblick wünschte sie sich nichts sehnlicher, als ihn nie wieder loslassen zu müssen.

Seine Lippen berührten ihre Schläfen, ihren Haaransatz, die Augen, die Nase – ihren Mund.

Es war, als berührte er ihr Innerstes. Ein Schauer rann über ihren Rücken und nistete sich in ihrem Schoß ein. Mit einem Seufzen öffnete sie die Lippen und hieß ihn willkommen. Sie wollte mehr, wollte alles. Ihn überall fühlen.

Als könnte er spüren, was sie sich ersehnte, drückte er sie zurück aufs Lager. Seine Lippen zogen eine heiße Spur an ihrem Hals hinab, während seine Hände ihre Schultern streichelten, ihre Brüste, ihre Schenkel.

„Sarah“, flüsterte er.

Willig ergab sie sich ihm.

18.

London 2019

David stand genau dort, wo er es in seiner Textnachricht angekündigt hatte. Emmas Waggon hielt genau vor ihm. Als sie ausstieg, stand David schon neben ihr und nahm ihr den Koffer ab.

„Hallo Emma", begrüßte er sie, während er ihr einen flüchtigen Kuss auf die Wange drückte. „Hattest du eine gute Reise?"

„Danke, ja. Der Zug hatte ausnahmsweise einmal nicht Verspätung."

David sah zur Uhr, die wenige Schritte von ihnen entfernt über dem Bahnsteig hing. „Nun ja, wenn fünf Minuten für dich nicht unter Verspätung fallen ... Aber Hauptsache, deine Fahrt war angenehm. Ich hoffe, du hast ein wenig Hunger mitgebracht."

Die Einladung ins Café hatte Emma ganz vergessen. „Oh ja, natürlich", erwiderte sie mechanisch.

Sie wollte dem Strom der Zugpassagiere folgen, die danach strebten, das Bahngleis zu verlassen. Aber David schlug am Fuße der Treppe, über die man das Bahngleis verließ, die entgegengesetzte Richtung ein. Emma folgte ihm ohne Zögern. David verlief sich nie. Er wusste immer, wo er sich befand und wie er sein Ziel erreichte.

Nach wenigen Minuten erreichten sie das Ende des Fußgängertunnels und kamen auf einem Parkplatz heraus, auf dem wenige Meter entfernt sein Auto stand. Die Dunstglocke, die über der Stadt hing, weichte ihre

Konturen im frühen Morgenlicht auf. Die Luft kratzte in Emmas Hals. Seltsam, dass ihr früher nie aufgefallen war, wie sehr es in London nach Abgasen roch.

„Komm“, sagte David, der ihren Koffer bereits im Kofferraum seiner Limousine verstaut hatte. Einladend hielt er ihr die geöffnete Beifahrertür auf.

Wortlos gehorchte Emma ihm und stieg ein. Er reichte ihr den Gurt, ehe er mit einem freundlichen Lächeln die Autotür schloss. Während sie sich angurtete, stieg er auf der Fahrerseite ein und tat es ihr gleich. Mit einem Knopfdruck rief er das Navigationssystem auf, in das er bereits ihr Ziel, das Frühstückscafé, eingegeben hatte. Emma wäre jede Wette eingegangen, dass ihre Wohnung das nächste Ziel im Navigationssystem war.

„Möchtest du, dass ich die Innentemperatur auf deiner Seite erhöhe?“, fragte David, nachdem er den Motor gestartet hatte.

„Nein, danke. Es ist gut so.“

Mit knappen, präzisen Bewegungen lenkte David das Fahrzeug über den Parkplatz und reihte sich in den Straßenverkehr ein. Wie jeden Morgen in London war er zäh und betriebsam.

Emma war froh, dass sie nicht fahren musste und kuschelte sich träge in den Beifahrersitz. Sie hatte zwar ein Schlafabteil gebucht, aber sie hatte wenig geschlafen und fühlte sich völlig gerädert. Alles, wonach sie sich sehnte, war Ruhe. Und nach einem Tee vielleicht. Der Gedanke, eine Stunde in einem Frühstückscafé zu verbringen, zumal sie sich unausgeschlafen und unattraktiv fühlte, lockte sie wenig.

„Ich habe den Artikel über deine Ausstellung in der Sonntagsausgabe gelesen."

„Und? Wie fandst du ihn?" David würde erwarten, dass sie ihn danach fragte, obwohl sie lieber nur vor sich hin gedöst hätte.

„Wenig informativ. Viele unnötige Worte über deine Mitstreiter. Insbesondere über diesen Jason Campbell und seine Ansichten über Beziehungen."

Emma wurde schlagartig heiß. Sie hätte die Zeitung lesen sollen! Damit sie wusste, was die Reporterin aus dem Interview mit ihr und Jason gemacht hatte.

„Du weißt doch, dass Reporter sich das, was man sagt, immer nach eigenem Gutdünken auslegen."

David warf ihr unter hochgezogenen Augenbrauen einen Blick zu, ehe er sich wieder auf die Straße konzentrierte. „Ich ging natürlich davon aus, dass die Beziehung, die man dir und diesem Campbell andichtete, nur erfunden war, um den Artikel attraktiver zu gestalten. Aber du hättest dafür sorgen müssen, dass solche Gerüchte gar nicht erst aufkommen. Du weißt nie, wer solche Zeitungsartikel liest und wie er den Inhalt interpretiert. Ich glaube, ich brauche nicht zu erwähnen, dass das einen denkbar schlechten Eindruck auf deinen künftigen Arbeitgeber macht."

Verflucht! Sie hätte es wirklich verstanden, wenn David darüber wütend gewesen wäre. Aber diese Rüge traf sie mit der Wucht einer Ohrfeige.

„Es tut mir leid, David. Aber ich habe Kopfschmerzen. Fährst du mich bitte nach Hause?"

„Sollen wir unterwegs etwas zu Essen besorgen?"

„Nein, danke. Ich habe noch Kaffee zu Hause. Ich will einfach nur meine Ruhe haben. Dann wird es sicher bald besser."

„Wie du willst."

Highlands 1745

Sarah erwachte, wie sie noch nie in ihrem Leben erwacht war. Obwohl das Lager, auf dem sie lag, hart und unbequem war, obwohl der kalte Wind durch die Ritzen der Hütte pfiff und es nach Moder und Erde roch, fühlte sie sich warm und geborgen. Ein Körper schmiegte sich von hinten an sie, ein Arm lag beschützend um ihre Taille und ein warmer Atem küsste ihren Nacken. Sie lag ganz still, um Alasdair nicht zu wecken. Damit sie den kostbaren Moment noch ein wenig länger genießen konnte.

Alles, was sie sich wünschte, war, jeden Morgen ihres restlichen Lebens auf diese Weise zu erwachen – mit Alasdairs Körper, der sich an sie schmiegte, und seinem Arm um ihre Taille. Denn obwohl sie am Tag zuvor kaum etwas gegessen hatte, fühlte sie sich so satt wie noch nie in ihrem Leben.

Sie hatte ihm versprochen, ihn nie wieder anzulügen. Bei allem, was ihr heilig war, sie würde eher mit ihrem Leben bezahlen, als diesen Schwur zu brechen. Doch um nicht wortbrüchig zu werden, musste sie die Scharade fortführen. Alasdair durfte nie erfahren, dass Samuel ihr Bruder war. Dann würde ihr Lügengebäude zusammenstürzen wie ein Kartenhaus, und sie darunter begraben.

Ein sanfter Kuss traf ihren Nacken. „Guten Morgen, meine Schöne."

„Guten Morgen!“ Lächelnd tastete Sarah über Alasdairs Arm zu seinem Gesicht und legte die Hand auf seine stoppelige Wange. Er umfasste ihre Hand, schob sie vor seinen Mund und küsste ihre Handfläche. Dann stützte er sich auf seinen Ellbogen, beugte sich über sie und sah lächelnd auf sie hinab. „Ich habe Hunger.“

„Auf was?“, fragte sie schelmisch.

„Auf dich.“

„Hattest du davon nicht genug letzte Nacht?“

„Von dir werde ich nie genug haben.“

Ein Kuss traf ihre Stirn, weitere ihre Augen, ihre Wangen, ihren Mund. Sie öffnete die Lippen, ertrank in seinem Kuss, fühlte den Schauer wieder, der sich wie ein honigsüßes Kribbeln in ihrem Schoß einnistete.

Sie liebten sich erneut, im fahlen Licht des frühen Morgens, während draußen die ersten Vögel sangen. Sarah schlang Arme und Beine um Alasdairs muskulösen Körper, als könnte sie ihn so in sich hineinziehen und zu einem Teil ihrer selbst machen. Damit sie ihn nie wieder verlieren konnte, nie wieder hergeben musste.

Als er gekommen war, blieb er auf ihr liegen, die Arme um sie geschlungen und blickte auf sie hinab. Seine hellen, eisblauen Augen leuchteten wie zwei Sterne. Ein sanfter Kuss traf ihren Mund. Jetzt, das war der perfekte Augenblick, um ihr seine Liebe zu gestehen.

„So verführerisch deine Nähe auch ist, wir müssen weiter“, sagte Alasdair.

„Du hast recht.“

Samuel fiel ihr wieder ein. Samuel würde ihn ohne Zögern totschlagen, wenn er davon erfuhr.

„Na dann komm!“ Immer noch lächelnd gab er sie frei und zog sie auf die Füße. Warme, klebrige Nässe rann zwischen ihren Schenkeln hinab. Aber Sarah dachte nicht daran, sie wegzuwischen. Dafür hätte sie seine Hand loslassen müssen und das war das Letzte, was sie wollte.

Alasdair schien es ähnlich zu gehen. Er hielt ihre Hand ganz fest, während er mit ihr hinaus in den jungen Morgen trat. Die Wiesen waren nass vom Tau. Binnen kurzem war Sarahs Rocksaum vollgesogen. Aber es kümmerte sie nicht. Sie hätte alles ertragen, wenn sie nur weiterhin Alasdairs Hand halten konnte und Seite an Seite mit ihm durch die wunderbare Frühlingslandschaft wandern konnte.

„Ich muss mich entschuldigen“, sagte er nach einer Weile.

„Wofür?“

„Weil ich so barsch reagiert habe, als du nach meinen Eltern gefragt hast.“

Alasdair kickte beim Gehen ein unsichtbares Steinchen beiseite. Seine Miene ähnelte der eines zerknirschten kleinen Jungen. Sarah hatte auf einmal das unbändige Verlangen, ihn zu küssen. „Du musst nicht darüber reden.“

„Doch. Muss ich. Keine Lügen mehr. Das betrifft auch mich.“

Unter seinem wunden Blick wurde Sarahs Kehle eng. Sie fühlte sich elend bei dem Gedanken an all die Lügen, die sie ihm erzählt hatte und der Wahrheit, die sie ihm immer noch verschwieg. Wie sollte sie ihm das je erklären? Wie sollte er ihr das je verzeihen?

Alasdair sah zu Boden und fixierte schließlich den Horizont. Sein Profil hob sich bleich vor dem frühlingsgrünen Wald ab.

„Wir sind nicht in Frieden voneinander gegangen – meine Eltern und ich. Mein Vater ...“, er biss sich auf die Lippen, ehe er fortfuhr, „... mein Vater hat gesagt, ich sei nicht mehr sein Sohn. Und ... und ich solle mich nie wieder bei ihnen blicken lassen. Er hat mich fortgejagt. Und mein Onkel, der Mann der Schwester meines Vaters, hat mich geächtet. Die Leute seines Clans werden mich also mit Freuden in kleine Scheibchen schneiden, wenn sie mich erwischen. Deshalb werden wir auch einen kleinen Umweg gehen müssen, damit wir ihr Land nicht betreten. So, jetzt weißt du alles.“

Sarah blieb stehen. Alasdair tat es ihr gleich. Er stand da wie ein Hund, den sein Herr geschlagen hatte. Der Anblick tat ihr weh. Ohne seine Hand loszulassen, trat sie vor ihn und sah zu ihm hinauf. „Das tut mir so leid.“

„Es muss dir nicht leidtun. Es ist meine Schuld. Ich verdiene es.“

Sanft strich sie mit der freien Hand über seine Wange. „Und du gehst trotzdem weiter?“

Alasdair küsste ihre Handfläche. „Sie sind meine Eltern. Ich muss doch wenigstens versuchen, mich bei ihnen zu entschuldigen. Oder nicht?

London 2019

Die Milch im Kühlschrank war sauer. Eigentlich hätte sie sich das denken können. Dann würde sie den Kaffee eben ausnahmsweise ohne Milch und stattdessen mit Zucker trinken müssen. Der Kaffeeduft stieg in Emmas Nase, als sie nach der gefüllten Tasse griff und sich an den kleinen Tisch in der Küche setzte, von dem aus man durch das Mansardenfenster über die Dächer von London schauen konnte.

Eine Taube flog vorbei, landete auf dem Dach und trippelte gurrend an ihrem Fenster vorbei. Der Blick auf die Dächer verschwamm und wurde durch die Aussicht auf die Berge vom Küchenfenster der Großmutter ersetzt. Herrje, hatte sie etwa Heimweh?

Emma nahm einen Schluck aus der Tasse. Der Kaffee schmeckte ihr heute nicht. Kein Wunder – ohne Milch. Angeekelt schüttete sie ihn in den Ausguss. Sie musste doch irgendwo noch Tee haben. Nach einigen Minuten des Suchens fand sie tatsächlich eine leicht zerknitterte Pappschachtel mit der Aufschrift *Darjeeling*. Sie brühte Wasser auf und goss es über einen Teebeutel. Beim dezenten Geruch des Tees hob sich ihre Laune ein wenig. Seltsam, weshalb fühlte sie sich in der kleinen Mansardenwohnung so einsam? Im Haus der Großmutter hatte sie sich nie so allein gefühlt. Vielleicht hätte sie doch besser Davids Einladung in das Frühstückscafé annehmen sollen. Aber allein bei dem Gedanken, eine weitere Stunde unter wildfremden Menschen zu verbringen, war ihr übel geworden. Und jetzt fühlte sie sich einsam. Das war doch bescheuert. Wurde sie seltsam? Oder hatte sie einfach keine Zeit mit David verbringen wollen? War das der wahre Grund?

Sie nippte am Tee und genoss den aromatischen Geschmack, auch wenn die Milch fehlte. Das Wetter schrie geradezu nach einem kleinen Spaziergang im Park. Herrgott, hatten die wenigen Wochen in den

Highlands gereicht, um sie völlig umzukrempeln? Früher hätte sie sich bei gutem Wetter mit Ranari im Café verabredet, um zu tratschen.

Ranari! Die Freundin würde ihr die Hölle heißmachen, wenn sie erfuhr, dass sie wieder zurück in London war und sich nicht gleich bei ihr gemeldet hatte. Emmas Blick irrte zu ihrem Smartphone. Doch sie rührte es nicht an, trank stattdessen den Tee und sah der Taube zu, die es sich leise gurrend auf dem Fensterbrett gemütlich machte. Emmas Kopf war seltsam leer. Sie dachte an *Christy's*, aber es wollten sich keine Emotionen dazu einstellen. Die Erinnerungen an die Ausstellungseröffnung drängten sich immer dazwischen.

Der Tee war leer. Als wäre das ein Zeichen gewesen, flog die Taube davon. Zeit, den Koffer auszupacken, der immer noch im Flur neben der Wohnungstür stand. Müde trug sie ihn ins Schlafzimmer und legte ihn auf einen Stuhl, um ihn leichter auspacken zu können. Wenn sie sich ein wenig beeilte, konnte sie noch eine Ladung Wäsche waschen, ehe David sie zu der abendlichen Einladung abholte. Am liebsten hätte sie abgesagt. Aber da sie ihn bereits zum Frühstück hatte abblitzen lassen, würde er ihr das bestimmt übelnehmen. Und wenn schon! Weshalb konnte er denn nicht verstehen, dass sie nach der langen Fahrt einfach nur ihre Ruhe haben wollte?

Verstimmt öffnete sie den Koffer. Das Erste, was ihr in die Hände fiel, war das Dreieckstuch in den Farben ihres Clans, das Jason ihr geschenkt hatte. Sie wollte es beiseitelegen, aber ihre Hände gehorchten ihr nicht. Wie unter Zwang strich sie über das wollene Tuch. Endlich hob sie es auf und legte die Wange dagegen. Jason.

Eine Träne rollte über ihre Wange. Aus der einen wurden mehr. Verzweifelt kämpfte sie gegen das Schluchzen an, das in ihrer Kehle nach oben drang. Vergeblich. Weinend sank sie auf den Boden und drückte ihr Gesicht in den weichen Stoff des Tuchs.

Jason war fort. Sie war erfolgreich vor ihm geflohen, damit er sie nicht in Versuchung führen konnte, ihr bisheriges Leben aufzugeben. Wie dumm sie doch gewesen war!

Highlands 1745

„Wir sind bald da", sagte Alasdair.

Seine Schritte, die in den letzten drei Tagen stets so raumgreifend und sicher gewirkt hatten, verloren an Schwung. Seine Hand, die Sarahs umfasste, fühlte sich feucht an.

Die Berge, die das weite Tal einfassten, das sie am Morgen von der Küste her betreten hatten, waren immer höher und schroffer geworden, je weiter sie kamen. Die Bergkuppen lagen öde und kahl da. Das Tal, das von einem munteren Bach durchflossen wurde, wirkte daneben umso grüner.

Bei Alasdairs Worten wurde Sarah flau im Magen. Sie hatte gewusst, dass der Moment irgendwann kommen würde. Drei Tage und Nächte hatte sie so getan, als gäbe es ihn nicht. Als könnte sie ihn daran hindern, zu kommen, indem sie ihn ignorierte. Drei Tage und Nächte, die sie wie in einem Traum verbracht hatte. Die Tage mit Alasdair, Hand in Hand, lachend und scherzend wie zwei Kinder. Die Nächte in seinen Armen. Sie konnte die Abdrücke seiner Küsse noch überall auf ihrem Körper spüren. Sie hatte nicht gewagt, zu fragen, wie es weitergehen würde, wenn sie seine Eltern aufgesucht hatten. Weil sie Angst hatte vor der Antwort und weil sie fürchtete, dass Alasdair ihr keine geben konnte, weil er sie selbst nicht wusste.

Er blieb stehen. „Da vorn hinter den Bäumen ist das Dorf."

Seine Kiefermuskeln traten hervor wie Seile. Der Griff um Sarahs Hand wurde schmerzhaft, so fest war er.

Sie konnten gehen, einfach umkehren und das Ganze hier vergessen. In den Tag hineinleben. Gemeinsam. Aber sie wusste, dass er die Eltern nicht vergessen konnte. Die Frage, wie sie ihn empfangen würden, würde in ihm schwären und ihn vergiften. So ein Mensch war Alasdair.

„Komm", sagte Sarah leise. „Ich bin bei dir. Ich lass dich nicht im Stich. Wir laufen nicht weg."

Ich lasse dich nicht im Stich. Die Worte hatte er zu ihr gesagt. Es fühlte sich richtig an, sie ihm zurückzugeben.

Nach einem tiefen Atemzug gab er sich einen sichtbaren Ruck.

„Du hast recht. Die paar Schritte schaffen wir jetzt auch noch."

Hand in Hand gingen sie weiter den Weg entlang, der sich neben dem Bach durch die Wiesen wand. Schilf und Büsche wechselten einander ab, bis nach einer Biegung ein Haus sichtbar wurde. Mehrere hundert Schritte weiter befand sich erst das nächste.

Eine Frau in kariertem Rock, mit weißer Schürze und Haube kam mit einem Korb aus einem Gatter, aus dem leises Gegacker drang. Sie stellte den Korb ab und schloss es hinter sich. Als sie den Korb wieder aufhob, sah sie in ihre Richtung. Die Frau erstarrte. „Alasdair!"

„Mutter!"

Noch bevor Alasdair das Wort ausgesprochen hatte, ließ die Frau den Korb stehen und kam mit fliegendem Rock auf ihn zugerannt. Alasdair ließ Sarahs Hand los und machte einen zögerlichen Schritt. Dann begann auch er zu rennen. Sie fielen sich in die Arme wie Geliebte. Alasdairs Mutter brach in Tränen aus und weinte wie ein kleines Mädchen.

Zögerlich schloss Sarah zu den beiden auf. Sie kam sich fehl am Platze vor, als sollte sie nicht dabei sein. Betreten sah sie zu Boden, während die Mutter in Alasdairs Armen schluchzte. Sie wagte erst wieder aufzusehen, als diese sich mit einer energischen Geste aus Alasdairs Armen löste.

„Alasdair, mein Junge! Lass dich anschauen."

Mit Tränen in den Augen umfasste seine Mutter sein Gesicht mit beiden Händen. Sarah glaubte Tränen in Alasdairs eisblauen Augen zu sehen.

„Ach Gott, wie groß und stark du geworden bist. Mein Junge, mein lieber Junge! Ich habe dich so vermisst. Jeden Tag habe ich für dich gebetet, damit du gesund zurückkehrst. Und jetzt ... Ich kann es immer noch nicht glauben."

Alasdair räusperte sich und zog geräuschvoll die Nase hoch. Tatsächlich wischte er sich beschämt über die Augen.

„Ich möchte dir jemanden vorstellen, Mutter."

Neue Tränen rannen über das Gesicht der Mutter. Mit dem Schürzenzipfel wischte sie sie fort und richtete den Blick auf Sarah, als bemerkte sie diese erst in diesem Augenblick.

„Entschuldigt bitte, dass ich so unhöflich bin. Aber ..."

„Das ist Sarah", unterbrach Alasdair sie. „Sarah ist mein Mädchen."

Hitze stieg schlagartig in Sarahs Gesicht. Ungelenk machte sie einen Knicks. Hatte er sie eben tatsächlich als sein Mädchen vorgestellt? Als wären sie einander versprochen?

„Guten Tag, Misses MacDonald", sagte Sarah artig. „Es freut mich sehr, Euch kennenzulernen."

Als sie aufsah, lächelte Alasdairs Mutter sie an und griff nach ihrer Hand. „Sag doch Mutter zu mir! Ich würde mich sehr darüber freuen. Alasdairs Mädchen! Herrje, dass ich dich kennenlernen darf, hätte ich mir nicht zu erträumen gewagt! Herrgott, ich bin so froh. Ich muss schon wieder weinen. Entschuldigt mich bitte."

Sie hielt kurz inne, um ihre Augen erneut mit der Schürze abzuwischen, ehe sie einladend aufs Haus wies.

„Jetzt ist aber Schluss mit dem Jammern. Was sollt ihr nur von mir denken? Kommt mit ins Haus, ruht euch aus. Trinkt einen Schluck Whisky, während ich Alasdairs Zimmer richte und uns ein Huhn suche, das wir zur Feier des Tages schlachten können."

Sarahs Blick irrte zu Alasdair. Ein winziges Lächeln lag auf seinem Gesicht, als hätte er Angst, es zuzulassen. Schnell trat Sarah neben ihn und griff nach seiner Hand.

Schritte waren zu hören, gehörten zu einem großen, hageren Mann mit wallenden grauen Haaren und grauem Bart, der ihnen den Weg zum Haus versperrte.

„Vater“, sagte Alasdair.

Das Lächeln auf seinem Gesicht erlosch so plötzlich wie eine Kerze, die ausgeblasen wurde.

19.

London 2019

Das Telefon klingelte im ungünstigsten Augenblick. Emma fühlte sich so elend, dass sie glaubte, das Herz werde ihr bei lebendigem Leib aus der Brust gerissen. Sie hörte das Klingeln kaum. Sollte das blöde Telefon doch plärren. Es war ihr egal. Alles war ihr egal. Sie hatte es vermasselt, hatte alles kaputtgemacht, ehe es richtig begonnen hatte. Und jetzt musste sie mit dem Ergebnis leben. Ob es ihr gefiel oder nicht.

Das Telefon verstummte endlich, als hätte es ihre Gedanken gehört. Die Tränen waren versiegt. Emma saß wie betäubt auf dem Boden ihres Schlafzimmers neben dem geöffneten Koffer – Jasons Tuch in ihren Händen. Sie sollte endlich den Koffer auspacken, mahnte sie sich. Damit sie es schaffte, noch eine Ladung Wäsche zu waschen, ehe David sie abholte.

Diese dämliche Einladung! Konnte David denn nicht verstehen, dass sie den Abend nach zwölf Stunden Zugfahrt lieber gemütlich zu Hause auf dem Sofa verbringen wollte? Wie kam er nur auf diese blöde Idee, sie heute Abend zu einem Galadinner zu schleppen! Ganz sicher nahm er sie doch nur mit, weil es in der Einladung geheißen hatte *mit Begleitung*. Denn David würde sich lieber eine Dame von einem Escort Dienst kaufen, als ohne Begleitung zu erscheinen. So war er eben.

Müde begann Emma, die Wäsche zu sortieren. Das Tuch faltete sie nach kurzem Zögern zusammen und legte es in die Schublade ihrer Kommode zu den anderen Tüchern und Schals, die sie hatte. Der Schmerz drohte sie wieder zu überwältigen, als sie die Schublade schließen wollte. Daher schob sie sie umso energischer zu.

Sie hatte gerade die Waschmaschine befüllt und angestellt, als das Telefon erneut klingelte. Emma kam es vor, als klänge es zornig, weil sie nicht bereits vor einer halben Stunde rangegangen war.

„Ich komm ja schon", murmelte sie. Mit einem Seufzen griff sie nach dem schnurlosen Hörer, der auf dem Küchentisch lag. „Guten Tag, hier ist Emma Stewart."

„Guten Tag, Miss Stewart. *Christy's* Antiquitätenhandel, Im- und Export, Personalabteilung. Misses Horavitz am Apparat. Ich nehme an, Sie erinnern sich an mich?"

Die Stimme klang so frisch und dynamisch, dass Emma sich wie eine lahme Ente vorkam. Erschöpft ließ sie sich auf den Küchenstuhl sinken.

„Natürlich erinnere ich mich an Sie. Ich freue mich, dass Sie anrufen. Um was geht es denn?"

Misses Horavitz zu vergessen, war nahezu unmöglich. Emma hatte noch nie in ihrem Leben einen Menschen kennengelernt, der mehr Tüchtigkeit und Effizienz ausstrahlte wie diese Dame. Das Vorstellungsgespräch bei ihr war in ihrer Erinnerung wie in Stein gemeißelt.

„Ich habe mit großem Vergnügen die Pressemeldungen zu der Ausstellung verfolgt, die Sie in diesem Heimatmuseum in den Highlands aus dem Boden gestampft haben. Für meinen Geschmack war die Berichterstattung zwar nicht angemessen, aber Ihre Arbeit hat mich dennoch sehr beeindruckt. Daher möchte ich Sie an unser Angebot erinnern, in unserem Haus eine Stelle anzutreten."

„Oh, das freut mich. Wirklich. Herzlichen Dank!"

David hatte recht behalten. Wieder einmal! Von wegen Sex sells! Jason hatte keine Ahnung.

„Entnehme ich Ihren Worten, dass Sie unser Angebot annehmen?"

Angebot? Emma brauchte eine Schrecksekunde, ehe sie begriff, wovon Misses Horavitz sprach. Die Stelle!

„Oh, entschuldigen Sie bitte. Ich bin erst vor einer Stunde zu Hause angekommen. Ich hätte Sie morgen auf jeden Fall angerufen, um Ihnen meine Entscheidung mitzuteilen."

„Nun, Sie hatten um vier Wochen Aufschub gebeten, um den Nachlass Ihrer Großmutter zu regeln. Was ja auch zu einem präsentablen Ergebnis geführt hat. Aber diese vier Wochen waren bereits am Samstag verstrichen. Unter Berücksichtigung der langen Rückreise haben wir bis heute gewartet, um Kontakt mit Ihnen aufzunehmen. Haben Sie bitte Verständnis dafür, wenn wir einen weiteren Aufschub Ihrer Entscheidung leider als Absage werten müssen."

Es dauerte ein Weilchen, bis Emma begriff, was Misses Horavitz von ihr verlangte: eine Zusage – jetzt sofort!

„Miss Stewart, sind Sie noch am Apparat?"

„Ja", erwiderte Emma mechanisch.

„Sie nehmen die Stelle also an?"

Ja. Nein. Gott im Himmel, wie sollte sie das so schnell entscheiden?

„Gut, dann erwarte ich Sie morgen um acht Uhr in meinem Büro. Ich freue mich darauf, Sie als neue Kollegin begrüßen zu dürfen, Miss Stewart."

Highlands 1745

„Was willst du hier?" Die Stimme des Vaters war eisig.

Sarah fröstelte und umfasste Alasdairs Hand etwas fester.

„Archibald, bitte", wandte die Mutter flehentlich ein.

Aber der Vater und Alasdair schienen ihren Einwand nicht zu beachten.

„Meine Eltern besuchen", antwortete Alasdair heiser.

„Deine Eltern besuchen? Nach all den Jahren spazierst du einfach hier ins Tal und tust so, als wäre nichts geschehen?"

Alasdair presste die Lippen aufeinander. „Ich habe nicht behauptet, es sei nichts geschehen. Ich ..."

Der grauhaarige Mann machte mit vor Zorn verzerrter Miene einen bedrohlichen Schritt auf Alasdair zu. Seine eisblauen Augen blitzten, als wollte er den Sohn mit seinem Blick töten.

„Pack dich! Ich will kein Wort von dir hören! Du existierst nicht mehr für mich."

Alasdairs Kiefermuskeln traten hervor wie aus Stein gemeißelt. Seine eisblauen Augen schienen Feuer zu sprühen. Es war unfassbar für Sarah, wie sehr sich Vater und Sohn in diesem Moment ähnelten.

„Archibald, ich bitte dich!"

Mit frischen Tränen im Gesicht trat die Mutter an die Seite des grauhaarigen Mannes und berührte bittend seinen Arm.

„Halt dich da raus, Annie!"

„Archibald, er war sieben Jahre fort. Du kannst ihn doch nicht einfach so fortjagen. Er ist doch immer noch unser Sohn."

„Ich habe keinen Sohn mehr", unterbrach der Mann sie rüde.

„Dann hör dir doch wenigstens an, was er zu sagen hat."

Unwillig schüttelte der Mann ihre Hand ab. „Er hat genug geredet damals. Seine Blutsverwandten um Kopf und Kragen hat er geredet. Ich will keins seiner Worte mehr hören. Kein einziges!"

Die Tränen rannen der Mutter in einem unaufhörlichen Strom über das Gesicht. Sie versuchte gar nicht mehr, sie wegzuwischen. „Archibald, ich flehe dich an, ich ..."

„Schluss!", schrie der Mann. „Ein für alle Mal! Ich will nichts mehr mit ihm zu schaffen haben." An Alasdair gewandt setzte er hinzu: „Verschwinde, ehe ich mich vergesse!"

Brüsk kehrte er Alasdair den Rücken zu. Aber die Mutter versperrte ihm den Weg und griff nach seinem Arm.

„Er ist auch mein Sohn. Wenn nicht seinetwegen, dann tu es mir zuliebe. Archibald ..."

Der Mann ballte die Fäuste. In diesem Moment wirkte er wie eine ältere Kopie Alasdairs.

„Archibald, bitte ..."

„Lass gut sein, Mutter", sagte Alasdair leise und mit rauer Stimme.

Als Sarah zu ihm aufschaute, sah sie Tränen in seinen hellen Augen glitzern. Er hatte aufgegeben. Er hatte tatsächlich aufgegeben.

„Alasdair, mein Junge, ich ..."

„Ich will nicht, dass es meinetwegen Streit gibt. Ich ... ich wollte nur sehen, ob es euch gutgeht und mich ..."

„Ob es uns gutgeht?", schrie der Vater und kam mit zornigen Schritten auf Alasdair zugestampft. „Hast du denn all die Jahre auch nur einen einzigen Gedanken an uns verschwendet?"

Alasdairs freie Hand ballte sich zur Faust. „Jede Sekunde habe ich an euch gedacht, Vater!"

Der Vater ließ die geballten Fäuste sinken. Er zitterte.

Leise trat die Mutter neben ihn.

„Schau dir die beiden doch an, Archibald. Sie sind seit Tagen unterwegs. Das arme Mädchen an seiner Seite ist nur noch Haut und Knochen und schon ganz blau vor Kälte. Du kannst sie doch nicht einfach abweisen, wenn sie um eine Unterkunft bitten."

„Ich habe nicht gehört, dass sie sich aufs Gastrecht berufen", sagte der Vater.

Ein Blick von Sarah in Alasdairs starres Gesicht sagte ihr, dass er ganz sicher nicht das Gastrecht anrufen würde. Und das wusste sein Vater genau. Eher würde Alasdair auf der Schwelle seiner Eltern verhungern oder erfrieren. Sarah schluckte den Kloß hinunter, der sie am Reden hinderte.

„Darf ich um Gastrecht bitten, für mich und meinen Begleiter? Nur eine Nacht. Wir sind seit Tagen unterwegs."

Die Mutter begann zu schluchzen.

Sarah glaubte, unter dem Blick des Vaters zu schrumpfen. Die eisblauen Augen schienen sie durchbohren zu wollen. Sie war froh, als er ihr mit einem Grunzen den Rücken zukehrte.

„Niemand soll sagen, der alte Archibald MacIain-MacDonald würde das Gastrecht nicht pflegen. Mach den beiden ein Bett zurecht, Frau!

London 2019

„Geht es dir besser?“, fragte David, als Emma sich auf den Beifahrersitz sinken ließ.

Sie nickte vage. In ihrem Kopf hämmerte es. Sie war froh, ihre Ruhe zu haben. Die vielen Gespräche, die Musik und das ewige Lächeln hatten sie angestrengt. Und morgen um acht Uhr wurde sie bei *Christy's* erwartet.

„Bring mich bitte heim“, sagte sie.

„Aber sicher.“ Noch während er sprach, startete David den Motor. Umsichtig lenkte er das Fahrzeug vom Parkplatz herunter und schlug den Weg zu Emmas Wohnung ein.

Sie schloss die Augen. Das leise Fahrzeuggeräusch und die Dunkelheit dämpften ein wenig die Kopfschmerzen. Hoffentlich wollte David keine Konversation machen.

„Hast du es gemerkt? Minister Pettigrew und seine Frau waren sehr angetan von dir. Sie wollen uns in zwei Wochen zum Dinner einladen. Ach, und Misses Horavitz hat bei mir angerufen und mich darüber informiert, dass du morgen deine Stelle antrittst. Sie sagte, du hättest nicht begeistert geklungen. Stimmt etwas nicht? Möchtest du über dein Gehalt verhandeln?“

„Bitte, David! Ich habe furchtbare Kopfschmerzen. Können wir ein andermal darüber reden?“

„Aber sicher, meine Liebe. Ich wollte dir nur meine Hilfe zusichern, falls du sie brauchst. Du weißt, ich bin immer für dich da.“

„Das ist lieb von dir. Aber das ist wirklich nicht nötig. Ich war nur müde, als Misses Horavitz mich angerufen hat."

Unter gesenkten Lidern warf Emma einen Blick auf Davids perfektes Profil, das sich im Scheinwerferlicht eines entgegenkommenden Autos scharf gegen die nächtliche Dunkelheit abhob. Sie hatte sich für ihn entschieden und doch kam es ihr vor, als fehlte noch etwas. Als wartete er immer noch darauf, dass sie sich eindeutig zu ihm bekannte. David war nur zu fein, um sie mit Worten zu bedrängen. Er tat es, indem er sie einlud – zu öffentlichen Anlässen wie dem Galadinner oder dem Abendessen bei Minister Pettigrew.

Aber hatte sie nicht bereits eine Entscheidung getroffen? Weshalb sonst war sie nach London zurückgekehrt, wenn nicht um ihr altes Leben wieder aufzunehmen? Was war es, was noch fehlte?

Müde schloss Emma wieder die Lider und presste die Finger gegen ihre Schläfen, um den pochenden Schmerz wegzumassieren. Später. Später würde sie darüber nachdenken. Nicht jetzt.

Sie war dankbar, dass David den Rest der Fahrt schwieg. Das leise Brummen des Fahrzeugs lullte sie ein. Als das Auto plötzlich hielt, schreckte sie zusammen.

„Wir sind da", verkündete David.

Emma schluckte. „Möchtest du mit hochkommen auf eine Tasse Kaffee?" Erst als sie die Einladung ausgesprochen hatte, erinnerte sie sich daran, dass sie keine Milch hatte. Und David trank nur Milchkaffee.

„Wenn es dir keine Umstände macht."

„Nein, es würde mich freuen. Aber ich habe leider keine Milch."

David lächelte. „Dann werde ich den Kaffee eben schwarz trinken."

Immer noch lächelnd umrundete er das Fahrzeug, öffnete die Beifahrertür und half Emma aus dem Auto. Formvollendet bot er ihr danach seinen Arm, bis sie den Aufzug erreichten. Noch nie war Emma die Fahrt in den fünften Stock so lang vorgekommen.

Sie ging vor, schloss die Wohnungstür auf und schaltete das Licht an. Ohne den Mantel abzunehmen, ging sie in die Küche und aktivierte die Kaffeemaschine, die mit einem Röhren die Selbstreinigung durchführte. Als sie zurück in den Flur ging, hatte David bereits seinen Mantel aufgehängt. Artig half er ihr aus ihrem und hängte ihn neben seinen.

„Entschuldige die Unordnung, aber ich bin nicht dazu gekommen, aufzuräumen."

Wieder lächelte David. „Ich versichere dir, dass ich darüber hinwegsehen kann."

Er folgte ihr in die Küche und nahm nach kurzem Zögern auf einem der beiden Stühle Platz.

Als Emma eine Tasse mit Kaffee füllte und vor ihn auf den Tisch stellte, merkte sie, dass ihre Hände zitterten. Sie wollte sich umdrehen, um den Wasserkocher zu aktivieren, als David ihre Hand einfing und sie festhielt. Schweigend sah er sie an. Das Schweigen wurde lastend. Emma räusperte sich.

„Es ist viel passiert in den letzten vier Wochen. Deshalb würde ich gerne wissen, ob deine Antwort noch gilt", fragte David leise.

„Welche Antwort?“ Im nächsten Augenblick verfluchte Emma sich für ihre Frage. Sie wusste ziemlich gut, was er meinte.

Behutsam stand David auf und zog ihre Hand gegen seinen Mund. In der anderen Hand hielt er auf einmal den Ring, den er ihr bereits in dem Nobelrestaurant hatte geben wollen.

„Emma Stewart, ich frage dich: Möchtest du meine Frau werden?“

Emmas Mund war auf einmal staubtrocken. Da war sie, die letzte Gelegenheit, um vielleicht doch noch ihre Meinung zu ändern. Wie gelähmt starrte sie auf Davids Hand, die den Ring über ihren Ringfinger schob.

„David, ich ...“

„Lass mich nicht länger warten, Emma!“

Ein sanfter Kuss landete auf ihren Lippen. Emmas Knie wurden weich.

„Ja“, sagte sie. „Ja, ich will.“

Highlands 1745

„Kann ich helfen?“, fragte Sarah.

Annie hatte ihr einen Krug mit warmem Wasser und frische Kleidung, die sehr wahrscheinlich ihr gehörte, in das kleine Zimmer im Obergeschoss gebracht. Ihr Nein hatte sie ignoriert und war wieder gegangen. Nun war Sarah frisch gesäubert und mit frischen Kleidern, die ein wenig zu weit waren, in die Küche herunter gekommen, um sich ein bisschen erkenntlich zu zeigen. Der verführerische Duft nach gebratenem Huhn hatte ihr die Richtung gewiesen.

„Aber nicht doch! Du bist doch der Gast.“

Sarah strich über die hübsche Schürze und den warmen, karierten Rock. „Ich trage schon Eure Kleidung, da lasst mich doch wenigstens helfen."

Annie lächelte und schob ihr einen Korb mit Gemüse zu. „Dann sei so lieb und putz das Gemüse, während ich mich um das Huhn kümmere."

Sofort suchte Sarah sich ein Küchenmesser und begann mit der Arbeit. Zu ihrer eigenen Verwunderung ertappte sie sich dabei, dass sie ein schottisches Tanzlied summte.

„Wo habt ihr euch denn kennengelernt – du und Alasdair?", fragte Annie, nachdem sie das geputzte Gemüse aufgesetzt hatte.

„Oh, unterwegs. Wir hatten das gleiche Ziel."

„Ach, dann seid ihr also noch nicht lange beisammen?"

Sarah schüttelte den Kopf, während sie das Messer und ihre Hände mit etwas Wasser säuberte. Dass es sich sogar nur um drei bis vier Tage handelte, verschwieg sie lieber.

„Du bist nicht aus den Highlands."

Wieder schüttelte Sarah den Kopf. „Ich stamme aus London. Nachdem meine Eltern gestorben waren, hat mein älterer Bruder für mich gesorgt, bis ... bis er ermordet wurde. In Edinburgh. Aber Alasdair hat mich vor dem Mörder gerettet."

„Er ist ein guter Junge, mein Alasdair. Nur etwas zu hitzköpfig. Aber das hat er wohl von seinem Vater. Wo steckt er eigentlich? Das Essen ist bald fertig."

„Ich weiß es nicht. Er wollte spazieren gehen."

Sarah nahm die Zinnteller, die Annie ihr reichte, und trug sie in das Nachbarzimmer, wo der große Esstisch stand. In einem mit Leder bezogenen Sessel mit hoher Lehne thronte dort in einer Ecke Archibald. Das Feuer im Kamin, neben dem der Vater saß, spendete behagliche Wärme.

Unter Archibalds eisblauem Blick duckte Sarah sich und verteilte die Teller auf dem Tisch. Es waren vier Stück. Hatte Alasdair nicht einen älteren Bruder erwähnt? Wenn er noch lebte, wohnte er anscheinend nicht im Elternhaus.

Schnell floh Sarah zurück in die Küche, wo Annie gerade den Braten aus dem Ofen holte. Sarah half ihr dabei, das Gemüse anzurichten und folgte ihr mit den Beilagen in die gute Stube, während Annie den Braten auftischte.

Als hätte Alasdair gewusst, dass das Essen fertig war, kam er just in diesem Moment zur Tür herein. Er brachte Kälte mit und einen hechelnden Jagdhund, der sich nach einem Blick auf den Vater zu dessen Füße legte.

„Das Essen ist fertig", rief Annie lächelnd.

Schweigend stand der Vater auf und setzte sich ans Ende des Tisches. Seine Frau nahm den Platz zu seiner Rechten.

„Setzt euch doch", forderte sie sie auf.

Nach kurzem Zögern wählte Sarah den Stuhl zu Archibalds Linken, sodass für Alasdair nur das andere Tischende blieb.

Wortlos begann der alte Mann das Huhn zu zerteilen, während Annie das Gemüse auf die Teller gab. Ohne innezuhalten, verteilte sie auch die Teile des Huhns. Endlich setzte sich auch Alasdair an den Tisch. Um nichts sagen zu müssen, begann Sarah zu essen. Das Huhn war so knusprig und köstlich gewürzt, dass sie sogar einen kurzen Moment vergaß, wo sie war, bis Alasdair die Stille brach.

„Wo ist eigentlich Aonghus?"

Sarah bemerkte den erschrockenen Blick, den Annie ihm zuwarf. „Noch ein Stück Huhn, Archie?", fragte sie.

Doch der Vater knallte schon sein Essbesteck auf den Tisch.

„Dein Bruder hat den Platz deines Cousins eingenommen und kümmert sich um Ronalds Frau und dessen Kinder. Den Cousin, den du getötet hast, falls du dich daran erinnerst."

Alasdair ließ sein Essbesteck sinken und legte es langsam auf dem Teller ab. „Ich erinnere mich. Jeden verdammten Tag! Und es tut mir leid. Wenn ich irgendetwas tun könnte, um es ungeschehen zu machen, würde ich es tun. Aber ich kann es nicht."

„Was willst du dann hier, wenn du keine Genugtuung bieten kannst?"

„Ist es das, was du willst? Dass ich Ronalds Familie Genugtuung anbiete?"

„Blut kann nur mit Blut abgewaschen werden."

„Ich wurde bereits geächtet. Reicht dir das nicht? Ich habe sieben Jahre auf einem englischen Kriegsschiff gedient. Sieben Jahre habe ich die Reste vom Boden abgekratzt. Sieben Jahre bin ich getreten und gedemütigt worden. Hab mir die Knie und die Finger wund gescheuert. Wurde ausgepeitscht und an den Mast gebunden. Ist dir das immer noch nicht genug?"

Alasdair war bei seinen Worten aufgesprungen.

Nun stand auch der Vater auf. „Du hast deinen Clan verraten! Du hast deine Cousins ans Messer geliefert und fragst mich, ob das genug ist? Wenn dein Blut die Highlands tränkt, ist es immer noch nicht genug."

„Dann tu es! Nimm deinen verdammten Dolch und ramm ihn mir ins Herz. Es macht keinen Unterschied mehr. Ich bin doch ohnehin schon tot."

„Ich werde nicht dein Henker sein, verflucht! Du bist für deine Taten selbst verantwortlich."

„Was willst du dann? Dass ich damals an Ronalds Stelle gestorben wäre? Ist es das? Verdammt! Sag etwas! Sag mir, was ich tun kann, um dich zufriedenzustellen."

„Halt den Mund! Halt deinen verfluchten Mund und verlass dieses Haus. Ich will dich nicht mehr sehen. Wenn du nicht Manns genug bist, um zu tun, was getan werden muss, dann geh mir aus den Augen und erspar es mir, die Schande sehen zu müssen, die du über uns gebracht hast."

20.

London 2019

Emma starrte im Dunkeln an die Decke ihres Schlafzimmers. Sie wusste, dass sie am nächsten Tag früh aus dem Bett musste, um ihre neue Stelle bei *Christy's* anzutreten. Aber trotzdem oder vielleicht gerade deswegen wollte der Schlaf einfach nicht kommen. Lag es vielleicht daran, dass ihr das Beisammensein mit David einfach nicht aus dem Kopf ging? Sie konnte immer noch nicht glauben, dass sie tatsächlich Sex miteinander gehabt hatten. Auf ihrem Körper glaubte sie immer noch seine Berührungen zu spüren. Warum nur fühlte es sich so falsch an?

Weshalb kam es ihr vor, als hätte sie David betrogen? Oder kam es ihr vielmehr so vor, als hätte sie jemand anderen betrogen? Jason?

Ach verflucht! Immer wieder Jason! Weshalb bekam sie diesen Mann nicht aus ihrem Kopf? Er hatte doch selbst gesagt, dass sie nur eine Bettgeschichte für ihn gewesen war. Nein, berichtigte sie sich, er hatte gesagt, wie er etwas anderes als eine Bettgeschichte in ihr sehen konnte, wenn sie sich nicht entscheiden konnte, in den Highlands zu bleiben.

Wollte sie ihn etwa noch entschuldigen? Er hatte sich doch von ihr zurückgezogen, nachdem sie miteinander geschlafen hatten. Nachdem sie ihn von sich gestoßen hatte. War sie ihm gegenüber ungerecht gewesen?

Sie spürte Davids Hände wieder auf ihrem Körper. Obwohl er sie zum Orgasmus gebracht hatte, war der

Sex mit ihm nicht befriedigend gewesen. Vielmehr hatte er sich wie eine Pflichtübung angefühlt. Wie eine Unterschrift unter einem Vertrag, kühl und geschäftsmäßig.

Ganz sicher hatte er nichts falsch gemacht – im Gegenteil. Emma konnte sich nicht beklagen. Er war feinfühlig und rücksichtsvoll gewesen, ganz Gentleman. Ihr Wohlergehen hatte für ihn beim Akt stets an erster Stelle gestanden. Kein Vergleich zu der leidenschaftlichen, wilden Nacht, die sie mit Jason erlebt hatte.

An Jason war nichts rücksichtsvoll oder feinfühlig gewesen. Er hatte sie dazu gebracht, dass sie jegliche Scham und Kontrolle verloren hatte. Allein der Gedanke an jene Nacht genügte, dass das süße Prickeln sich wieder in ihrem Schoß einnistete, so heiß und heftig, dass sie glaubte, keine Luft mehr zu bekommen.

Wie im Fieber stand sie auf. Rastlos irrte sie durch ihre kleine Wohnung. Sie trank ein Glas Wasser in der Küche, aber das half ihr auch nicht weiter. In ihrer Verzweiflung putzte sie sich noch mal die Zähne, aber auch das konnte ihren aufgewühlten Geist nicht beruhigen.

Sie ging zurück ins Schlafzimmer. Vor der Kommode blieb sie stehen und machte die Schublade mit den Schals auf. Das karierte Dreieckstuch lag obenauf. Ohne zu wissen weshalb, nahm sie es heraus. Ihre Finger streichelten das weiche, warme Tuch. Nach einer Weile legte sie es sich um die Schultern. Der Duft nach Heide und Wind stieg in ihre Nase. So hatte Jason gerochen.

Mit dem Tuch um ihre Schultern legte sie sich zurück ins Bett. Gott, wie sie ihn vermisste! Es vergrößerte den Schmerz, machte ihn gleichzeitig aber auch irgendwie erträglich. Als wäre ein Stück von ihm bei ihr, als wäre er hier, an ihrer Seite.

Tränen rannen über Emmas Wangen. Sie hatte Jason aufgegeben, ihn und die Highlands. Sie musste sich damit abfinden, wenn sie jemals wieder glücklich werden wollte. Je früher, desto besser.

Highlands 1745

Ohne ein weiteres Wort stürmte Alasdair zur Tür hinaus.

Der Hund zuckte zusammen, sah auf und folgte ihm nach kurzem Zögern.

„Ja, geh nur!", schrie der alte Mann bebend vor Zorn. „Geh! Lauf wieder davon, wie du es immer getan hast! Elender Feigling!"

Die Mutter war auf ihrem Stuhl in sich zusammengesunken. Die Tränen rannen stumm und unaufhörlich über ihr Gesicht.

„Archibald", schluchzte sie.

„Hör auf zu flennen!", herrschte ihr Mann sie an. „Bedank dich bei deinem unnützen Sohn, dass er zurückgekehrt ist und alte Wunden wieder aufgerissen hat."

Mit einem Schluchzen floh auch die Mutter aus der guten Stube.

Sarah starrte den alten Mann an. Ihr Herz hämmerte. Alles in ihr verlangte danach, Alasdair hinterherzulaufen. Die kurze Ablenkung, die die Mutter ihr schenkte, schien ihr wie ein Zeichen. Mit ein paar schnellen Schritten erreichte sie die Tür.

„Sie sind ein grausamer alter Mann. Alasdair ist doch nur hier, weil er Sie liebt", sagte Sarah mit zitternder Stimme zu Archibald, ehe sie aus dem Haus rannte.

Draußen war bereits die Nacht hereingebrochen. Ein kalter Wind fegte ihr entgegen und brachte Regen mit, der so eisig war, dass sich die feinen Tropfen auf ihrer Haut wie Nadelstiche anfühlten.

„Alasdair!“, rief sie.

Niemand antwortete.

Wo könnte er hingegangen sein, überlegte sie. Seine Eltern könnten ihr vielleicht weiterhelfen, aber keine zehn Pferde hätten sie zu dem verbitterten alten Mann zurück ins Haus gebracht. Und an dem musste sie vorbei, wenn sie zu Annie in die Küche wollte.

Wider jegliche Hoffnung rannte sie mehrere hundert Schritte vom Haus fort, den Berghang hinauf. Wenn sie höher gelegenes Gelände aufsuchte, konnte sie Alasdair vielleicht sehen. Möglicherweise trug ihre Stimme dann auch weiter.

Sie stolperte über Grasbüschel und versteckte Steine und landete mit einem Fuß in einem kleinen Rinnsal aus eisigem Wasser, bis sie sich umdrehte und einen Blick zurückwarf. Das Haus lag nun unter ihr. Die Fenster waren heimelig erleuchtet. Eine Person tauchte in der geöffneten Tür auf, hob sich wie ein Scherenschnitt vom erhellten Innern ab. Der Statur nach zu schließen musste es sich um Archibald handeln. Es wirkte, als schaute er sich um, dann verschwand er wieder nach drinnen und die Tür schloss sich.

Angestrengt suchte Sarah mit den Augen die umliegende Gegend ab. Sie entdeckte eine Koppel mit Rindern. Weiter weg hörte sie das Mähen von Schafen, die sie aber in der Dunkelheit nur als helle Schemen ausmachen konnte. Auf der Höhe des Hanges, auf der sie sich befand, stand einige hundert Meter entfernt ein weiteres Haus, aus dessen Fenstern ebenfalls Licht drang. Unterhalb dieses Gebäudes konnte sie eine Ansammlung von fünf Häusern entdecken, die das Ufer des Baches säumten. Nirgendwo war ein Mensch auszumachen. Das weite Tal lag einsam und verlassen.

„Alasdair!", rief sie aus Leibeskräften. „Alasdair, wo bist du? Komm zurück! Ich bin's, Sarah."

Keine Antwort. Ob er sie überhaupt hören konnte? Im Gegensatz zu ihr kannte er sich hier aus. Er konnte bereits eine Meile entfernt sein, weit außerhalb ihrer Rufweite.

Ohne zu wissen, wo sich seine Rückzugsgebiete befanden, konnte sie die ganze Nacht suchen, ohne ihn zu finden. Der Regen wurde stärker. Sarah zitterte.

„Alasdair!", rief sie ohne große Hoffnung.

Nein, so schnell würde sie nicht aufgeben. Wenn er sie jemals gebraucht hatte, dann jetzt. Er war so oft für sie dagewesen, dass sie ihn nun nicht seinem Schicksal überlassen konnte. Zudem lockte es sie ohnehin nicht, ins Haus zurückzukehren – zu dem grausamen alten Mann, der seinem Sohn und seiner Frau derartige Schmerzen zufügte.

London 2019

Emma knallte die volle Einkaufstüte außer Atem auf den Küchentisch. Während sie ihre Jacke aufhängte und die Straßenschuhe auszog, rief sie die Textnachrichten ab, die während ihres Einkaufs eingegangen waren.

Misses Horavitz wollte die Übersicht, die sie für die montägliche Besprechung fertig machen sollte, bereits morgen haben. Ranari fragte zum vierten oder fünften

Mal, ob sie sich am Wochenende zu einem Kaffee treffen konnten. Und David hatte ihr drei Links zu den laufenden Hochzeitsplanungen und eine Einladung zu einem Geschäftsessen am morgigen Freitagabend geschickt.

Sonst noch etwas? Eine E-Mail war gekommen, der Absender sagte Emma nichts. Die konnte warten.

Sie textete eine kurze Antwort an Misses Horavitz, ehe sie zurück in die Küche ging und ihren Einkauf wegräumte. Ihr Magen knurrte, da das Mittagessen mal wieder einem Meeting gewichen war, das Misses Horavitz kurzfristig einberufen hatte. Emma vermutete, dass dessen Ergebnisse für die verkürzte Abgabefrist für die Übersicht verantwortlich waren. Was gut war, da das bedeutete, dass der Kunde, mit dem das Meeting abgehalten worden war, angebissen hatte.

Aber das bedeutete leider auch, dass sie diesen Abend zu Hause vor dem Laptop verbringen würde anstatt ausspannen zu können. Sie konnte sich schon nicht mehr daran erinnern, wann sie das letzte Mal einen gemütlichen Abend zu Hause auf ihrem Sofa verbracht hatte, ohne etwas fürs Büro zu erledigen.

Sie überlegte kurz, ehe sie sich für eines der vielen Schnellgerichte entschied, die sie gekauft hatte, und stellte es in die Mikrowelle. Die Wartezeit nutzte sie, um sich die Links anzuschauen, die David ihr geschickt hatte. Sie antwortete ihm in knappen Worten, als die Mikrowelle piepste, um ihr mitzuteilen, dass ihr Essen fertig war.

Mit dem Smartphone neben dem Teller begann sie zu essen. Nebenbei antwortete sie Ranari, dass sie an diesem Wochenende leider keine Zeit hatte – genauso wie am Wochenende zuvor und sehr wahrscheinlich auch den kommenden Wochenenden. Jedenfalls solange die Hochzeit nicht stattgefunden hatte und dieser Deal bei *Christy's* abgeschlossen war, den sie betreute. Ranari schickte ein grübelndes Smiley zurück.

Um einer Antwort zu entgehen, rief Emma die E-Mail mit dem unbekannten Absender auf. Schon nach der ersten Zeile wusste sie, wofür die seltsame Anhäufung von Buchstaben stand. Die Mail kam von Linda. Sie schickte ihr ein Foto von der Sommerhütte ihrer Ahnen mit einer Tafel, die dort neu angebracht worden war. Ein zweites Foto zeigte die Tafel in Großansicht. Auf dem dritten war Jason mit einer Touristengruppe zu sehen.

Sein Anblick jagte Emma ein Messer durch die Brust. Sie vergaß zu essen. Wie paralysiert starrte sie das Foto an, bis sie es endlich wegklickte und zurück auf die Textnachrichten schaltete. Ranari hatte sich gemeldet.

Alles in Ordnung mit dir? Ich verordne dir einen Milchkaffee und einen Muffin im Café Journal. Morgen 13 Uhr.

Emma antwortete.

Keine Zeit.

Wie durch einen magischen Bann gelenkt, rief sie das Foto mit Jason noch mal auf. Er grinste frech in die Kamera, als sei er der Herr eines Landguts. Wieder spürte sie das schmerzhafte Ziehen in ihrer Brust.

Um sich abzulenken, rief sie Lindas Nachricht ab. Sie erzählte, dass nun ein Wanderweg zu der Sommerhütte ihrer Vorfahren eingerichtet worden war. Die Führung wurde sowohl vom Museum als auch vom Outdoor-Zentrum aus angeboten und wurde von den

Touristen gut angenommen. Linda schloss mit den Worten, dass es schade sei, dass Emma nicht dabei sein konnte und dass sie Linda in ihrem Urlaub besuchen sollte.

Urlaub. Gott allein wusste, wann sie jemals wieder Urlaub haben würde. Dieses Jahr standen nur die Flitterwochen mit David in ihrem Kalender und der wollte an die Côte d'Azur und ganz bestimmt nicht in die Highlands.

Sie zwang sich dazu, Linda eine nette Absage zu erteilen. In ihrem Leben war kein Platz mehr für sie, das Museum, die Highlands und erst recht nicht für Jason.

Highlands 1745

Sarah fror. Ihre Kleidung war völlig durchnässt. Sie hatte keine Ahnung, wie lange sie im Dunkeln um die Häuser gestolpert war. Sie war schon heiser vom Rufen. Damit sie sich nicht verlief, war sie dabei immer in Sichtweite der Lichter geblieben, die durch die Fenster der Häuser zu sehen waren. Doch sie waren eines nach dem anderen erloschen. Nur das Haus von Alasdairs Eltern war noch erhellt.

Sie konnte tagelang hier herumirren. Selbst am Tag würde Alasdair sich mühelos vor ihr verstecken können, wenn er nicht gefunden werden wollte. Sie konnte bereits ein dutzend Mal an seinem Versteck vorbeigelaufen sein. Gesetzt des Falles, er war so weit entfernt, dass er ihr Rufen gar nicht hatte hören können. Genauso gut konnte es sein, dass er bereits wieder ins Haus zurückgekehrt war. Sie war so auf ihre Suche fixiert gewesen, dass sie ihn dann sehr wahrscheinlich übersehen hätte.

Sarahs Gedanken wanderten zu Annie und dem alten, verbitterten Mann, der sein Vater war. Sie hatte wirklich keine Lust, zu den beiden zurückzukehren. Annie war sicherlich eine herzensgute Frau, aber ihr Leid über Alasdairs Behandlung durch ihren Mann war nur schwer zu ertragen. An sie zu denken genügte, dass Sarah sich wünschte, sie in den Arm zu nehmen, um sie zu trösten.

Wäre da nicht der Vater gewesen. Dieser dickköpfige, hartherzige Mann, der seinen Sohn anscheinend lieber tot sehen wollte, als sich darüber zu freuen, dass dieser die sieben Jahre Zwangsverpflichtung auf einem englischen Kriegsschiff überstanden hatte. Oder traute er sich einfach nicht, seine Erleichterung zu zeigen? Aber weshalb?

Langsam näherte Sarah sich dem Haus. Nur zwei Fenster waren noch erleuchtet. Das mussten die gute Stube und die Küche sein. Vielleicht war Alasdair bereits zurück und alle warteten nur auf sie. Weshalb sonst sollten die Lichter noch brennen?

Sarah beschleunigte ihre Schritte. Die Nacht im Regen zu verbringen, war sicher keine gute Idee. Sie war nicht dazu verpflichtet, mit dem alten Mann zu reden. Und selbst wenn Alasdair noch nicht zurückgekehrt war – ganz sicher würde er nicht ohne sie abreisen. Er hatte ihr geschworen, sie nicht im Stich zu lassen. Und Alasdair war kein Mann, der seine Versprechen leichtfertig brach. Eher würde er wahrscheinlich sterben.

Fast ein wenig erleichtert, weil sie einen guten Grund gefunden hatte, die sinnlose Suche aufzugeben, eilte sie auf das Gebäude zu. Sie klopfte an die Tür, wie es sich gehörte. Noch während sie „Ich bin es, Sarah!“ rief, öffnete sie sie und schlüpfte hinein.

Der Raum wurde nur vom heruntergebrannten Kaminfeuer erhellt. Die Eltern saßen im flackernden Halbdunkel auf ihren Plätzen am Esstisch, auf dem immer noch der Braten, die Beilagen und die Teller standen, obwohl das Essen inzwischen eiskalt sein musste.

„Ist Alasdair zurück?“, fragte sie.

Hinter ihr schloss sich mit einem lauten Knall die Tür. Sie wusste, dass sie sie nicht zugeworfen hatte. Jemand anders musste es getan haben. Mit flauem Gefühl in der Magengegend drehte Sarah sich um.

Samuel stand vor der Tür und lächelte sie an.

„Hallo, Schwesterherz! Schön, dich endlich wiederzusehen. Ich hatte fast den Eindruck, du bist vor mir weggelaufen.“

21.

London 2019

Schon wieder diese fremde Nummer, die Emma nicht kannte! Den ganzen Tag hatte über diese Festnetznummer jemand versucht, sie auf dem Smartphone zu erreichen. Schon während sie von einem Meeting zu einer Präsentation geeilt war, dann, als sie mit Misses Horavitz eine Besprechung gehabt hatte, später, während sie im Supermarkt gewesen war und das letzte Mal schließlich im Brautshop, als sie ihr Brautkleid abgeholt hatte. Es hatte geändert werden müssen, weil sie drei Kilogramm abgenommen hatte, seit sie es vor zwei Wochen anprobiert hatte. Kein Wunder! Sie kam ja kaum noch dazu, in Ruhe zu essen. Geschweige denn, dass sie sich mit Ranari zu dem früher üblichen wöchentlichen Tratsch bei Kaffee und Kuchen treffen konnte. Sie vermisste die Freundin. Es war wirklich an der Zeit, dass sie wenigstens mal mit ihr telefonierte.

Das Handy klingelte erneut. Emma sah auf die Küchenuhr. Neben dem Laptop standen die Reste des kalt gewordenen Abendessens auf dem Küchentisch. Es war schon bald 22 Uhr. Wer konnte das nur sein, dass er sich traute, noch so spät anzurufen? Nun, die Präsentation für Misses Horavitz war fertig, Davids Aufträge für die Hochzeit hatte sie auch alle erledigt. Wenn sie jetzt ranging, konnte sie den Spuk hoffentlich beenden und danach beruhigt schlafen gehen.

„Hallo“, meldete sie sich. „Hier ist Emma Stewart. Wer ist dort?“

„Ich bin's, Jason. Erkennst du die Nummer vom Outdoor-Zentrum nicht?"

„Jason?!" Emma war froh, dass sie saß. Jason war wirklich der Letzte, mit dem sie gerechnet hatte.

„Nicht so euphorisch!" Sie glaubte, ihn grinsen zu sehen.

„Was willst du? Es ist zehn Uhr abends!"

„Na, du hast mich ja den ganzen Tag über immer weggedrückt, wenn ich versucht habe, dich anzurufen. Ich dachte mir, irgendwann musst du ja rangehen, wenn ich nicht aufgebe."

„Entschuldige, ich war beschäftigt."

„Um acht Uhr abends?"

„Ich habe mein Brautkleid abgeholt. Aber das muss ich dir nicht erklären. Also, was willst du?"

Verdammt, so schnippisch hatte sie gar nicht klingen wollen!

„Dein Brautkleid ... aha. Wann darf man denn gratulieren?"

„Am Samstag in einer Woche. Warum? Möchtest du nach London kommen, um dein Veto auszusprechen?"

Ein Lachen antwortete. „Sehr witzig. Nein, so gesehen habe ich ein Hochzeitsgeschenk für dich. Ich habe ein Dokument gefunden, das beweist, dass die Sarah Turner auf dem Steckbrief tatsächlich deine Vorfahrin ist."

„Du kannst es nicht lassen, oder? Meine Vorfahrin ist keine Mörderin. Wie oft soll ich dir das noch sagen?"

„Ich habe niemals behauptet, sie sei eine Mörderin. Ihr Bruder war der schlimme Finger. Das würde ich nach meinem neuesten Fund als gegeben annehmen."

„Ach, macht es das etwa besser?"

„Keine direkte Linie. Nennt ihr Geschichtsforscher das nicht so? Ich dachte, darauf kommt es an."

„Hör mal, Jason! Willst du wirklich behaupten, dass du nur anrufst, um mich erneut damit zu ärgern, ich könnte einen Mörder unter meinen Ahnen haben? Oder gibt es vielleicht einen anderen Grund, weshalb du mich störst?"

„Wenn ich störe, dann will ich dich nicht länger aufhalten. Ich ging eigentlich davon aus, dass du immer noch Interesse daran hast, die Nachforschungen deiner Großmutter fortzusetzen. Aber wenn dir die inzwischen egal sind, lasse ich dich natürlich in Ruhe."

„Die Nachforschungen meiner Großmutter sind mir nicht egal. Ich habe im Moment nur andere Dinge zu tun. Ist das so schwer zu verstehen?"

„Du hast also so viel zu tun, dass du keine Zeit dazu hast, wenigstens zu fragen, was für ein Dokument ich gefunden habe?"

Das geht dich einen Sch...dreck an, hätte Emma am liebsten gebrüllt. Aber sie beherrschte sich so weit, dass sie eisig antwortete: „Dann zeig es mir doch, damit ich endlich meine Ruhe habe."

„Kann ich nicht. Dafür musst du dich schon hierherbewegen. Aber weshalb frage ich überhaupt? Du wirst ja ohnehin nicht kommen. Zu viel Arbeit. Habe ich recht?"

„Ich glaube nicht, dass dich das etwas angeht." Dann legte Emma auf.

Highlands 1745

Sarah glaubte, sich in einem Albtraum zu befinden. Zitternd wich sie vor Samuel zurück, bis sie den Tisch hinter sich fühlte. Ihr Herz hämmerte schmerzhaft gegen ihre Brust.

„Ich ... ich bin nicht ... ich meine ja, ich bin in jener Nacht weggelaufen, aber danach habe ich dich gesucht. Die ganze Zeit, wirklich Samuel. Ich schwöre es dir!"

„So, so. Du schwörst es mir. Wenn das so ist, weshalb setzt du dich nicht? Das Essen wird ganz kalt."

Langsam, den Blick stets auf Samuel gerichtet, steuerte Sarah den Platz am Tisch gegenüber Annie an. Erst, als sie sich setzte, bemerkte sie, dass Annie und Archibald mit Stricken an die Stühle gefesselt waren. Annies Gesicht war nass von Tränen.

Noch während Sarah Alasdairs Mutter anstarrte, riss Samuel ihr die Arme auf den Rücken und wickelte ihr ein Seil um die Handgelenke. In einem Anfall von Panik versuchte sie sich loszureißen. Doch Samuel packte sie mühelos und donnerte ihren Kopf auf die Tischplatte, dass die Teller klirrten. Ihr Kopf verfehlte nur haarscharf den halb geleerten Teller.

Sarahs Sicht verschwamm. Sie fühlte sich hochgerissen. Während sie versuchte, die Benommenheit abzuschütteln, wurde ein Seil um ihre Handgelenke geschnürt. Als sie halbwegs wieder zu sich kam, fand sie ihre Arme hinter ihrem Rücken an die Stuhllehne gebunden. Warme Flüssigkeit rann aus Sarahs Nase in ihren Mund, schmeckte metallisch.

Mit einem verzerrten Grinsen setzte Samuel sich auf den freien Stuhl gegenüber Archibald – auf Alasdairs

Platz. Als sei nichts geschehen, begann er Alasdairs Teller leer zu essen. Er nahm sich noch eine zweite Portion, lutschte geräuschvoll die Knochen des Hähnchens ab, ehe er sich mit einem Seufzen zurücklehnte.

„Nicht schlecht. Schade, dass es kalt geworden ist."

„Niemand hat dich eingeladen", erwiderte der alte Mann mit eisiger Stimme.

„Hört, hört! Was willst du denn dagegen tun, alter Mann?"

Archibalds Gesicht verzerrte sich zu einer Grimasse des Zorns. An seiner Schläfe klebte Blut, die Unterlippe war geschwollen. Offensichtlich hatte Samuel ihn niedergeschlagen. Das wunderte Sarah nicht, denn freiwillig hatte er sich sicher nicht an den Stuhl fesseln lassen.

Samuel zog eine Pistole und begann sie in Seelenruhe zu säubern und zu laden.

„Verschwinde aus meinem Haus!"

„Sonst?" Samuel richtete die Pistole auf den alten Mann.

Annie begann zu weinen.

„Ihr müsst eins verstehen: Ich bin nicht hier, um euch wehzutun. Ich will nur wissen, wo ich den Kerl finden kann, der meine Schwester fickt. Damit ich den Hundsfott langsam und genüsslich vor Sarahs Augen töten kann. Nicht wahr, Schwesterherz? Damit du endlich begreifst, dass es sich nicht lohnt, vor mir davonzulaufen."

Annie schluchzte.

„Alasdair ...", begann der Vater mit wild rollenden Augen.

„Er hat mich sitzenlassen", unterbrach Sarah ihn schnell. „Wir haben uns gestritten und danach ist er einfach gegangen und hat mich hier zurückgelassen. Viel Spaß beim Suchen! Ich bin froh, wenn du ihn findest und ihm Manieren beibringst."

„Na sieh einer an! Und ich dachte, dieser Alasdair sei ein hehrer, edler Held. Dabei ist er auch nur ein Stück Dreck – wie die meisten Männer. Nicht wahr?"

„Der kleine Finger meines Jungen ist mehr wert als dein ganzes Leben, du ..."

„Shh shh shh", unterbrach Samuel den alten Mann und richtete die Pistole auf Annie.

Archibald traten fast die Augen aus den Höhlen, so zornig und angestrengt stierte er Samuel an.

„Ich verstehe das nicht", wimmerte Annie. „Was wollen Sie von uns? Und weshalb behaupten Sie, Sarahs Bruder zu sein? Der wurde doch ermordet."

London 2019

Wie betäubt starrte Emma auf ihr Smartphone. Verflucht, weshalb war sie nur so dumm gewesen, aufzulegen? Es gab so viel, was sie Jason noch sagen wollte. Was sie ihn fragen wollte. Und jetzt ... wie sollte sie jetzt noch einen Weg finden, mit ihm zu reden?

Andererseits, weshalb beharrte er auch so penetrant auf dieser blödsinnigen Behauptung, ihre Vorfahrin sei eine Mörderin? Er wusste doch, wie sehr sie sich darüber ärgerte. Wenn er einen Vorwand gesucht hatte, um sie anzurufen, hätte er sich tausend bessere Gründe ausdenken können.

Rechthaben, das war es, was er wollte. Nur deshalb hatte er angerufen! Hätte er andere Gründe gehabt, hatte er sich wirklich dämlich angestellt. Denn wenn es andere gab, weshalb hatte er sie dann nicht wenigstens durchschimmern lassen? So unsensibel konnte er doch nicht sein.

Aber er hat doch seine wahren Absichten durchschimmern lassen, widersprach eine kleinlaute Stimme in ihrem Kopf. *Er will, dass du ihn besuchst! Hast du das denn nicht gehört?*

Tränen rannen über Emmas Wangen und tropften von ihrem Kinn. Verflucht, weinte sie jetzt etwa seinetwegen?

Zornig wischte sie die Tränen fort. Ihr Blick fixierte wieder das Smartphone. Sie las die Namen der ein- und ausgegangenen Anrufe. Ranaris Name stach hervor. Ohne zu wissen, was sie von der Freundin wollte, drückte sie die Taste für den Verbindungsaufbau.

„Emma! Na, das ist ja eine Überraschung", tönte Ranaris fröhliche Stimme aus dem Smartphone.

„Entschuldige, ich wollte dich nicht stören. Ich habe die falsche Taste erwischt. Ich ..."

„Untersteh dich, aufzulegen! Ich versuche nun schon seit über einem Monat, dich zu erreichen. Wir haben uns immer noch nicht gesehen, seit du wieder in London bist. Wie geht es dir? Nimmt dein Job bei *Christy's* dich so in Anspruch, dass du nicht einmal mehr mit deiner besten Freundin einen Kaffee trinken gehen kannst?"

„Ach, es ist ja nicht nur der Job. Da ist auch noch die Hochzeit, um die ich mich kümmern muss – die Blumen, das Menu, das Kleid, die Gästeliste. Und die Flitterwochen und die neue gemeinsame Wohnung und und und ..."

„Also ich dachte eigentlich immer, dass die Hochzeitsvorbereitungen Spaß machen sollten. Bei dir hört sich das ja an, als müsstest du einen Generalstabsplan entwerfen."

So ähnlich fühlte Emma sich auch, wenn sie mit David über die Hochzeit sprach.

„Für David muss alles perfekt sein."

„Und du? Was ist mit dir? Willst du das auch?"

Emma stierte durch das Küchenfenster in die Nacht. Das Gespräch nahm eine Richtung, die ihr nicht gefiel.

„Hallo Emma, bist du noch da? Hör mal, ich wollte dich nicht verärgern. Ich ..."

„Jason hat angerufen." Das war das Letzte, was sie hatte sagen wollen. Andererseits – war das nicht der eigentliche Grund, weshalb sie Ranari angerufen hatte?

„Und?", fragte Ranari.

„Was *und*?"

„Ja, was wollte er?"

„Mir ein Dokument zeigen."

„Und? Was ist es denn für ein Dokument?"

„Keine Ahnung. Er will, dass ich in die Highlands komme, um es mir zu zeigen."

Ranari begann zu lachen.

„Weshalb lachst du?", fragte Emma bissig. „Das ist nicht lustig. Er will mir nur beweisen, dass meine Vorfahrin eine Mörderin ist. Um mehr geht es nicht. Und deshalb habe ich auch aufgelegt."

„Oh, Emma! Du bist wirklich ganz schön begriffsstutzig. Glaubst du denn wirklich, dass es ihm darum geht, einfach nur recht zu behalten? Dein Jason will, dass du ihn besuchst. Er will dich sehen. Muss ich dir das wirklich sagen, damit du es verstehst?"

„Dann hat er sich verdammt dämlich angestellt. Außerdem ist er nicht mein Jason."

Ranari lachte wieder. „Ich gehe nicht davon aus, dass du es ihm einfach gemacht hast."

Emma schwieg. Darauf musste sie nicht antworten.

„Wann ist die Hochzeit?", fragte Ranari.

„Am Samstag in einer Woche. Das weißt du doch. Du bist eingeladen."

„Fahr hin!", sagte Ranari. „Morgen ist Freitag. Nimm den Nachtzug und fahr hin."

„Ich wüsste nicht weshalb. Ich liebe ihn nicht." Ganz sicher liebte sie diesen Holzkopf nicht, der immer nur recht haben musste.

„Völlig egal", antwortete Ranari. „Ihr habt noch was zu klären. Und erzähl mir bloß nicht, dass das nicht stimmt. Denn ihr *habt* noch was zu klären, ganz egal, was es ist. Mein Rat: Tu es jetzt – vor der Hochzeit. Damit du später nichts bereust. Just my two cents, Liebes."

Highlands 1745

Sarah schwitzte.

„Hast du ihnen das erzählt, Schwesterchen?"

Samuel stand auf und trat hinter sie. Mit dem Lauf der Pistole schob er ihr die Haare aus dem Gesicht.

„Sie lügt gern, meine Schwester", sagte er zu Alasdairs Eltern. „Um nicht zu sagen, sie ist eine notorische Lügnerin, nicht wahr? Sag es ihnen, Sarah!"

Sarah biss sich auf die Lippen, um nicht zu schluchzen. „Ich habe sie angelogen, um dich zu schützen. Ich dachte, wenn sie glauben, dass du tot bist, werden sie dich nicht suchen."

„Wie schlau du doch bist. Meine Schwester! Ist sie nicht klug?“

Die Pistole im Anschlag sah Samuel triumphierend von Annie zu Archibald, als wollte er eine Kuh zum Verkauf anpreisen.

„Möge dich der Blitz treffen“, keuchte der alte Mann.

„Oh, du musst sie nicht beschützen.“ Samuel streichelte mit der freien Hand Sarahs Hals. „Sie ist es nicht wert. Sie ist nur eine billige Nutte, die ihren Rock für jeden hebt, der ihr ein paar Pennys gibt. Ist doch so, nicht wahr Sarah? Was hat der hehre Alasdair dir denn dafür gegeben, damit er deine Furche pflügen durfte? Schutz und Geleit? Einen sicheren Weg durch die Rotröcke? Oder hat er etwa gesagt, dass er dich liebt?“

Nun rannen die Tränen doch über Sarahs Wangen.

„Liebst du ihn?“, raunte Samuel in ihr Ohr.

„Ich habe es dir doch schon gesagt“, schrie Sarah. „Er hat mich sitzenlassen. Ganz bestimmt liebe ich diesen Mistkerl nicht. Du brauchst nicht auf ihn zu warten. Lass uns einfach gehen, ehe er am Ende noch mit den Rotröcken hier auftaucht. Er ist es nicht wert, dass wir seinetwegen am Galgen landen.“

Die Tür ging auf. Alasdair stand im Türrahmen. Die blonden Haare hingen ihm nass und wirr im Gesicht. Seine Schuhe waren schlammig, selbst die Hosen waren schmutzig. Er wirkte, als sei er eine große Strecke querfeldein gerannt. Weit entfernt bellte irgendwo ein Hund.

„Sieh an, da ist ja unser Held!“ Samuel richtete sich auf, seine Hand lag wie zufällig auf Sarahs Schulter.

„Rühr sie nicht an!“, keuchte Alasdair.

„Hau ab“, schrie Sarah. „Verschwinde! Er will dich töten.“ Sie konnte nicht verhindern, dass ihr die Tränen übers Gesicht liefen.

Grob fasste Samuel nach ihren Haaren und zog ihren Kopf zurück. Mit der anderen hielt er ihr den Lauf der Pistole an den Hinterkopf.

„Geh und ich verteil ihr Hirn auf dem Tisch!“

„Verschwinde“, schluchzte Sarah. „Alasdair ...“

Ein Ruck an ihren Haaren brachte sie zum Schweigen. Tränenblind schielte sie zu Alasdair, der wie erstarrt in der Tür stand. Langsam hob er die Hände.

„Tu ihr nichts“, sagte er. „Ich tu alles, was du willst. Aber bitte tu ihr nichts.“

„Ein hehrer Held, wie er im Buch steht. Dann schließ die Tür und setz dich! Schnell, ehe ich die Geduld verliere. Oder soll ich mit deiner Mutter anfangen?“

Diese schluchzte wie auf Kommando auf.

Langsam und mit erhobenen Händen trat Alasdair ein. Mit einem Tritt schloss er die Tür und kam mit hocherhobenem Kopf zum Tisch. Sein Blick irrte über die Anwesenden, blieb an Sarah hängen.

„Ich sagte, setz dich“, herrschte Samuel ihn an. Der Lauf der Pistole stieß mit Nachdruck gegen Sarahs Kopf.

Wortlos setzte Alasdair sich auf den freien Stuhl am Tischende.

„Die Hände auf den Tisch, damit ich sie sehen kann!“

Alasdair gehorchte, den Blick fest auf Sarah gerichtet.

Samuel lächelte, ließ Sarahs Haare los und rammte das Filetiermesser durch Alasdairs rechte Hand.

22.

Highlands 2019

Sie hatte es tatsächlich getan! Emma konnte es immer noch nicht glauben. Vor dem Zugfenster zogen die hohen, kahlen Berge der Highlands vorbei. Inzwischen leuchteten sie in frischem Grün. Die Sonne schien ihr ins Gesicht und verscheuchte die Müdigkeit aus ihrem Kopf, der vom schlechten Schlaf während der nächtlichen Fahrt noch benebelt war.

Ja, sie war feige gewesen, hatte David nur eine Textnachricht geschickt, dass sie wegen einer wichtigen Angelegenheit im Heimatmuseum übers Wochenende in die Highlands reiste. Sie wollte ihm keine Gelegenheit geben, sie zum Bleiben zu überreden, damit er sie an diesem Abend, dem Samstag, seinen Geschäftsfreunden als seine künftige Frau vorstellen konnte.

Als sie daran dachte, wurde ihr erst klar, wie sehr sie diese Einladung gehasst hatte und wie froh sie darüber war, ihr auf diese Weise entkommen zu können. Dabei würde ihr künftiges Leben an Davids Seite mit solchen Einladungen gespickt sein. Sie hatte während ihrer achtwöchigen Verlobungszeit einen deutlichen Vorgeschmack darauf bekommen und es hatte ihr nicht gefallen.

Ihr Smartphone summte. Sie aktivierte es und fand eine Textnachricht. David, mutmaßte sie. Er hatte ihr bisher nicht auf ihre Nachricht geantwortet.

Aber der Absender war Jason.

Hole dich in Fort William am Bahnhof ab. Jason.

Emma musste die Nachricht zweimal lesen. Jason holte sie ab? Nach diesem desolaten Telefongespräch und obwohl sie auch ihm nur eine lapidare Textnachricht geschickt hatte?

Nehme den Nachtzug nach Fort William. ETA 09:15 Uhr. Bus ETA 11:35 Uhr. Emma.

Hatte Jason die Ankunftszeit des Zuges als Aufforderung verstanden, sie abzuholen? Oder hatte sie ihn bisher völlig falsch eingeschätzt? War er vielleicht doch viel bemühter um sie, als sie geglaubt hatte? Oder war das seine Art und Weise, bei ihr um Entschuldigung zu bitten?

Sie stand auf, um sich in der winzigen Toilette ein wenig frisch zu machen. Sie war mit dem Ergebnis, das sie im Spiegel kritisch musterte, nicht zufrieden, aber mehr war mit dem, was sie dabei hatte, nicht herauszuholen. Mit Ameisen im Bauch kehrte sie an ihren Platz zurück und packte ihre Sachen wieder ein. Unruhig wartete sie auf die Ankunft in Fort William.

Als die ersten Häuser am Fenster vorbeisausten, hielt sie es nicht länger aus. Viel zu früh zog sie ihre Jacke an und fand sich mit ihrem kleinen Koffer und ihrer Handtasche an der Waggontür ein. Mit Erstaunen bemerkte sie, wie sehr ihr Herz raste und dass ihre Hände feucht wurden, je näher sie dem Bahnhof kam. Als der Zug endlich hielt und die Tür vor ihr zischend aufging, glich es einer Erlösung.

Sie war kaum ausgestiegen und sah sich noch suchend um, als sie hörte, wie jemand ihren Namen rief. Sie drehte sich um und da stand er. Jason.

„Da bist du ja. Und sogar pünktlich."

„Dieser Verdienst gehört dem Zugunternehmen."

„Schön, dass du es einrichten konntest, vorbeizukommen. Ich weiß wirklich nicht, wie lange Lord Winterbottom sein Angebot aufrechterhält."

„Wer ist Lord Winterbottom?"

„Der Mann, dem das Dokument gehört, von dem ich dir erzählt habe. Er ist ... wie soll ich es ausdrücken – sagen wir, er ist etwas eigen. Lord eben! Als ich das besagte Dokument bei ihm gefunden habe, ließ er weder zu, dass ich es fotografiere, noch dass ich es abschreibe, damit ich es dir zeigen kann. Das einzige Zugeständnis, das er mir machte, war, dass ich mit dir in den nächsten zwei Wochen noch mal bei ihm vorbeikommen darf."

„Das ist wirklich sehr eigen. Warum hast du mir das nicht am Telefon gesagt? Das ist doch eine ganz andere Situation."

„Findest du? Was dachtest du denn, weshalb ich unbedingt wollte, dass du herkommst? Hast du etwa gedacht, ich mach dir irgendetwas vor, um dich herzulocken?"

Emma war froh, dass Jason bereits vorausgegangen war und so ihr Gesicht nicht sehen konnte. Ganz sicher würde sie ihm nicht auf die Nase binden, dass sie geglaubt hatte, er wollte sie in die Highlands locken, um sie wiederzusehen.

„Ist der Lord auch der Grund, weshalb du mich am Bahnhof abholst?"

Mit einem Grinsen drehte Jason sich im Laufen zu ihr um. „Du bist gut im Raten. Unser Termin bei ihm ist um elf Uhr."

„Aber das hätte ich mit dem Bus doch gar nicht schaffen können! Wie kommt er auf diesen abstrusen Vorschlag?"

Das Kribbeln in Emmas Bauch machte hohler Enttäuschung Platz.

Jason zuckte mit den Schultern. „Lord eben. Dass du mit dem Bus erst um 11:35 Uhr eintriffst, hat ihn kein bisschen interessiert. Am wichtigsten war ihm bei der ganzen Sache, dass wir seinen Tagesplan nicht durcheinanderbringen. Dabei werden wir den guten Herrn gar nicht zu Gesicht bekommen, sondern nur seinen Butler, Mister Burton."

„Elf Uhr? Schaffen wir das denn?", fragte Emma zweifelnd mit einem Blick auf die Uhr, die über dem Bahngleis hing. Sie hatte Mühe, mit Jasons langen Schritten mitzuhalten. Zumal sie den polternden Koffer hinter sich herzog.

Jason winkte ab. „Keine Bange. Es wird zwar knapp, aber mit dem Auto schaffen wir das. Deshalb hole ich dich ja ab."

„Danke", sagte sie, obwohl sie sich kein bisschen danach fühlte.

Highlands 1745

Annie schrie auf, als wäre es ihre Hand, die von dem Messer durchbohrt und so am Tisch festgenagelt wurde. Aus Archibalds Mund kam eine Reihe wüster Flüche.

Alasdair stöhnte nur und fasste mit der freien Hand nach dem Messer. Feine Schweißperlen bildeten sich auf seiner Stirn.

„Ich sagte, Hände auf den Tisch oder jemand stirbt", sagte Samuel scharf. Der Hahn der Pistole knackte laut.

Aschfahl ließ Alasdair das Messer los und legte die freie Hand zurück auf den Tisch.

Währenddessen ging Samuel langsam um den Tisch herum, den Lauf der Pistole immer auf die Person gerichtet, die ihm gerade am nächsten war. Annie schluchzte auf, als er an ihr vorbeikam. Ehe irgendjemand reagieren konnte, rammte Samuel das Essmesser der Mutter in Alasdairs linke Hand.

Annie brach in Tränen aus, als Alasdair sich stöhnend auf dem Stuhl zusammenkrümmte. Blut rann aus den beiden Wunden und sammelte sich unter seinen Händen. Sarah wurde übel bei dem Anblick.

Lächelnd ließ Samuel die Pistole sinken und trat neben Alasdair.

„Jetzt habe ich dich endlich da, wo ich dich haben wollte, mein Hübscher."

„Leck mich", ächzte Alasdair.

„Oh, aber mit Vergnügen!"

Samuels Gesicht verzerrte sich zu einer hässlichen Grimasse, als er in Alasdairs blonde nasse Haare griff und dessen Kopf mit Wucht auf den Tisch donnerte. Der Teller zersprang klirrend unter dem Aufprall. Als Samuel seinen Kopf an den Haaren wieder in die Höhe zog, klebte Blut in Alasdairs bleichem Gesicht.

„Ich habe mir die ganze Zeit, während ich euch gefolgt bin, ausgemalt, was ich mit dem Wichser anstelle, der mir meine kleine Schwester weggenommen hat. Dass ich dabei noch Zuschauer haben werde, törnt mich nur umso mehr an. Wir werden viel Spaß zusammen haben. Das verspreche ich dir!"

Die Tränen, die Sarah aus den Augen rannen, machten sie nahezu blind.

„Ich werde dich töten“, schrie Archibald. „Mit meinen eigenen Händen. Das schwöre ich dir. So wahr ich Archibald MacIain-MacDonald bin.“

Mit einem schmalen Lächeln trat Samuel zu Annie und schlug ihr den Knauf der Pistole ins Gesicht.

„Schau hin, alter Mann! Das war deinetwegen. Mach weiter, wenn du dabei zusehen willst, wie ich deine Alte verprügele.“

Der alte Mann schwieg, während die Mutter weinend auf dem Stuhl in sich zusammensackte. Seine Kiefer waren so fest aufeinandergepresst, dass seine Lippen nur noch ein schmaler Strich waren.

„Nun zurück zu dir, Wichser“, sagte Samuel, während er zurück zu Alasdair ging. „Sag mir: Hast du sie gevögelt?“

Sarah hielt es nicht mehr aus. „Er hat nicht mit mir geschlafen, Sammy. Weshalb sollte ich das tun? Du bist doch mein Ein und Alles. Und niemand sonst. Weißt du das denn nicht?“

„Ich bin also dein Ein und Alles.“ Samuel griff in Alasdairs Haare und riss seinen Kopf in den Nacken. „Weshalb hast du dich dann ihm angeschlossen und mit ihm seine Eltern besucht?“

„Deinetwegen, Sammy. Nur deinetwegen. Weil ich hoffte, dich in Fort William wieder zu treffen. Ich habe mich ihm nur angeschlossen, weil ich nicht alleine reisen wollte. Du weißt doch, dass die Rotröcke überall Patrouillen laufen. Er hat mich nur beschützt.“

„Beschützt.“ Samuel zerbiss das Wort förmlich, ehe er Alasdairs Kopf erneut in die Scherben des Tellers auf den Tisch schmetterte.

Alasdair stöhnte, als Samuel seinen Kopf hochriss. Blut tropfte aus einer langen Schnittwunde an seiner Schläfe. Sarah wurde flau, als sie daran dachte, was passiert wäre, wenn der Splitter des Tellers das Auge getroffen hätte.

„Du brauchst keinen beschissenen Beschützer. Ich beschütze dich!"

Sarah versuchte, die aufkommende Panik hinunterzuschlucken. Trotzdem konnte sie ein Schluchzen nicht unterdrücken.

„Du hast mich falsch verstanden. Du bist doch immer noch mein Beschützer. Ich ... ich habe ihn doch nur benutzt. Damit er sein Gesicht hinhält, wenn wir auf eine Patrouille stoßen. Ich habe ihm die Hilflose vorgespielt, damit er Mitleid hat. Er ist völlig darauf hereingefallen. Weil ich ihm genau das war, was er wollte: eine hilflose Frau, die er beschützen konnte. Dabei bin ich doch gar nicht hilflos. Ich brauche niemanden – nur dich. Dich allein."

Highlands 2019

„Schnell", sagte Jason, als er vor dem Haus der Großmutter hielt. „Wir haben nur noch eine halbe Stunde."

Dass er dort einen Zwischenstopp einlegte, damit Emma ihr Gepäck abladen konnte, verdankte sie nur dem Umstand, dass ihr Heimatort am Weg lag. Schnell stieg sie aus, schnappte sich den Koffer und eilte damit zum Haus. Sie fand den Haustürschlüssel erst im zweiten Anlauf hinter dem Fensterladen. Einen irrwitzigen Augenblick lang dachte sie, Linda hätte vergessen, ihn dort wie verabredet zu deponieren. Umso erleichterter war sie, als sie damit die Haustür aufschloss.

„Beeil dich“, rief Jason vom Auto.

Emma stellte den Koffer in den Flur und warf einen kurzen Blick in den Spiegel neben der Garderobe. Sie sah so müde aus, wie sie sich fühlte. Die roten Locken hingen kraftlos über ihre Schultern. Aber Kneifen gab es jetzt nicht, auch wenn Jason ihr tatsächlich nur dieses rätselhafte Dokument zeigen wollte.

Als sie die Haustür wieder abschloss, wurde ihr erst klar, wie sehr sie darüber enttäuscht war, dass Jason nicht doch nur einen Vorwand gesucht hatte, um sie hierherzulocken. Nun, umso besser! Dann war diese leidige Angelegenheit wenigstens geklärt. Jason hatte keine Absichten mehr. Mit diesem Wissen konnte sie beruhigt am nächsten Abend wieder nach London fahren und David heiraten, ohne sich andauernd darüber Gedanken machen zu müssen, ob sie vielleicht doch die falsche Wahl getroffen hatte. Für diesen Rat konnte sie Ranari wirklich dankbar sein, egal wie schmerzhaft die dabei gewonnene Erkenntnis auch sein mochte.

„Was ist los?“, fragte Jason, als sie sich neben ihn auf den Beifahrersitz setzte.

„Nichts. Was soll denn sein? Ich bin nur müde.“

„Kann ich nachvollziehen. Nachtfahrten sind wirklich Mist“, bestätigte Jason und ließ den Motor an.

Viel zu schnell für Emmas Geschmack bretterte er mit seinem klapprigen Geländefahrzeug über die schmalen Landstraßen. Er schien sich nicht darum zu scheren, dass ihnen jemand entgegenkommen könnte. Emma biss die Zähne aufeinander, um sich nichts anmerken zu lassen, während sie sich am Sitz festkrallte. Als Jason in eine holprige Seitenstraße abbog, an deren Ende sich ein vergittertes Tor abzeichnete, atmete sie erleichtert auf.

Kies knirschte, als er durch das sich von Zauberhand öffnende Tor fuhr und vor einer breiten Treppe parkte, die zum Eingang eines riesigen Anwesens führte.

„Pünktlich auf die Minute", kommentierte er, während er vor Emma die Stufen hinaufeilte.

Sie holte ihn ein, als er an der Türklingel zog. Ein melodisches Läuten war zu hören. Nur wenige Augenblicke später öffnete ein Mann im schwarzen Anzug die Tür. Ein herablassender Blick traf Jason und Emma. Das musste wohl Mister Burton sein. Er sah genauso aus, wie sich Emma einen Butler vorgestellt hatte: graue Haare, griesgrämiges Gesicht und missbilligend hochgezogene Augenbrauen, die sich bei ihrer beider Anblick um eine Winzigkeit senkten.

„Ah! Mister Campbell und Begleitung? Wir warten bereits auf Sie. Wenn Sie mir folgen wollen ..."

Er wartete keine Antwort ab, sondern ging voraus und führte sie durch einen langen, düsteren Flur mit Porträts von verstorbenen Lords und Ladies an einem Treppenhaus vorbei, in das das halbe Haus der Großmutter gepasst hätte, bis in einen Raum mit Ledersesseln und Bücherregalen, der so groß wie der neue Ausstellungssaal im Heimatmuseum war.

„Das Raucherzimmer. Und hier ist das Dokument, dass Sie sehen wollten, Miss Stewart."

Mister Burton zeigte auf eine Glasvitrine, in der verschiedene Alltagsgegenstände aufbewahrt wurden. Emma entdeckte alte Pistolen, mehrere Tabakbeutel, Sporen, diverse Messer und ein Kurzschwert. Sie schätzte die meisten der Gegenstände auf ein Alter von wenigstens zweihundert Jahren. Linda würde in Freudenschreie ausbrechen, wenn sie sie sehen könnte.

Dann fiel ihr Blick auf das Pergament, auf das Mister Burton wies. Es war fleckig, die Tinte gebleicht vom Alter, und es trug ein fettes rotes Siegel mit den Insignien von Fort William. Die kleine Handschrift war akkurat und sauber, mit Ausnahme eines kleinen Nachtrags, der mit deutlich geringerer Sorgfalt hinzugefügt worden war.

Emma vergaß alles andere. Neugierig begann sie zu lesen.

Highlands 1745

„Und weshalb seid ihr dann hier?“, fragte Samuel.

Sie hatte ihn. Würde Samuel die Lügen nicht glauben, die sie ihm aufgetischt hatte, würde er diese Frage nicht stellen. Sarah verschluckte ein hysterisches Lachen.

„Weil unser Alasdair ein dämliches Mamasöhnchen ist und unbedingt bei seinen Eltern vorbeischauen wollte – ohne mir zu sagen, was er vorhat. Du weißt doch, dass ich mich sogar auf dem Weg zum Schuster verlaufe. Ich habe erst gemerkt, dass er mich angeschmiert hat, als wir hier waren.“

„Schamloses Weib“, sagte Archibald mit knirschenden Zähnen und stierte sie aus blutunterlaufenen Augen an.

Annie weinte nur leise vor sich hin, ohne Sarah einen Blick zu gönnen. Alasdairs Miene war eine Spiegelung seines Vaters. Er zitterte vor Anspannung. Seine eisblauen Augen schienen sie durchbohren zu wollen. Gott, wie sie sich dafür hasste, ihm das anzutun! Aber wenn Samuel auch nur den leisesten Zweifel hatte, dass sie vielleicht doch etwas für Alasdair empfand, dann würde er den Rivalen töten. Ihre Lügen waren alles, was ihn noch am Leben hielt.

„Sag, dass es nicht wahr ist“, flüsterte Alasdair mit heiserer Stimme.

Sarah kam es vor, als würde sie in ein dunkles Loch fallen.

„Ich habe dich angelogen. Hast du das immer noch nicht kapiert?“, schleuderte sie ihm entgegen. Was musste sie denn noch tun, damit er endlich begriff, dass sie nur sein Leben schützen wollte? Wieso zwang er sie dazu, das Messer, das sie ihm ins Herz gestoßen hatte, auch noch in der Wunde zu drehen?

„Sarah ...“

„Lass mich in Ruhe mit deinem Schmus! Ich bin nicht deine Sarah. Ich hasse dieses ganze beschauliche Getue. Braten, Tischdecke, Essgeschirr! Alasdair hier, Alasdair mein Junge da! Deine Eltern haben sieben Jahre lang auf dein Leben geschissen und nun schleimst du dich wieder bei ihnen ein. Merkst du eigentlich nicht, wie erbärmlich du bist?“

Alasdairs Kiefermuskeln traten hervor. Die hellblauen Augen glitzerten wie Eis. Ihm gegenüber zerrte sein Vater an seinen Fesseln, während die Mutter haltlos weinte.

„Bravo, Schwesterherz! Zeig diesen Spießern, was du von ihnen hältst.“

„Gott wird dich strafen!“, dröhnte der Vater. „In der Hölle sollst du schmoren mit deiner unseligen Schw...“

Ein Schlag mit dem Pistolenknauf ins Gesicht brachte ihn zum Schweigen. Blut tropfte aus seinem Mund. Er spuckte aus. Blut und etwas Weißes, das klappernd den Boden traf.

„Sarah ..."

Alasdairs heisere Stimme zwang sie dazu, ihn anzusehen, obwohl alles in ihr sich dagegen sträubte. Egal wie elend er aussah, sie durfte nicht nachgeben – denn dann war er tot.

„Sarah, sag mir, dass du lügst. Bitte!"

„Weshalb sollte ich lügen? Du bedeutest mir nichts. Deine Eltern bedeuten mir nichts. Dieses ganze beschauliche Heim bedeutet mir nichts. Ihr seid mir egal. Ihr könnt euch zum Teufel scheren. Für euch bin ich doch sowieso nur eine englische Hure, die in euren heiligen Highlands nichts verloren hat. Sei doch ehrlich: Deine ehrbaren Nachbarn würden mich mit Vergnügen bei der nächsten Dorffeier steinigen. Ist es nicht so?" Wenn doch nur ihre Augen aufhören würden zu tränen, um sie Lügen zu strafen.

Samuel lachte hässlich, während er Annies Hals streichelte. „Du kennst sie ziemlich gut, diese verlogenen Schafficker! Sprich dich aus, damit deine Schwiegereltern in spe ihre Schwiegertochter kennenlernen!"

Samuel war ihr wieder auf den Leim gegangen und hatte sich durch die Erwähnung der Eltern von ihrer Beziehung zu Alasdair ablenken lassen. Gut so! Sie musste die Abscheu auf die Eltern weiter schüren, damit Samuel nicht auf dumme Gedanken kam!

„Du musst das nicht tun, Sarah", flüsterte Alasdair.

„Halt den Mund", schrie sie. Bei Gott, dieser Esel machte noch alles kaputt!

„Sag, dass du mich nicht liebst! Sag es mir ins Gesicht und ich bin still." In Alasdairs Augen glitzerten Tränen.

Sarahs Kehle war wie zugeschnürt.

„Los, sag es ihm“, stichelte Samuel. „Er bettelt doch geradezu darum.“

Eine Träne löste sich aus Alasdairs Augen und rann über seine geschundene Wange.

„Sag es! Oder hast du nicht den Mumm dazu? Verlogenes Weibsstück!“ Samuels Hand legte sich bei den Worten um Annies Hals.

„Nimm deine Finger von meiner Frau!“, zeterte der Vater und riss an den Stricken.

Samuel beachtete ihn nicht. Der Hahn der Pistole knackte, als er ihn spannte und den Lauf gegen Annies Schläfe stieß.

„Antworte ihm endlich! Miststück!“

Alasdairs blauen Augen bettelten um Erlösung. Sarah kam es vor, als würde man ihr das Herz bei lebendigem Leib aus der Brust reißen.

„Ich liebe dich nicht!“, schrie Sarah. „Ich habe dich nie geliebt. Ich habe dich nur ausgenutzt. Hast du es jetzt endlich begriffen?“

23.

Highlands 2019

„Du bist so still“, sagte Jason auf der Rückfahrt. „Stimmt etwas nicht?“

Emma seufzte und sah hinaus auf die Berge. Nun, da Jason langsamer fuhr, konnte sie die Aussicht genießen und stellte fest, wie sehr sie sie vermisst hatte.

„Ich muss das erst noch verdauen. Ginge es dir an meiner Stelle nicht genauso?“

Jason zuckte mit den Schultern. „Meine Erwartungen an meine Vorfahren sind nicht sonderlich hoch. Wenn man Campbell heißt und im Clangebiet der MacDonalds wohnt, muss man sich wahrscheinlich notgedrungen damit anfreunden, dass die Vorfahren nicht unbedingt die Helden mit der weißen Weste waren.“

Die Worte brachten Emma zum Lachen. „So kann man es auch sehen. Ja, vielleicht habe ich einfach zu hohe Erwartungen. Das könnte sein.“

Zu hohe Erwartungen – aber nicht nur hinsichtlich ihrer Vorfahren, sondern auch, was ihr Leben betraf. Karriere bei *Christy's*, einheiraten in die High Society von London. Waren das nicht auch zu hohe Erwartungen, die sie stellte?

„Ich glaube, dass man glücklicher wird, wenn man keine Erwartungen hat, sondern das Leben einfach auf sich zukommen lässt. Ausnahmen bestätigen die Regel.“ Bei den letzten Worten warf Jason ihr einen Blick zu.

Wovon redete er da? „Welche Ausnahmen?“

„Du“, sagte Jason. „Du bist die Ausnahme.“

Urplötzlich hielt er das Auto an. Die Stelle, die er dafür ausgesucht hatte, bot einen grandiosen Ausblick über das sonnenbeschienene Tal mit den schroffen Bergen, die es nach beiden Seiten begrenzten.

Verwirrt sah Emma Jason an. „Ich verstehe nicht ...“

„Ich habe begriffen, dass es manchmal falsch ist, die Entscheidungen anderer einfach abzuwarten. Wenn einem etwas wirklich wichtig ist, dann muss man die Verantwortung dafür mit übernehmen. Denn nichts tun und abzuwarten, ist auch eine Entscheidung und die kann unter Umständen zu einem Ergebnis führen, das einem nicht gefällt.“

Emma stand der Mund offen. Ihr war auf einmal heiß und kalt zugleich.

Jason griff nach ihrer Hand. „Ich habe dich die ganze Zeit gedrängt, eine Entscheidung zu treffen. Und als du es getan hast, hat sie mir nicht gefallen. Ich dachte mir: Okay, lass es gut sein. Sie will es so. Ich habe nicht das Recht, mich einzumischen. Aber als ich das Dokument bei Lord Winterbottom gefunden habe, wurde mir klar, dass ich es mir ein bisschen zu einfach gemacht habe. Denn ich habe von dir gefordert, eine Entscheidung zu treffen, um nicht selbst eine treffen zu müssen. Und das ist ziemlich feige und deckt sich nicht so ganz mit dem Selbstbild, das ich von mir habe – als unkonventioneller Alltagsheld.“ Er zwinkerte schelmisch.

„Willst du mir jetzt vorschlagen, dass wir gemeinsam die Vorsitzende dieser Holding Company umbringen, die ein Hotel am Eingang des Tales bauen will? So, wie Samuel Turner diese Soldaten getötet hat?“

Nun war es Jason, der lachte. Er ließ Emmas Hand dabei nicht los. Vielmehr zog er sie an seine Lippen und küsste sie.

„Nicht ganz so dramatisch. Nein, ich wollte dir damit sagen, dass ich dir nicht nur das Dokument zeigen wollte, als ich dich darum bat, zu kommen. Ich ... na ja ... ich habe viel nachgedacht und ... und wenn es dir so wichtig ist, dann ... Verflucht, als ich mir dieses Gespräch vorgestellt habe, hat es irgendwie romantischer geklungen. Vielleicht sollten wir aussteigen."

„Ich glaube, ich sitze lieber."

Emmas Herz schlug ihr bis zum Hals. Sie fürchtete, dass ihre Beine versagten, wenn sie jetzt ausstieg, so zittrig waren sie.

Jason räusperte sich. „Also: Ich wollte dir nur sagen, dass ich dich im Notfall auch heiraten würde. Falls es unbedingt sein muss. Ich halte die Ehe als Institution zwar für völlig überholt und das ganze Gedöns drum herum nur für eine Methode der Marktwirtschaft, um die Leute dazu zu bewegen, unnötig Geld auszugeben. Aber ... hey ... wenn du darauf bestehst, mach ich auch das. Weil du nämlich nicht nur eine Bettgeschichte für mich bist, Emma. Also, was sagst du?"

Highlands 1745

Mit einem befriedigten Lächeln entspannte Samuel den Hahn der Pistole und ließ diese wieder sinken. Langsam ging er um den Tisch herum zu Sarah und blieb hinter ihr stehen. Sein Atem streifte ihren Hals, als er sich zu ihr hinabbeugte, während er mit der freien Hand ihren Hals streichelte.

„Warum nicht gleich so? Sag es doch bitte noch einmal, Sarah."

„Ich liebe dich nicht, Alasdair."

Sarahs Herz war zerrissen. Sie konnte durch den Tränenschleier vor ihren Augen kaum etwas sehen.

„Danke, Schwesterherz. Aber das reicht mir nicht. Sag mir, wie ich sie töten soll." Samuel küsste ihr Ohr.

Ein Schrei kam aus Alasdairs Mund. Er war so voller Hass und Zorn, dass Sarah schauderte. Er sprang auf, zerrte an seiner linken Hand, so dass die Messerschneide durch das Gewebe zwischen seinen Handknochen schnitt und er frei war. Die blutende Hand umfasste das Filetiermesser, mit dem die rechte an den Tisch genagelt worden war und riss es heraus. Ehe Samuel reagieren konnte, warf er sich auf ihn.

Etwas landete klappernd am Boden. Die beiden Männer krachten gegen Sarahs Stuhl und rissen ihn um. Ihr Arm schmerzte, als sie hart am Boden aufkam, ohne sich irgendwie abfangen zu können. Dann war ein dumpfer Schlag zu hören, gefolgt von einem Ächzen.

Immer noch tränenblind versuchte Sarah, sich von den Kämpfenden wegzubewegen. Ein atemloser Schreck durchzuckte sie. Durch den Sturz hatten sich ihre Fesseln so weit gelöst, dass sie sich vom Stuhl befreien konnte.

Alasdairs Rechte traf Samuel am Kinn. Aber den schien das überhaupt nicht zu kümmern. Seine Faust traf Alasdairs Magen wie ein Dampfhammer. Mit einem Keuchen ging dieser auf die Knie.

Sie musste etwas tun! Alasdair würde unterliegen. Er konnte nicht gewinnen. Er war Samuel bereits einmal unterlegen gewesen.

Weinend kämpfte sie sich auf die Füße. Durch die Tränenschleier suchte sie nach einem der Essmesser, die auf dem Tisch lagen. Sie tastete danach, bis ihre Finger sich endlich darum schlossen.

Ein Schlag von Samuel traf Alasdair seitlich am Kiefer. Er spuckte Blut und fiel zu Boden. Mit siegessicherem Lächeln sah Samuel dabei zu, wie sein Kontrahent sich wieder auf die Füße kämpfte.

„Hierher, Mädchen", sagte der Vater scharf.

Sarah gehorchte und fiel dem alten Mann dabei fast auf den Schoß. Noch während er zischte: „Gib mir das Messer!", legte sie es ihm in die gefesselten Hände und drückte ihre Fesseln dagegen.

Von all dem schien Samuel nichts mitzubekommen. Er war zu sehr mit Alasdair beschäftigt. „Na komm!", höhnte er.

Wie ein trunkener Bär warf Alasdair sich erneut auf ihn. Samuel wich seinem Schlag nicht einmal aus. Aber seine Gerade schmetterte Alasdair rücklings gegen die Wand. Blut tropfte von seinem Kinn zu Boden. Er röchelte.

Warme Nässe rann an Sarahs Handgelenken herab. Sie spürte keinen Schmerz. Sie konnte nur zu Alasdair schauen, der zu Tode erschöpft auf Samuels nächsten Schlag wartete.

Sie schloss die Augen, hörte wie durch Watte den Schlag, der Alasdairs Körper traf. Ein Ruck ging durch ihre Arme. Sie war frei.

Alasdair lag am Boden. Stöhnend versuchte er, sich wieder aufzurichten. Mit hassverzerrter Miene stand Samuel über ihm. Ein Tritt traf Alasdair in den Magen und ließ ihn erneut zusammenbrechen. Als er sich wieder aufrichtete, hielt Alasdair plötzlich ein Messer in seiner blutigen Hand. Mit einem Schrei warf er sich auf Samuel.

„Tu etwas, Mädchen", rief der alte Mann. „Schnell!"

Die beiden Kämpfenden gingen zu Boden. Sarah sah das Messer aufblitzen. Alasdair lag unten, er umklammerte mit beiden Händen das blutverschmierte Messer, dessen Spitze auf Samuel zeigte. Der hielt dagegen. Mit einem hässlichen Lächeln drückte er Alasdairs Arme immer weiter nach hinten. Ganz langsam schwenkte die Spitze des Messers herum, zeigte auf Alasdairs Brust. Schweißperlen bildeten sich auf dessen Stirn.

„Die Pistole." Die Stimme der der Mutter riss Sarah aus ihrem entsetzten Starren. Sie sah die Pistole neben der Mutter am Boden liegen. Ohne nachzudenken eilte sie darauf zu und griff danach.

Die Messerspitze schwebte einen Finger breit über Alasdairs Brust. Seine Arme zitterten.

„Gib einfach auf", sagte Samuel.

Sarah spannte den Hahn der Pistole und drückte ab.

Highlands 2019

Das war jetzt nicht sein Ernst! Sprachlos starrte Emma Jason an.

„Nun sag doch etwas", bat dieser mit seltsam unglücklichem Dackelblick.

„Ich ..." Emma wusste nicht, ob sie sich ärgern oder freuen sollte. Da gab Jason endlich zu, wie wichtig sie ihm war und schlug ihr im gleichen Augenblick ihre

Vorstellung von einem glücklichen Leben um die Ohren.

„Ich habe es vermasselt."

„Nein, nein, nun warte doch. Ich ..." Emma holte tief Luft, um nicht zu platzen vor Zorn. „Herrgott! Entschuldige, wenn das jetzt ein bisschen plötzlich für mich kommt. Ich meine ... Gott, Jason! Erst das Dokument, jetzt das! Ich habe kaum geschlafen die letzte Nacht." Sie hatte überhaupt kaum geschlafen in den letzten Wochen.

„Nein, schon gut. Sag es doch einfach: Du bist bereits verlobt. Du wirst nächste Woche heiraten. Und ich platze da jetzt hinein, als ob mich das alles nicht interessieren würde. Ich habe verstanden, Emma. Ich bin zu spät. Wieder einmal."

Er griff nach dem Zündschlüssel, um das Auto zu starten. Aber Emma hielt seine Hand fest, ehe er den Schlüssel drehen konnte.

„Warte, Jason. Nun hör mir doch erst mal zu. Nur einen Moment. Bitte!"

Mit einem Schnaufen ließ er den Zündschlüssel los und sah sie an. „Gut, dann rede."

Emma holte tief Luft. All die vielen Gedanken, die ihr durch den Kopf gewirbelt waren, stoben davon, ließen sich nicht mehr greifen, als wollten sie sich vor ihr verstecken.

„Ich ... ich weiß nicht, was ich sagen soll. Ich habe mir so gewünscht, dass du ... dass wir ... ach, verdammt! Weshalb muss denn alles so kompliziert sein! Ich habe mein Hochzeitskleid bereits gekauft. Hundert Gäste wurden eingeladen. In einer Woche soll ich jetzt, in diesem Moment, vor dem Traualter stehen. Ich ... Herrgott, kannst du das denn nicht verstehen? Was erwartest du denn jetzt von mir? Dass ich gleich hurra rufe und alles stehen und liegen lasse?“

„Es ist nur eine Feier. Du kannst sie jederzeit absagen. Das ist doch kein Grund“, sagte Jason. „Erstens bist du noch nicht verheiratet. Und zweitens, selbst wenn du bereits verheiratet wärst – zigtausend Leute begehen jeden Tag Ehebruch und scheißen auf das Versprechen, das sie sich gegeben haben. Deshalb will ich ja auch nicht heiraten. An Eheschließungen verdienen am Ende doch nur die Anwälte.“

„Was redest du denn da für einen Unsinn? Nur weil sich manche Leute scheiden lassen, ist die Ehe an sich doch nicht schlecht. Zudem interessiert es mich nicht, was andere Leute tun. Denn ich wäre nie untreu. Das würde ich niemals tun.“

Im gleichen Augenblick wurde ihr klar, dass sie David sehr wohl untreu geworden war, da sie nämlich mit Jason geschlafen hatte, obwohl sie bereits mit ihm verlobt gewesen war.

„Darum geht es doch nicht! Es geht darum, wen du liebst. Und nicht, mit wem du verheiratet bist oder verlobt. Das ist der entscheidende Punkt. Und das solltest du dich endlich mal fragen, Emma. Wen liebst du eigentlich?“

Ja, wen liebte sie eigentlich? David oder Jason? Beide, war ihre erste Antwort. Doch da säuselte eine heimtückische Stimme in ihrem Kopf, ob sie wirklich David liebte oder vielmehr den Traumjob bei *Christy's*, den er ihr verschafft hatte und die Vorstellung, an seiner Seite die High Society von London zu erobern? All das Geld und die Macht, die David hatte – er spielte beides nicht aus. Aber er nutzte sie – auch zu ihren Gunsten. War es das, was sie letztendlich an ihm so faszinierte? Dabei hasste sie doch die gesellschaftlichen Verpflichtungen, die ihr durch seine Verbindung mit ihm aufgeladen wurden.

Sie hatte inzwischen eine Ahnung, wie ihr weiteres Leben verlaufen würde, wenn sie ihn heiratete. Ein Sechzig-Stunden-Job bei *Christy's*, der ihr auch nach Feierabend keine Ruhe ließ. Und in den freien Stunden Galadinners, Vernissagen, Matineen und Geschäftsfrühstücke mit David. Wahrscheinlich mussten sie einen Termin vereinbaren, um miteinander Sex zu haben. Wollte sie das?

Dem gegenüber standen Jason, ein Haus in den Bergen, Wanderungen. Gesellschaftliche Verpflichtungen reduzierten sich auf Dorffeste, Hochzeiten und Beerdigungen. Vielleicht ab und an ein Essen in Melissas gemütlicher Hobbit-Gaststätte. Eine kleine Feier im Museum anlässlich einer neuen Ausstellung. Alles überschaubar. Sogar die Bewohner der Ortschaft kannte sie fast alle beim Namen.

Früher, als die Großmutter noch lebte, war ihr größter Wunsch gewesen, aus dem dörflichen Mief hinauszukommen. Wollte sie etwa jetzt, da sie das endlich geschafft hatte, wieder zurück?

„Emma, ich rede mit dir! Liebst du mich? Wenn du mich liebst, dann sag es mir und lass mich nicht wie einen Trottel dastehen! Wenn nicht – auch gut." Er zuckte mit den Schultern. „Ich bin ein großer Junge. Ich kann mit einer Ablehnung umgehen. Nur sag etwas und lass mich nicht wieder im Regen stehen – so wie das letzte Mal."

Highlands 1745

Der Geruch von Schwefel stach in Sarahs Nase. Der Schuss hallte wie Donner in der guten Stube wider. Der Rückstoß der Pistole riss ihr fast die Waffe aus der Hand. Benommen taumelte sie rückwärts gegen die Wand und sah zu, wie Samuel über Alasdair zusammensackte.

Das Messer! Überdeutlich erinnerte sie sich an die Spitze des Messers, die nur knapp über Alasdairs Brust geschwebt hatte. Was, wenn sie sich bei Samuels Tod in Alasdairs Brust gebohrt hatte? Die Waffe fiel aus ihrer Hand und polterte auf den Boden.

„Alasdair! Alasdair! Sag etwas!"

Doch Archibald war schneller. Er hatte sich anscheinend in der Zwischenzeit mit dem Essmesser selbst befreit, schnitt schon seine Frau los und eilte nun zu den beiden reglosen Gestalten, die am Boden übereinanderlagen.

„Alasdair, Junge!" Ächzend rollte er Samuels schweren Körper von Alasdair herunter. Einen irren Herzschlag lang glaubte Sarah, er sei ebenfalls tot. Da wälzte er sich stöhnend auf die Seite. Nach Luft ringend blieb er liegen.

„Steh auf, Junge", sagte der Vater.

Wortlos griff Alasdair nach der Hand des Vaters und ließ sich von ihm auf die Füße ziehen. Als hätte Annie nur darauf gewartet, umarmte sie ihn weinend. Sie konnte nur immer wieder seinen Namen stammeln. Zu mehr war sie nicht fähig.

Der Vater zog derweil einen Stuhl heran und drückte Alasdair darauf nieder. „Hol heißes Wasser und Verbandsmaterial, Annie“, befahl er barsch.

Annies Tränen versiegten. Wie ein gut dressierter Hund schnappte sie nach dem Knochen, den ihr Mann ihr zur Rettung bot, und eilte in die Küche.

Sarah lauschte. Der Hund begann zu bellen. War das Hufgetrappel?

„Da ... da kommt jemand“, sagte sie. „Pferde ...“

Alasdair antwortete ihr keuchend. „Ein Trupp Rotröcke. Sie müssen ihm gefolgt sein. Ich habe sie gesehen und bin zurückgerannt, um euch zu warnen.“ Deshalb war er so verdreckt und abgehetzt hier aufgetaucht, begriff Sarah.

Archibald fluchte. Annie blieb vor Schreck in der Tür zur Küche stehen und wandte sich um. „Archie, was tun wir jetzt?“

„Der Mistkerl ist tot. Wird schwer, das zu vertuschen.“

„Aber er hat uns bedroht“, jammerte sie.

„Erklär das den Rotröcken!“

Bei den letzten Worten seines Vaters kämpfte Alasdair sich stöhnend auf die Füße. „Das werde ich tun!“

Archibald packte seinen Sohn an den Schultern. „Nein, du wirst nicht hinausgehen und dich ihnen stellen! Ich werde nicht noch einmal zulassen, dass sie dich mitnehmen und anklagen.“

„Lass mich vorbei, Vater. Ich bin zu müde, um mich mit dir zu streiten. Ich bin dafür verantwortlich, dass der Mistkerl hier aufgetaucht ist. Also werde ich auch die Schuld auf mich nehmen.“

„So wie damals? Als du die ganze Schuld auf dich genommen hast, obwohl dein Bruder Aonghus genauso viel Schuld trug?“

„Aonghus hat Ronald nicht getötet. Ich war es.“

„Weil er dich angegriffen hat. Hättest du dich nicht gewehrt, wärst du jetzt tot.“

„Vater, bitte! Lass mich vorbei!“

Sarah hielt es nicht länger aus. Sie biss sich auf die Lippen, um die Tränen am Laufen zu hindern, und hastete an den beiden Männern vorbei zur Tür. Ehe jemand sie aufhalten konnte, riss sie sie auf und stürzte hinaus in die Nacht, direkt vor die Hufe der Rotröcke, die vor dem Haus ihre Pferde zügelten.

„Ich ergebe mich“, schrie sie und hob die Hände. „Ich habe meinen Bruder getötet.“

24.

Highlands 2019

Was bildete er sich eigentlich ein, ärgerte sich Emma. Weshalb glaubte Jason, ihr Ratschläge im Umgang mit anderen Menschen geben zu können, wenn er sich doch selbst wie die Axt im Walde benahm?

„Gottverdammt, Jason! Hörst du dir eigentlich zu? Du sagst, im Notfall würdest du mich auch heiraten. Im Notfall! Was ist das denn für ein Notfall, von dem du sprichst?"

„So habe ich das doch nicht gemeint."

„Also zur Not heiratest du mich auch. Meinst du das?"

„Herrgott, Emma! Ich will dich nicht verlieren. Soll ich es noch deutlicher sagen?"

Ja, drängte es sie zu antworten. „Du verlangst von mir, dass ich eine Wahl treffe. Aber du gibst mir nur ein *Wenn es denn sein muss*. Was denkst du dir eigentlich?"

„Okay, vergiss es. Ich habe verstanden." Jason griff zum Zündschlüssel und ließ den Motor an. Ruppig fuhr er an. Viel zu schnell raste er die schmale Landstraße zurück zum Dorf.

„Nicht so schnell – bitte!", entfuhr es Emma.

„Missfällt dir jetzt auch noch mein Fahrstil? Du kannst gerne laufen, wenn dir das lieber ist."

Besser sie hielt jetzt den Mund, erkannte Emma. Sie umklammerte mit einer Hand den Sitz und mit der anderen den Griff am Fahrzeughimmel. Es drängte sie danach, die Augen zu schließen. Aber das hieße, die Kontrolle vollends aufzugeben, und das konnte sie nicht.

Was für ein Riesenmist dieser Ausflug in die Highlands doch war! Wäre sie doch nie hergekommen! Dann hätte sie dieses verfluchte Dokument nie gelesen, das ihr nicht mehr aus dem Kopf ging, und dann hätte sie sich nicht endgültig mit Jason zerstritten. Dann hätte sie wenigstens noch die Illusion nach einer heilen Welt in den Highlands aufrechterhalten können. Aber war es nicht genau das, was Ranari ihr geraten hatte? Klarheit schaffen? Und die hatte sie jetzt. Nun konnte sie David ohne Reue heiraten. Das war die Intention gewesen.

Aber weshalb hatte sie jetzt – nach Jasons Abfuhr – noch mehr Zweifel daran, ob die Heirat mit David die richtige Entscheidung war? Weshalb drängte es sie dann nun erst recht, hierzubleiben und London den Rücken zuzukehren? Allein bei dem Gedanken, die Highlands am nächsten Tag wieder verlassen zu müssen, krampfte sich alles in ihr zusammen.

Sie wollte hierbleiben, in diesem grünen, stillen Tal mit den hohen, schroffen Bergen. Wollte hier leben, inmitten all der alten Bekannten mit ihren verschrobenen Ansichten, in dieser seltsam spießigen, aber doch auch heimeligen Gemeinde, in der jeder jeden kannte. Wollte im Haus der Großmutter leben, das gefüllt war mit schönen Erinnerungen und mit dem Blick auf die Berge. Wollte bei Linda im Museum arbeiten, wo sie den Leuten Lust auf Geschichte machen konnte.

Sie hasste das hektische Treiben in London! Sie hasste die Profitgier bei *Christy's*. Sie hasste Galadinners, Matineen und Vernissagen. Und sie hasste den Blick aus ihrer Wohnung über die Dächer von London. Wieso wurde ihr das jetzt erst klar? Lag es daran, dass sie sich an ihren ehemaligen Wunschträumen so festgekrallt hatte, dass sie sie nicht loslassen konnte, als sie sich als Albträume entpuppten? Oder lag es an David? Liebte sie ihn so sehr, dass sie ihn nicht aufgeben wollte?

Ihr Herz schlug schneller, als sie den Blick auf Jasons kantiges Profil richtete. Es kannte die Antwort, ohne dass sie diese artikulierte. Was war so schwer daran, es laut auszusprechen? Wollte sie sich etwa durch ein paar Worte dazu verleiten lassen, eine falsche Entscheidung zu treffen? Was war so schwer daran, diese drei Worte zu sagen, die doch so offensichtlich waren? Weshalb sonst war sie hergekommen? Weshalb sonst hatte Jason sie darum gebeten, herzukommen? Er hatte es doch bereits zugegeben. Weshalb konnte sie da nicht einen Schritt auf ihn zugehen, um es ihm leichter zu machen?

Die Häuser des Dorfes kamen in Sicht. In wenigen Minuten würden sie das Haus der Großmutter erreichen.

„Jason, ich ..."

„Was?", blaffte er sie an.

Nein, mahnte sie sich. Sie durfte sich jetzt nicht abschrecken lassen von seinem Gehabe. Das war vielleicht die letzte Gelegenheit.

„Ich bin froh, dass du mich darum gebeten hast, herzukommen."

„Ach? Hat mein Fund dich also doch beeindruckt?"

Emma schüttelte den Kopf. „Nein, doch auch. Aber darum geht es nicht. Es war gut, dass ich hergekommen bin, weil mir jetzt einiges klargeworden ist."

Es rumpelte, als Jason das Geländefahrzeug mit Karacho auf dem Bürgersteig vor dem Haus der Großmutter parkte. „Und was ist dir klargeworden? Dass du das Haus verkaufen willst?"

Wieder schüttelte sie den Kopf. „Im Gegenteil. Mir ist klargeworden, dass ich hierbleiben möchte. Dass es ein Fehler war, nach London zurückzukehren. Und dass ich diesen Fehler wiedergutmachen möchte – falls es noch möglich ist. Falls Linda mich noch braucht, falls ..."

„Linda braucht immer Hilfe. Das weißt du."

Emma schluckte und nahm all ihren Mut zusammen. „Und falls du mich noch willst ..."

Highlands 1745

„Sarah", rief eine Stimme. „Sarah, was tust du da?"

Als Sarah sich umdrehte, entdeckte sie Alasdair, der hinkend und blutend auf sie zukam. Bei seinem Anblick krampfte sich Sarahs Herz zusammen. Es drängte sie danach, sich um seine Wunden zu kümmern und ihn in den Arm zu nehmen. Aber wie sollte das jemals wieder möglich sein, nach all den hässlichen Worten, die sie gesagt hatte?

„Hände hoch!", unterbrach ihn einer der Soldaten barsch.

Alasdair gehorchte sofort. Keuchend blieb er mit erhobenen Händen neben Sarah stehen. Der Hund umrundete die Soldaten mit aufgeregtem Bellen.

„Hört nicht auf das, was meine Frau sagt."

„Ihr seid?", blaffte der Rotrock mit den Zeichen eines Offiziers.

„Alasdair MacIain-MacDonald, Sohn von Archibald und Annie MacDonald. Das da ...", er wies mit einem Nicken auf Sarah, „... ist meine Frau Sarah MacDonald. Glauben Sie Ihr nicht, was sie sagt. Sie versucht nur, mich zu schützen. Dieser Mann, der behauptete, der Bruder meiner Frau zu sein, hat in Wahrheit ihren Bruder getötet und sie verfolgt, um sie ebenfalls zu töten. Zum Glück konnte ich das verhindern."

„Heißt das, dass Ihr den Bruder dieser Frau getötet habt?"

„Er ist nicht ihr Bruder. Aber ja, ich habe ihn getötet – um mein Leben und das meiner Frau zu retten."

Sarah rannen die Tränen über die Wangen. „Tu das nicht", wisperte sie, „bitte, tu das nicht, Alasdair."

„Und weshalb sollte dieser Mann Euch und Eure Frau töten wollen?", fragte der Offizier.

Alasdairs Kiefer mahlten stumm, ehe er dem Rotrock entgegenschleuderte: „Aus Eifersucht, Sir. Weil er eifersüchtig auf meine Beziehung zu Sarah war."

Sarah duckte sich unter dem durchbohrenden Blick des Offiziers. Eifersucht. Alasdair hatte recht, Samuel war eifersüchtig gewesen auf ihn – aber nicht wie ein Bruder auf einen Mann, der seine Schwester liebte, eifersüchtig sein sollte. Samuel war von ihr besessen gewesen.

„Nicht schießen!", brach die Stimme Archibalds den kurzen Moment der Stille. Zum Hund rief er nur: „Platz!" Dieser setzte sich zu seinen Füßen und gab endlich Ruhe.

„Name!", bellte der Offizier.

„Archibald MacIain-MacDonald. Dieser Mann ist mein Sohn. Er will mich nur schützen. Ich war es, der den Räuber, der meine Familie überfallen hat, erschossen hat.“ Mit grimmiger Miene baute sich Archibald neben seinem Sohn auf.

Leise, schnelle Schritte kündeten davon, dass auch Annie aus dem Haus kam. Neben ihrem Mann blieb sie stehen und griff nach seiner Hand.

„Ich bin Annie MacIain-MacDonald, Sir. Dieser furchtbare Mann hat uns überfallen und an Stühle gefesselt und geschlagen. Er drohte, uns alle zu töten, Sir. Ich ...“ Ein Schluchzen unterbrach sie. Sie wischte die Tränen weg, ehe sie schnell hinzusetzte: „Ich habe mich befreit und ihn erschossen, ehe ... damit ...“

„Annie!“ Archibald schlang den Arm um seine Frau und drückte sie an sich. „Lass das! Ich bin der Mann in der Familie. Ich trage die Verantwortung. Ich werde die Strafe auf mich nehmen.“

„Nein! Nein, das ist nicht recht! Sir ...“, wandte Annie sich wieder an den Offizier, „... Ihr dürft meinen Mann nicht gefangen nehmen. Dieser Mordbube wollte uns alle töten. Wir mussten uns doch verteidigen. Es kann doch nicht sein, dass einer von uns dafür bestraft wird, dass mein Mann unser aller Leben gerettet hat. Das könnt Ihr doch nicht tun! Ich flehe Euch an, Sir!“

Der Offizier nickte zweien seiner Männer zu. „Ihr beide: Untersucht die Wohnung und bringt den Toten nach draußen!“

„Aye, Sir“, erwiderten die beiden Rotröcke, stiegen von ihren Pferden und stampften ins Haus.

Der Offizier stieg würdevoll von seinem Pferd und reichte die Zügel einem der Soldaten, der ebenfalls abgestiegen war.

„Wer von Euch bekennt sich nun des Mordes schuldig?"

„Ich", beeilte sich Sarah zu sagen.

„Ich", versuchten Alasdair, sein Vater und seine Mutter sie zu übertönen.

Der Offizier seufzte. „Das führt zu nichts. Euch ist doch hoffentlich klar, dass jeder von Euch auch wegen einer Falschaussage angeklagt werden kann. Ich frage Euch daher nochmals: Wer von Euch hat den Mann da drinnen getötet?"

„Ich, Sir", sagte Sarah unter Tränen. Aber Alasdair und seine Eltern sagten das Gleiche.

Der Offizier biss sich auf die Lippen. Mit finsterem Blick fixierte er Sarah. „Ihr sagt, der Mann ist Euer Bruder?"

„Nein", mischte Alasdair sich ein. „Er hat behauptet, meine Frau sei seine Schwester. Dabei hat er ihren Bruder in Edinburgh getötet und sie anschließend entführt. Bis sie ihm entkommen konnte und ich sie fand und nach Hause zu meinen Eltern in Sicherheit brachte. Das dachte ich jedenfalls, dass wir hier in Sicherheit vor ihm wären."

Einer der beiden Soldaten kam aus dem Haus. „Sir, bei dem Toten handelt es sich um den steckbrieflich gesuchten Samuel Turner."

„Was könnt Ihr mir über den Tatort berichten?"

„Sieht wüst aus da drinnen, Sir. Jede Menge Blut, kaputte Teller, durchgeschnittene Stricke, zwei blutige

Messer und eine abgefeuerte Pistole. Da muss es ordentlich zur Sache gegangen sein."

Der Offizier ging ein paar Schritte fort, kehrte wieder zurück und blieb vor Sarah stehen. „Bleibt Ihr dabei, dass der Tote Euer Bruder ist?"

Sarah glaubte, Alasdairs Blick auf sich zu spüren. Die Tränen würgten sie. „Nein", presste sie hervor. „Mein Bruder ist schon lange tot. Er ist in Edinburgh gestorben."

Ja, das war wahr. Der Samuel, den sie kannte, war bereits in Edinburgh gestorben. Dieser Mann, der den Offizier und die vielen anderen Menschen getötet hatte – das war nicht mehr der Mann gewesen, den sie kannte.

„Und Ihr bestätigt, dass dieser Mann, Samuel Turner, Euch gegen Euren Willen dazu gezwungen hat, ihn zu begleiten, bis Ihr ihm entkommen konntet und Euch Mister MacDonald angeschlossen habt?"

„Ja, Sir. So war es", antwortete Sarah.

Mit gerunzelter Stirn schritt der Offizier an Sarah, Alasdair und den Eltern entlang und kehrte zu seinem Pferd zurück.

„Sie alle vier bestätigen, dass der steckbrieflich gesuchte Samuel Turner in Euer Haus eindrang und Euer aller Leben bedrohte, sodass Ihr dazu gezwungen wart, Euer Leben und das der anderen zu verteidigen?"

„Jawohl, Sir."

„Ja, Sir."

„Ja, so war es."

„Ja", bestätigte auch Sarah.

Das anschließende Schweigen war kaum zu ertragen. Sarah wünschte sich nur noch, dass der Offizier endlich eine Entscheidung traf.

„Wie sind Eure Befehle, Sir?“, fragte der Soldat, der im Haus gewesen war.

„Packt die Leiche auf ein Pferd! Unser Auftrag ist erledigt. Wir kehren umgehend nach Fort William zurück.“

„Und wen verhaften wir?“

Der Offizier stieg wieder auf sein Pferd. „Niemanden“, antwortete er. „Ich kann hier nur einen Mörder finden, der seiner gerechten Strafe zugeführt wurde.“

Highlands 2019

Die Urkunde fiel Emma wieder ein. Ob Sarah Turner Alasdair so geliebt hatte, dass sie seinetwegen ihren Bruder getötet hatte? In der Urkunde aus Fort William hieß es, dass die Familie MacDonald den steckbrieflich gesuchten Mörder Samuel Turner zur Strecke gebracht hatte, als dieser das Gastrecht brach. Als Vornamen der Familie MacDonald wurden Archibald, Annie, Alasdair und Sarah genannt, obwohl sich nirgendwo ein Hinweis hatte finden lassen, dass Sarah und Alasdair jemals geheiratet hatten.

Doch der Nachsatz ließ berechtigte Zweifel an dieser Geschichte. Darin hieß es, dass es sich bei Sarah MacDonald sehr wahrscheinlich um Sarah Turner handelte und sie es vermutlich war, die den Bruder getötet hatte, um einen Mord aus Eifersucht an Alasdair MacDonald zu verhindern. Aber mangels Beweisen sah der Unterzeichner von einer Verfolgung dieser Theorie ab.

Wenn ihre Vorfahrin Sarah Turner ihre Liebe zu Alasdair auf diese Art beweisen konnte, weshalb konnte sie, Emma, dann Jason nicht auch einfach ihre Liebe gestehen?

„Ich liebe dich, Jason." Endlich war es heraus.

Jason starrte sie an wie ein Gespenst.

„Ich liebe dich", wiederholte Emma.

Nun, da sie es einmal ausgesprochen hatte, fühlte es sich richtig an.

Jason rieb sich über das Gesicht und murmelte einen Fluch. Grob packte er nach ihrer Hand.

„Gottverflucht, Emma! Mach dich nicht über mich lustig."

„Ich liebe dich, Jason. Ich habe es die ganze Zeit gewusst und mich nur nicht getraut, es mir einzugestehen."

„Und jetzt?", fragte Jason mit rauer Stimme. „War's das? Fährst du jetzt trotzdem wieder heim nach London?"

„Ich ..."

Jason unterbrach sie. „Verdammt, Emma, glaub nicht, dass ich dich noch einmal gehen lasse. Willst du meine Frau werden? Und wehe, du sagst nein! Ich akzeptiere kein Nein. Ich liebe dich, verflucht nochmal! Ich kann nicht mehr ohne dich leben. Ich will nicht mehr ohne dich leben. Ich brauche dich."

Das entsprach so wenig dem, wie sie sich einen Heiratsantrag vorstellte, dass Emma lachen musste.

„Lach mich bloß nicht aus!"

„Ich lach dich nicht aus. Ach, Jason." Sie strich durch sein blondes Haar. „Du musst mich nicht heiraten. Ich lauf dir nicht weg. Jetzt nicht mehr."

„Du bleibst?"

„Ich bleibe. Für immer. Hier. Bei dir."

In Jasons blauen Augen glitzerte es. Ungestüm zog er sie in seine Arme und küsste sie. Ein Schauer rann über

Emmas Körper, nistete sich wohlig in ihrem Schoß ein, weckte das Verlangen nach mehr. Jasons Hände irrten über ihren Körper, nährten das Verlangen.

„Ich will dich", raunte er.

„Ich muss David Bescheid geben. Die Hochzeit absagen. Und Linda ... ich muss Linda fragen, ob ..." Jason verschloss ihren Mund mit einem neuerlichen Kuss. „Vergiss sie", sagte er, „jetzt bin ich an der Reihe. Ich habe lange genug gewartet."

„Jason, es ist helllichter Tag ..."

„Na und?"

Er ließ sie los, ging ums Auto herum und ehe sie protestieren konnte, nahm er sie auf die Arme und trug sie zum Hauseingang.

„Was hast du vor?", fragte sie, als sie die Tür aufschloss.

Jason schob sie mit einem Kuss ins Innere.

Als die Tür hinter ihnen zugefallen war, zerrte er ihr die Jacke vom Leib. „Mir endlich nehmen, wovon ich wochenlang geträumt habe."

„Sollten wir nicht erst klären, wo wir wohnen werden?"

„Das ist mir egal. Im Sommer hier, im Winter bei mir. Und jetzt zeig mir dein Schlafzimmer, sonst nehme ich dich hier auf der Treppe."

„Ich habe viele Zimmer", erwiderte Emma neckend. „Ich kann sie dir gerne alle zeigen."

Jason zog sein Hemd aus und öffnete ihre Bluse. „Wie du willst. Dann fangen wir hier an."

Highlands 1745

Sarah fror im kalten Nachtwind, während sie zusah, wie die Rotröcke mit Samuels Leiche davonritten. Es war, als fiele eine zentnerschwere Last von ihrem Herzen und gleichzeitig fühlte sie sich, als hätte sie ihn verraten. Sie hatte ihren eigenen Bruder getötet. Kaltblütig erschossen, um ... Scheu sah sie zu Alasdair, der neben ihr stand und sich, wie sie, immer noch nicht gerührt hatte.

„Alasdair, ich ..."

Weiter kam sie nicht, denn Alasdair schlang die Arme um sie und drückte sie an sich. „Sarah", flüsterte er in ihr Haar. „Oh Sarah!"

Seine Umarmung war schmerzhaft, so innig war sie. Feuchte, warme Nässe sickerte von seiner Wange in ihr Haar. Weinte er etwa?

„Es tut mir leid", wisperte sie. „Es tut mir so leid. Ich wollte dir nicht wehtun. Ich habe das alles nur gesagt, weil ich Angst um dich hatte. Weil ich dich retten wollte. Ich liebe dich, Alasdair. Ich liebe dich so sehr."

„Das weiß ich doch. Ich liebe dich auch, Sarah." Er löste sich ein wenig von ihr, um sie anzuschauen. Tatsächlich rannen Tränen über sein Gesicht.

„Bitte verzeih, dass ich dich angelogen habe. Samuel ... ich hatte Angst, dass ... dass du mich zurücklässt, wenn du weißt, dass er mein Bruder ist."

Alasdair strich zärtlich über ihre Wange. „Hätte ich auch vielleicht. Und es wäre ein Fehler gewesen."

„Und später, da hatte ich Angst, du verlässt mich, wenn du erfährst, dass ich dich angelogen habe."

Er sagte nichts, sah sie nur an.

„Du trägst mir nichts nach?"

Alasdair schüttelte den Kopf. „Hauptsache, du bleibst bei mir. Ich will dich nicht verlieren."

Seine Lippen berührten die ihren. Es war, als würden sie miteinander verschmelzen. Ein goldener Funke schien von ihm auf sie überzuspringen und wurde zu einer kleinen Sonne, die mitten in Sarahs Herz aufging.

„Wollt ihr beide hier draußen festfrieren?", störte die knurrige Stimme Archibalds sie.

Ein leises Lachen kam aus Alasdairs Mund, das sich in ein schmerzerfülltes Stöhnen verwandelte. Den Arm um Sarah gelegt, wandte er sich seinem Vater zu.

„Es tut mir leid, Vater", sagte er. „Ich wollte euch nicht mit meinen Problemen behelligen. Ich bin nur hergekommen, um mich zu entschuldigen ..."

„Sei still", unterbrach ihn die Mutter. „Und komm jetzt endlich ins Haus. Du bist verletzt. Jemand muss nach deinen Wunden sehen."

Der Vater versetzte ihm einen Klaps. „Tu, was deine Mutter sagt!"

Mit dem Arm um Sarah gehorchte Alasdair. Es tat gut, wieder im Warmen zu sein, trotz des Chaos, das in der guten Stube herrschte.

Annie tat, als bemerkte sie es nicht. „Setz dich an den Kamin", befahl sie. „Ich mache heißes Wasser."

Stöhnend ließ Alasdair sich in den Armsessel sinken. Er sah furchtbar aus. Vorsichtig setzte Sarah sich auf eine der Armlehnen und strich durch sein Haar. Blinzelnd öffnete er die Augen und sah sie an. Er lächelte.

„Es tut mir leid", begann Archibald.

Verwirrt richtete Sarah den Blick auf ihn.

„Ich war ungerecht dir gegenüber, mein Sohn."

„Das ist nicht wahr", wehrte Alasdair ab.

„Doch, das ist es. Ich habe dir die Schuld an allem, was passiert ist, gegeben. Weil es leichter war, aus dir den Sündenbock zu machen, als dich gegen den Clan deiner Mutter zu verteidigen."

„Ich verstehe das. Sie wollten Blut für Ronalds Tod."

„Aonghus hat wohl eher begriffen als ich, dass auch er Schuld trug. Sonst wäre er nicht aus freien Stücken gegangen, um Ronalds Frau und Kinder beizustehen. Nur ich habe mich dagegen gesträubt, das zu sehen."

„Es ist vorbei, Vater."

„Nein", sagte der Alte. „Ich bin Archibald MacIain-MacDonald und ich habe meinen Stolz. Niemand soll sagen, dass ich meine Schuld nicht wiedergutmache."

„Bitte Vater, du musst keine Schuld auf dich nehmen. Der Tod von Samuel Turner ist geklärt."

Der Alte schüttelte den Kopf. „Das meine ich nicht. Mein Land ist groß. Groß genug, um darauf ein weiteres Haus zu bauen. Falls du das willst." Mit Blick auf Sarah fügte er hinzu: „Falls ihr das wollt."

Alasdair fasste nach Sarahs Hand, ganz vorsichtig und leicht. Die durchstochene Hand musste furchtbar wehtun.

„Willst du?", fragte er sie.

Mit Tränen in den Augen nickte Sarah. „Ja, ich will", sagte sie. „Ich kann mir nichts Schöneres vorstellen."

Epilog

Emma & Jason

Highlands 2020

Jason vergewisserte sich nochmal, dass er auch wirklich nichts vergessen hatte. Das Wetter war perfekt. Alles war so, wie es sein sollte. Fehlte nur noch Emma, die jeden Moment nachhause kommen müsste. Er sah auf die Uhr. Eigentlich müsste sie schon da sein.

Er ging zum Fenster, um hinaus auf die Straße zu schauen. Aber die Straße war leer. Nach fünf Minuten, die ihm wie eine gefühlte Ewigkeit vorkamen, öffnete er die Haustür. Aber von Emma war weit und breit keine Spur. Vielleicht gab es einen Zwischenfall im Museum oder Linda hatte einen kurzfristigen Auftrag für Emma. Kein Grund, sich Sorgen zu machen.

Er ging zurück in die Küche, inspizierte nochmal die Häppchen, die Melissa für ihn gemacht hatte. Der Anblick war so verführerisch, dass er sich kaum beherrschen konnte. Zumal sein Magen vernehmlich knurrte. Es wurde wirklich Zeit, dass Emma kam, sonst konnte er sein Arrangement vergessen. Dann war es zu kalt.

Emma war schon eine halbe Stunde überfällig. Ausgerechnet heute. Endlich hielt er es nicht mehr aus und zückte sein Handy. Emmas Nummer war in der Schnellwahl. Es dauerte eine Weile, bis sie ranging.

„Hallo Emma, hier ist Jason. Wo bleibst du denn?"

„Jason? Herrjeh, wir wollten uns ja treffen. Wie viel Uhr ist es denn?" Und dann mit etwas Verzögerung. „Ach du meine Güte! Schon so spät."

Im Hintergrund war Lachen zu hören. Leichter Ärger stieg in ihm hoch.

„Was treibt ihr denn da?"

„Wir feiern. Komm einfach schnell vorbei. Dann erzähl ich es dir."

„Emma ..." Doch sie hatte schon aufgelegt.

Der schwelende Zorn nährte den Hunger. Grummelnd ging er zu seinem Korb mit Melissas liebevoll gemachten Häppchen und nahm sich zwei heraus. Sie schmeckten noch besser, als sie aussahen. Er überlegte kurz, dann packte er den Korb ein, legte den Champagner aus dem Kühlschrank dazu und fuhr damit rüber zum Museum.

Die Eingangstür war offen. Als er in den Flur zum Büro abbog, war Lachen zu hören. Im Büro fand er Linda und Emma, die beide Sektgläser in den Händen hielten. Emma kam ihm mit strahlendem Gesicht entgegen und schlang die Arme um ihn. Ein Kuss, der nach Sekt schmeckte, landete auf seinem Mund.

Linda reichte ihm ein Glas. „Hier. Du musst mit uns anstoßen."

„Worauf denn?" Verdutzt ließ er zu, dass Linda sein Glas mit Sekt füllte.

Emma stieß ihr Glas an seins. „Rate", sagte sie.

Während Linda es ihr gleich tat, platzte die Antwort schon aus Emma heraus: „Der Verlag hat sich gemeldet. Mein Buch wird veröffentlicht."

„Das Buch über die Auswirkungen der Schlacht von Culloden auf die Familien in Glencoe?" Das Thema hatte Emma so beschäftigt, dass aus der Ausstellung ein Buch geworden war.

„Genau das. Wie viele Bücher habe ich denn geschrieben?"

Jason nahm einen Schluck Sekt. Er schmeckte lange nicht so gut wie der, der in seinem Wagen auf Emma wartete. „Na, wie ich dich kenne, wird es bei dem einen nicht bleiben."

Emma lachte. „Ich soll nach London kommen. Sie wollen mich kennenlernen. Wenn es geht Anfang nächster Woche schon. Na, was sagst du jetzt?"

Es war schwer, sich nicht mitzufreuen. „Ich freu mich für dich, Emma. Du hast es verdient."

„Ich werde berühmt." Sie tanzte mit dem Glas im Kreis, hielt vor ihm inne. „Kommst du mit?"

„Auch das. Ich tu doch fast alles für dich“, neckte er sie. Mit Bedauern dachte er an den Korb mit den Leckereien, der im Auto auf sie wartete.

„Ich hab Hunger“, sagte Emma.

„Wartet. Ich habe noch Knabberkram in einer Schublade.“ Ehe jemand etwas einwenden konnte, lief Linda aus dem Büro.

Jason dachte an den Korb mit Melissas Leckereien. Als er ins Museum kam, hatte er noch gehofft, dass er Emma schnell einsammeln konnte, um dann das, was er geplant hatte, doch noch durchzuführen. Inzwischen konnte er das eigentlich vergessen. Es war viel zu spät geworden. Sie würden die Hütte nicht erreichen, um dort oben gemütlich die Snacks von Melissa zu vertilgen. Und es wäre schade, wenn sie verkommen würden.

„Ich habe etwas Besseres“, sagte er und stellte sein Sektglas ab.

Er lief fast Linda in die Arme, die ihm mit einer Dose Erdnüsse und einer Chipstüte entgegenkam. Draußen im Auto nahm er die Champagnerflasche heraus. Die konnte er vielleicht noch später gebrauchen. Mit dem Korb unter dem Arm kam er zurück ins Büro. Vorsichtig hob er die Schälchen und Schüsseln heraus, öffnete die Deckel und präsentierte das leckere Innere.

„Bedient euch“, sagte er. Er wartete, bis Linda und Emma sich etwas genommen hatten, ehe er selbst zugriff.

„Mmmmh. Köstlich“, sagte Linda mit vollem Mund. „Woher wusstest du, dass wir das heute brauchen?“

„Innere Eingebung“, flachste er.

Nachdenklich sah Emma ihn an. „Hab ich irgendetwas verpasst?“

„Nicht im Geringsten.“

Immer noch nachdenklich griff Emma nach dem nächsten Häppchen.

Sie plauderten und scherzten, beglückwünschten Emma zu ihrem Erfolg und leerten die Häppchen, die Jason mitgebracht hatte, bis kein Krümel mehr übrig war. Draußen war es derweil dunkel geworden.

Jason packte die Sachen wieder in den Korb, während Linda die Gläser wegräumte.

„Bis morgen“, sagte sie. „Und du kannst morgen gerne eine Stunde später kommen. Ich glaube, das brauchen wir morgen.“

Lachend umarmte Emma Linda zum Abschied, ehe sie zu Jason ins Auto stieg.

„Gut, dass ich nicht mehr laufen muss. Ich glaube, ich bin besoffen.“

„Stets zu Diensten“, witzelte Jason.

Die hundert Meter zu Emmas Haus würde er noch fahren, um dort zu übernachten. Eigentlich sollte er gar nicht mehr fahren.

Als Emma sich setzte, hielt sie auf einmal die Champagnerflasche in der Hand. „Okay. Jetzt sei endlich ehrlich. Was habe ich verpasst? Die war doch nicht für Linda.“

Jason unterdrückte ein Seufzen. „Um ehrlich zu sein, wollte ich dich entführen. Zur Sommerhütte deiner Vorfahren, um mit dir dort unser einjähriges Jubiläum zu feiern.“

Emma schlug die Hand vor den Mund. „Oh nein! Wie dumm von mir. Und ich habe dir alles ruiniert. Das tut mir so leid."

„Wir holen es nach", schlug Jason vor.

„Jetzt gleich am Wochenende. Ehe ich nach London fahre. Kommst du wirklich mit?"

Trotzdem war es schade, dass damit die Überraschung verloren ging.

„Wenn du es möchtest: gerne."

„Ich möchte es."

„Dann komme ich mit." Er lächelte und startete den Motor. Als er vor Emmas Haus anhielt, zögerte er kurz, ehe er in seine Jackentasche griff.

„Ich habe noch etwas für dich." Ehe Emma etwas antworten konnte, holte er eine kleine Schachtel hervor und öffnete sie. Darin lag ein Ring mit einem kleinen Diamanten.

Mit großen Augen starrte Emma ihn an. „Ist das ein Heiratsantrag? Oder ..."

Verdammt! Er hatte sich das völlig anders vorgestellt. Dass sie zu zweit neben der Hütte im Gras saßen, Champagner tranken und sie den Ring im Sektglas fand.

„Wenn du möchtest – ja. Wenn du nicht möchtest, dann nimm den Ring einfach als Zeichen dafür, dass ich dich liebe."

Behutsam nahm Emma den Ring heraus, betrachtete ihn und steckte ihn auf ihren Ringfinger. „Hmmm", machte sie. Ihr Lächeln wurde schelmisch. „Er passt gut. Und hübsch ist er auch. Ich glaube, ich entscheide mich für ja. Und du bist dir wirklich sicher?"

„Ja", sagte Jason. „Das bin ich. Reiner Eigennutz, weißt du. Ich will nicht, dass dich mir jemand wegschnappt."

Emma lachte und fiel ihm endlich in die Arme. Sie besiegelten das Ganze mit einem Kuss.

So hatte Jason sich den Antrag nicht vorgestellt, aber letztendlich war es ihm egal. Er hatte alles, was er sich wünschte.

Sarah & Alasdair

Highlands 1746

Es dunkelte schon. Regen hatte eingesetzt, ein stetiger leichter Nieselregen, den Alasdair zuerst kaum bemerkte, der ihn aber zunehmend durchnässte und die

Wärme aus ihm heraussog. Es war Zeit, dass er nachhause zurückkehrte – in die Wärme und zu Sarah. Sie würde schon verzweifelt auf ihn warten.

Dabei hatte er nur nach den Schafen sehen wollen und bemerkt, dass eins der Mutterschafe blökend umherlief, als suchte es etwas. Eines der halbjährigen Lämmer war verschwunden. Und nun suchte er bereits seit Stunden danach.

Der Hund seines Vaters bellte. Vielleicht hatte er eine Spur gefunden.

„Such", sagte er zu dem Tier. „Such! Wo ist das Schaf?"

Der Hund sah ihn an, dann bellte er und trabte mit neuem Eifer über Stock und Steine. Mal blieb er an einem Stein oder einem Binsenbüschel stehen und schnupperte daran, dann bellte er und lief weiter.

Der Regen wurde heftiger. Alasdair konnte kaum noch den Weg erkennen. Da bellte der Hund erneut, anhaltend und fordernd. Er hatte etwas gefunden. Da hörte er auch das leise Blöken. Alasdair begann zu laufen.

Er fand den Hund neben dem Schaf, das zwischen einer Ansammlung von großen Steinen stand. „Platz", befahl Alasdair dem Hund. Als dieser gehorchte, tätschelte er ihm den Kopf. „Gut gemacht, mein Großer. Du bist ein guter Hund."

Der Hund hechelte und sah ihn aus treuen Augen an.

Mit einem Klaps entließ Alasdair ihn und kniete neben dem Schaf nieder. Dessen linker Hinterhuf war zwischen zwei Steinen festgeklemmt. Er war schon ganz blutig von den vielen vergeblichen Versuchen, sich zu befreien. Das Schaf blökte jämmerlich und zerrte erneut.

„Sch“, machte Alasdair. „Ganz ruhig. Ich bin ja da.“

Vorsichtig tastete er nach dem Bein und fand endlich einen Hebel, mit dem er einen der Steine lockern konnte. Mit einem Keuchen löste er den Stein, so dass er sich um ein paar Fingerbreit bewegte. Das Schaf blökte erneut. Nun schaffte Alasdair es, den Hinterhuf aus der Falle zu lösen. Zitternd blieb das Tier stehen. Es war zu erschöpft, um wegzulaufen.

Mit einem Seufzen packte Alasdair es und warf es über seine Schultern. Dann pfiff er dem Hund. Zeit, sich auf den Rückweg zu machen.

Es war derweil nahezu stockdunkel. Der Wind peitschte ihm den Regen ins Gesicht. Aber Alasdair vertraute blind auf den Hund, der sein Zuhause immer sicher fand.

Er zitterte vor Kälte, als er endlich das Licht sah, das aus den Fenstern seines Hauses sickerte. Sein Haus, das der Vater zusammen mit ihm über den Sommer gebaut hatte. Es lag ein wenig erhöht am Hang, nicht unten am Bach, so wie das Haus seines Vaters. Ein kleines Rinnsal floss daran vorbei und man hatte einen wunderbaren Blick über das Tal. Vater hatte wirklich einen wunderschönen Platz für ihn ausgesucht.

Seine Schritte beschleunigten sich bei dem Gedanken an Sarah. Die Geliebte war hochschwanger. Das war ein Grund mehr, sich zu beeilen. Eigentlich hätte er niemals so lange fortbelieben dürfen, aber andererseits sorgte sich ein guter Hirte um seine Schafe.

„Sarah, ich bin zurück. Schau nur, was ich gefunden habe!“, rief er, als er die Tür öffnete.

Irgendwo im Haus ertönte ein Schrei. Da kam schon sein Vater auf ihn zu. „Da bist du ja endlich, mein Junge.

Wir haben uns schon gewundert, wo du so lange steckst."

„Ich habe nach einem der Lämmer gesucht. Es war festgeklemmt."

„Dann lass den Racker mal runter und wärm dich auf. Du bist ja ganz nass."

Was machte sein Vater hier? Wieder ertönte ein Schrei. Dieses Mal war Alasdair sich sicher, dass er von oben aus ihrem Schlafgemach kam.

Er setzte das blökende Schaf ab und stürmte zur Treppe. „Sarah!"

Doch sein Vater versperrte ihm den Weg. „Sarah bekommt euer Kind."

„Bitte, lass mich vorbei. Ich will zu ihr. Ich ..."

„Deine Mutter ist bei ihr. Sie ist die beste Hebamme hier im Tal. Du musst dir keine Sorgen machen."

Er hatte sie im Stich gelassen, war einem Schaf hinterher gelaufen, anstatt zur Stelle zu sein, wenn sie ihn brauchte.

„Sarah, ich muss ..."

„Das ist Frauensache. Dabei können wir Männer nicht helfen. Also setz dich an den Kamin, wärm dich auf und trink einen Schluck Whisky."

Zitternd sah Alasdair die Treppe hoch, ob vor Kälte oder aus Angst wusste er nicht. Mutter war bei ihr, beruhigte er sich. Endlich gehorchte er und ging zum Kamin.

Vater klopfte ihm auf den Rücken und brummte etwas. „Zieh die nassen Sachen aus", sagte er.

Wortlos schälte Alasdair sich aus dem großen karierten Stück Stoff, bis er nur noch im knielangen Hemd vor dem Kamin stand. Mit zitternden Händen löste er die Schnürung der Schuhe. Währenddessen hatte Vater den Sessel vor den Kamin gerückt und drückte ihn hinein. Dann hielt er einen Becher in den Händen.

„Trink“, sagte der Vater.

Der Whisky lief warm und ölig seine Kehle hinab. Irgendwo blökte das Schaf. Dann drückte Vater ihm eine Schale mit einem warmen Eintopf in die Hände.

„Iss“, sagte er.

Alasdair gehorchte, ohne zu protestieren. Der Eintopf wärmte ihn und schmeckte vertraut, als hätte Mutter ihn gemacht. Mit jedem Bissen, den er nahm, ließ das Zittern etwas nach. Vielleicht lag es auch an der Wärme, die der Kamin verströmte. Das Plaid, das über dem Kaminsims zum Trocknen lag, dampfte.

Wieder war von oben ein Schrei zu hören. Alasdair vergaß zu essen und starrte nach oben. Die Schreie häuften sich, wurden zu einem langgezogenen Stöhnen.

„Sarah ...“

Als fürchtete Vater, dass er aufspringen und weglaufen könnte, legte dieser ihm die Hand auf die Schulter.

Dann war auf einmal der durchdringende Schrei eines Säuglings zu hören.

Nun bremste ihn auch die Hand des Vaters nicht. Alasdair sprang auf. Sein Herz hämmerte. Wie in Trance stellte er die Schale ab und tappte zur Treppe.

„Warte“, rief Vater.

Da tauchte am oberen Ende der Treppe Mutter auf. Sie lächelte.

„Kann ich ... kann ich zu ihr?“, fragte er mit rauer Stimme.

Mutter nickte Vater beruhigend zu und winkte. „Aber natürlich. Sie hat schon nach dir gefragt."

Barfuß eilte er die Treppe hinauf in das kleine Schlafzimmer. Sarah lag im gemeinsamen Ehebett. Ihr Gesicht war verschwitzt und gerötet, die roten Haare zerzaust. In ihrer Armbeuge hielt sie ein kleines Bündel.

Seine Kehle war zu eng zum Sprechen. Er konnte nur neben ihr niederknien und nach ihrer Hand fassen. Sie zog ihn lächelnd daran zu sich heran.

Sanft zog Sarah das Tuch, mit dem das Bündel geschnürt war, etwas auseinander. Dazwischen kam ein winziges verdrücktes Gesichtchen zum Vorschein. Alasdairs Herz wurde ganz warm. Das war sein Kind.

„Es ist ein Junge", sagte Mutter. „Weißt du schon, wie er heißen soll?"

Alasdair sah Sarah. „Weißt du einen Namen ..."

Sarah lächelte. „Was hältst du von Archibald?"

Ein wenig hatte er befürchtet, sie könnte den Namen ihres Bruders vorschlagen. Aber als sie den Namen seines Vaters nannte, rannen die Tränen über seine Wangen.

„Das ist ein guter Name", würgte er an der Enge seiner Kehle vorbei. Dann küsste er Sarahs Stirn und schlang den Arm um sie und das kleine Wunder in ihrem Arm, das sein Sohn war.

Seine wildesten Träume waren in Erfüllung gegangen. Vater hatte sich mit ihm versöhnt und ihm ein Haus gebaut. Im Frühling hatte er Sarah unter den Augen des Lairds, seines Vaters, die Treue versprochen. Und nun hatte er einen Sohn. Mehr hatte er nie haben wollen.